徳 間 文 庫

カリスマ vs. 溝《どぶ》鼠《ねずみ》

悪の頂上対決

新 堂 冬 樹

徳 間 書 店

目次

プロローグ

こんなに怖い形相《ぎょうそう》の光一を見るのは、初めてのことだった。
タクシーに乗ってから、光一は一言も口を利かなかった。
半那《はんな》の記憶の中の光一は、いつも優しく微笑《ほほえ》んでいた。
叩かれたことはもちろん、怒られたこともなかった。
綾《あや》にたいしても、そうだった。
半那は光一が綾に手を上げたところを見たことがない。
子供の眼から見ても、仲睦《むつ》まじい夫婦だった。
大人になったら、両親のような結婚をしたいと幼心《おさなごころ》に思った。
いつの頃からか、二人の関係がおかしくなった。
いや、おかしくなったのは綾のほうだった。
光一、綾、半那の家族三人は、三年前に購入した練馬区の戸建てに住んでいた。
潔癖症気味の綾は、床に埃《ほこり》一つ、グラスに指紋一つ残るのが許せない性格で、家の中は常に清潔に保たれていた。

調理師免許と栄養士の資格も持っており、食卓には栄養面のバランスが考えられた食事が並べられた。

健康面を気遣っただけではなく、味のほうも店で出せるほどに美味《おい》しかった。

半那にも優しく、宿題の算数や漢字のドリルを手伝ってくれた。

そんな綾が、あるときから家を空けがちになった。

夕方に出かけて真夜中に帰ってきたり、朝方に出かけて夜に帰ってきたり、家族の生活リズムが滅茶苦茶に乱れた。

家にいるときの綾は、肥《ふと》った禿《はげ》の男の写真の前で呪文《じゅもん》のような言葉を唱え、食事も掃除もしなくなった。

部屋は埃だらけになり、洗濯ものが山のように増えた。

――ねえ、どうしたんだい？　最近の君は、君らしくないな。昨日の夕食も、今朝の朝食も、僕が作ったんだよ。僕が家事をやるのは不満じゃないけど、半那の栄養面なんかを考えると……やっぱりね。もし、君がいまなにかの悩みを抱えているなら、相談に乗るから言ってくれないかな？

家事を放棄した綾を、光一は責めることをしなかった。

根気強く原因を聞き出そうとし、綾の悩みを共有しようとしていた。

光一の声などまったく聞こえないとでも言うように、綾は胸前で合掌《がっしょう》し写真に向かって呪文のような言葉を唱え続けていた。

――もし、僕にたいして不満があるのなら、言ってくれないかな？　できるだけ、改善していくからさ。

相変わらず綾は、写真に向かってなにかを唱えていた。

――やっぱり、僕が原因なんだね？　夫婦のことは、夫婦で話し合って解決していこうじゃないか。僕らには半那っていう子供もいるわけだし、大人の事情でつらい思いをさせるわけにはいかないからさ。ところで、その写真の人は誰なんだい？

遠慮がちに、光一が訊《たず》ねた。

――私が何者であるのかを教えてくれ、導いてくれた方よ。

綾が、写真の男をみつめたまま独り言のように言った。

——何者かって……君は佐久間《さくま》綾で、僕の妻だよ。

——それは、仮の姿なの。

——仮の姿？

光一が、怪訝《けげん》な表情で訊ね返した。

——ええ。第一ステージの使命を果たすためのね。でも、もう、それも終わり。次のステージは、新しい私になるのよ。

相変わらず、綾は写真に向かって喋《しゃべ》っていた。

——ちょっと待って……第一ステージの使命を果たすとか、次のステージで新しい私になるとか……いったい、なにを言ってるんだよ？

——メシアの故郷に帰って、修行をするの。

綾が、幸せそうに微笑んだ。

――メシア？　修行？　綾、さっきから、なにを言ってるんだ!?

光一の血相が変わった。

――ああ……メシア、あなたの故郷に帰れるのはこの上なき悦《よろこ》びなり。ああ……メシア、未熟な私に聖域を与えてくださり、ありがたき幸せ！　ああ……メシア、未熟な私に使命を与えてくださり、ありがたき幸せ！

綾は、光一の問いかけに答えず、写真に向かって平伏しては上体を起こし、平伏しては上体を起こすことを繰り返していた。

母の異様な姿に、半那は恐怖を覚え声を出せなかった。

――綾っ、そんな気持ち悪いことは、やめなさい！　半那が、怖がってるじゃないか！

――触らないでっ、汚らわしい！

背後から抱きついた光一を力ずくで振り払った綾が平手打ちを飛ばし、写真立てを手にすると家を飛び出した。

——怖かったろう？　大丈夫か？

光一が、半那を抱き寄せた。

——ママは、どこに行ったの？

不安に震える声で、半那は訊ねた。

——ああ、お友達のところだから、心配しなくてもいいよ。

光一の笑顔が本物でないのは、七歳の半那にもわかった。

——帰ってくる？

――もちろんさ。半那だって、友達のところに遊びに行くだろう？

――ママのお友達って、写真の肥ったおじさん？

さっきまであった写真立ての中の男を思い浮かべながら、半那は訊ねた。

瞬間、光一の顔が歪《ゆが》んだのを半那は見逃さなかった。

――さあ、それより、お腹が減ったろう？　今夜は、半那の大好きなオムライスを作ってやるからな。

笑顔を取り戻し、光一が明るい声で言った。

その日の夜も、次の日も、また次の日も、綾は帰ってこなかった。

光一は日に何十件も、思い当たる綾の友人や知人に電話をかけた。

そんな光一の姿を見て、半那は綾が友人の家に行ったのではないことを悟った。

一週間、二週間……綾は帰ってこなかった。

日に日に、光一はやつれ、表情が険しくなった。

――宗教!?　綾が、新興宗教の信者に!?

綾が家を出て一ヶ月が経った今夜——トイレに起きた半那は、リビングルームから聞こえる光一の大声に足を止めた。

——それは、なにかの間違いでしょう!? 男性信者と一緒に!? そんな馬鹿な……。

リビングルームに入ると、光一が蒼白《そうはく》な顔で携帯電話を握り締めていた。

——パパ、どうしたの?

声をかけても、光一は銅像のように動かなかった。

——ママは、帰ってこないの?

半那は、光一のパジャマのズボンを引っ張った。

——なんだ……まだ起きてたのか? もう遅いから、寝なさい。

押し殺した声で、光一が言った。

――ねえ、ママは、どこに……。

――いいか!?　半那っ。ママは、悪い人達に捕まってしまったんだ……ママを、悪い人達から助け出しに行くぞ！　すぐに、着替えなさい！

これまで見たことのないような怖い顔で、光一が命じた。

半那は、急いでスカートとTシャツに着替え、光一とともに家を出たのだった。

光一は、充血した鋭い眼つきで宙の一点を睨《にら》みつけていた。

「綾……どうしてだ……綾……戻ってこい……」

光一は、歯の隙間《すきま》から絞り出すように母の名前を繰り返した。

「頂いたメモの住所は、このへんになりますが……」

恐る恐る、運転手がリアシートの光一に声をかけてきた。

「停めてくれ……」

光一が言うと、タクシーがスローダウンした。

五千円札をトレイに投げるように置いた光一は、タクシーを降りた。

「あ、お客さん、お釣り！」

運転手の声に振り返ることなく、光一は夜道を早足で歩いた。

「パパっ、お釣りだって」

半那は、光一の背中を駆け足で追いかけながら言った。

「いいから、早くきなさい！」

光一は半那の手を摑《つか》み、引き摺《ず》るように歩き出した。

光一の険しい顔つきに、半那はもうなにも言えなかった。

突然、光一が二階建ての家の前で足を止めた。

「『神の郷《さと》』中野修練所……」

建物にかけられた木の看板にかかれた文字を読んだ光一の顔つきが、よりいっそう険しくなった。

「パパ……ここどこ？」

「ここで、ママは悪い人達に捕まっているっ。いまから、ママを助け出しに行くからな！」

光一は叫ぶように半那に言うと、ドアチャイムを鳴らした。

しばらくすると、ドアが開き、中からピンクの作務衣《さむえ》を着た若い女が現れた。

「なんでしょう？」

「佐久間綾が、ここにきてるだろう？」

光一が、押し殺した声で訊ねた。

「お宅様は、どちら様ですか？」

女の顔に、警戒の色が浮かんだ。

「綾の夫だよっ。妻を、連れ戻しにきた」

「そのような方は、きておりませんが」

女が、無表情に言った。

「嘘を吐《つ》くな！　ここに妻がいることは、わかってるんだよっ」

「ご近所迷惑なので、大声を出さないでください。お宅様の奥様がここにいると、どうしてわかるんですか？」

女の顔は、蠟《ろう》人形のように変化がなかった。

「探偵を雇ったんだよ！　電話があって、ここに出入りしていると連絡が入ったのさ」

「とにかく、そのような方はここにはいらしていません」

「惚《とぼ》けるんじゃない！」

「これ以上、大声を出すのなら警察を呼ぶことになります」

興奮する光一とは対照的に、女の口調は落ち着いていた。

「ああ、呼べるものなら呼んでみろ！　俺は、疚《やま》しいことはなにもないっ。困るのは、そっち……」

女が閉めかけたドアの隙間に、光一が靴先を突っ込んだ。

「そこをどけ！」

光一は力ずくでドアを開けると、女を押し退け玄関に押し入った。

部屋の奥から、同じピンクの作務衣を着た五人の女が現れた。

「ここから先は、立ち入ることはできません！　不法侵入ですよ！」

一番年嵩《としかさ》と思《おぼ》しき髪を後ろに縛った女が、厳しい口調で言った。

「なにが不法侵入だっ。俺は妻を連れ戻しにきただけだ！」

光一が土足のまま廊下に上がり、五人の女を掻《か》き分けると奥へと進んだ。

「待ちなさい！」

女達が、光一を追った。

半那も、あとに続いた。

「綾っ、迎えにきたぞ！」

光一が叫びながら、廊下の突き当たりのドアを開けた。

「なっ……」

光一が息を呑《の》んだ。

半那も表情が凍《い》てついた。

「おぎゃあ！　ほぎゃっ！　おぎゃあ！　ほぎゃっ！」

仰向《あおむ》けになり、赤子のように泣く青の作務衣を着た男。

「ぶひぃ！　ぶひぃ！　ぶんがぁ!!　ぶひぃ！　ぶんごぉ！　ぶひぃ！　ぶふぁ！　ぶひぃ！」

四つん這《ば》いで豚のように鼻を鳴らしながら、地面を嗅《か》ぎ回る女。

「くぉーっけぇくぉっこぉ～！　くぉーっけぇくぉっこぉ～！　くぉーっけぇくぉっこぉ～！」

首を前後に振りながら、鶏のように鳴く女。

「あぅっ！　あぅっ！　あぅっ！　あぅっ！　あぅっ！　あぅっ！」

腹這いになり、オットセイのように顎《あご》の下で両手を叩く男。

「ウ～バウッ！　バウッ！　ウ～ッ、ガウルルルルーッ！」

鼻梁《びりょう》に皺《しわ》を寄せ、牙を剝《む》き犬のように唸《うな》る女。

八畳ほどの和室では、作務衣姿の複数の男と女が赤子や動物のマネをしている異様な光景が繰り広げられていた。

「自我滅失業です」

いきなり、光一と半那の背後から誰かが話しかけてきた。

隆起した肩、分厚い胸板、逆三角形の上半身……筋肉質の身体に黄色の作務衣を纏《まと》った色黒の男が、にこやかに微笑んでいた。

口もとは笑っていたが、男性の瞳はガラス玉のように無機質だった。

この建物にいる男女に共通しているのは、みな、感情が窺《うかが》えない瞳をしているということだった。

「君は？」

光一が、怪訝《けげん》そうに訊ねた。

「申し遅れました。私、『神の郷』中野支部長を任されております黒木です」

男……黒木が恭《うやうや》しく頭を下げた。

「妻は、僕の妻……佐久間綾がきているだろう!?」

「自我滅失業の目的は、赤子や動物になりきることで羞恥心《しゅうちしん》と自尊心を取り除くという修行です。羞恥心と自尊心は、魂の洗浄を妨《さまた》げます。お金がないと恥ずかしい、いい車に乗っていないと恥ずかしい、学歴がないと恥ずかしい、みんなに馬鹿にされたくない、みんなに尊敬されたい、みんなを従わせたい、みんなに善人だと思われたい……人間という生き物は、羞恥心と自尊心があるために自分を偽り、他人を支配しようとします。羞恥心と自尊心は、魂を汚《けが》し心の瞳を曇らせます」

黒木は、淡々とした口調で語った。

「君は、なにを言ってるんだ!? 僕は、妻はどこにいると訊いているんだ！」

業を煮やした光一が、黒木に詰め寄った。

「神の化身であられるメシアも、魂の浄化のためにライオンに成りきる修練を現在でも積んでおられるのです」

黒木は光一の声など聞こえないとでもいうように、一方的に語り続けた。

半那は、メシアという言葉に聞き覚えがあった。

綾が、呪文を唱えているときに飾っていた写真の肥った男のことをメシアと呼んでいた。

「わけのわからないことばかり言ってないで、妻の居場所を教えろ！」

光一が、黒木の作務衣の胸倉を摑んだ。

どこからか、影のように二人の男が現れ光一の腕を摑んだ。

二人とも白の作務衣を纏《まと》い、黒木と同じようにガッチリとした体軀《たいく》をしていた。

「お、お前ら、なにをするんだ！　離せっ、離せ！」

光一は逃れようとしたが、二人の男に押さえつけられまったく動けなかった。

半那も恐怖に、声を出せずに立ち尽くすことしかできなかった。

「雄ライオンは、日に十数頭の雌《めす》と交わります。メシアは、羞恥心と自尊心を滅失するために雄ライオンに成りきり、十数人の女性と性行為をしました。メシアにとって、女性との性行為は最も苦痛なものであり、忌み嫌っている唾棄《だき》すべき行為です。性行為は清らかなエネルギーを浪費し、精神と肉体は邪悪なる毒欲に蝕《むしば》まれてしまいます。高いステージにいるメシアだから崇高なる精神と肉体を保てますが、私達信徒レベルは邪欲に塗《まみ》れて地獄に堕ちます。メシアが本来ならば避けたい雄ライオンを選択したのは、私達信徒に身を以て伝えるためです。魂の浄化には、自《みずか》らにとって最大の苦痛を与えねばならないと」

「だからっ、さっきからわけのわからないことばかり言ってないで……」

「いま、お連れします」

光一を遮《さえぎ》った黒木が、部屋の奥に進んだ——襖《ふすま》を開けた。

「なっ！」

光一が絶句した。

半那も息を飲んだ。

凍てつく視界——全裸で四つん這いになり人参《にんじん》を齧《かじ》っている綾の背後から、白い作務衣姿の痩《や》せた男が腰を振っていた。

もう一人の小柄な男は、綾の下に仰向けになり胸を揉《も》んでいた。

幼心にも半那には、目の前で繰り広げられている光景がなんであるかがわかった。

なぜか、綾は嫌がっていなかった。

眼を閉じ、半那が耳にしたことのないような声を出していた。

「お前らっ、人の女房になにをやってるんだ！　おいっ、綾！　やめろ！　聞こえないのか！」

両脇から二人の男に押さえられた光一が、首とこめかみに血管を浮かせて喚《わめ》き散らした。

「自我滅失業での綾さんは、雌ウサギです。ウサギは、哺乳類《ほにゅうるい》の中で一番性欲が強い動物です。雄ウサギはほかの雄ウサギと交尾している雌ウサギを奪うことは常であり、雌の取り合いで殺し合いになることも珍しくありません。雌ウサギも一匹と交尾が終わったら次の雄ウサギと交尾を始めるという、人間で言えば乱交状態です。雄ウサギは性欲を満たすために、交尾のし過ぎで傷つき血塗れになった雌ウサギの性器に無理やり挿入します」

黒木が、無表情に語り始めた。

「ふざけるな！　なにがウサギだ！　とにかくやめろっ。いますぐやめろ！」

光一が怒鳴っても、痩せた男性信徒は腰を動かすのをやめなかった。

四つん這いのまま綾は、鼻声を出しながら人参を齧り続けていた。

「旧名佐久間綾改め聖如院真理さんは雌ウサギに成りきり、複数の男性と手当たり次第に性行為をしています。中野修練所にきてから、一日も欠かさずに男性信徒と交わっています。多い日は、五人以上の男性信徒の性器を受け入れています」

黒木は、抑揚《よくよう》のない口調で聞くに堪《た》えない言葉を並べた。

不意に、半那の瞳から涙が溢《あふ》れた。

黒木にひどいことを言われたからでも、光一が半狂乱になっているからでもない。

見知らぬ男達に嬲《なぶ》り者にされているにもかかわらず、綾が恍惚《こうこつ》とした表情になっているのがショックで哀しかった。

「せ、せいにょいん!? 彼女は僕の妻で、佐久間綾だ! 綾っ、お前っ、嫌じゃないのか!? どうしてだ!? おいっ、綾っ、そんな声を出すのはやめろ!」

光一の叫びが届いていないのか、綾は突き出した尻をくねらせ、甘い声を鼻から漏らしていた。

綾の頬と耳朶《みみたぶ》はほんのりと赤らみ、身体が汗ばみ息が荒くなっていた。

「聖如院真理さんは、哺乳類一性欲の強い雌ウサギに成りきり羞恥心と自尊心を滅失している最中です。だから、嫌どころか、性行為をしたくてしたくて堪《たま》らないのです。そして、何人、いいえ、何十人もの雄の性器に突かれるたびにオルガスムスに襲われ、恍惚の声を漏らしているのです。いまの聖如院真理さんの頭には快楽を貪《むさぼ》ることしかなく、身体は、何十人の男性と性行為をしても満たされることなく淫靡《いんび》に疼《うず》いています」

「もう、やめてくれ……お願いだ……やめてくれ……」

それまで怒鳴っていた光一が、涙声で訴えた。

光一の泣いた顔を見るのは、初めてだった。

見たことのない母に、見たことのない父——これは、悪夢だ。

眼が覚めたら半那は、自分のベッドにいて、料理上手の母が朝食を作り、穏やかな父はコーヒーを飲みながら新聞を読んでいるに違いない。

そうに決まっている。

「そうですね。そろそろお喋りはやめましょう。私も、自我滅失業に戻ります」

黒木は言うと、突然、黄色の作務衣を脱いだ。

黒木の褐色の肉体は、ギリシャ彫刻のような筋肉の鎧《よろい》に覆《おお》われていた。

反りかえった性器は、鎌首を擡《もた》げるコブラのようだった。

光一の性器しか見たことのない半那は、その大きさと怪奇な形に恐怖を覚えた。

「な、なにをする気だ!?」

光一が、蒼白な顔で訊ねた。

「私は雄ウサギです。しかも、際立《きわだ》って生殖能力の強い個体です」

言い終わらないうちに、黒木が四つん這いになり、まさにウサギのように跳ねながら綾の背後で腰を振っていた男性信徒に体当たりを食らわせた。

倒れた男性信徒に馬乗りになった黒木が、丸太のような両腕を振り下ろした。

一発、二発、三発、四発……黒木は、無表情に拳を男性信徒の顔面に打ちつけた。

「雌ウサギを勝ち取るために、雄ウサギは命懸けで戦います」

ナレーションのように淡々と言いながら、黒木は男性信徒の顔を殴りつけた。

五発、六発、七発、八発……男性信徒の頬は陥没し、鼻は歪《いびつ》に捻《ね》じ曲がった。

「強い雄は雌を勝ち取ることができ……」

黒木が立ち上がり、綾の胸を揉んでいたもう一人の小柄な男性信徒を引き摺り起こし、顔面に頭突きを浴びせた。

小柄な男性信徒は鼻血を噴き出し、腰から崩れ落ちた。

「美しい雌もまた、強い雄の性器を受け入れます」

黒木が、綾の背中から覆い被《かぶ》さり激しく腰を前後に動かし始めた。

「やーめーろー！　やーめーろー！　やーめーろー！」

光一は、鼻水を垂らし子供のように泣きじゃくり喚き散らしていた。

眼は血走り、声は裏返っていた。

母の淫らな姿もショックだが、父の錯乱した姿も衝撃的だった。

「旦那さんがやめろと言っています。どうしますか？」

黒木は背後から腰を動かし、胸を鷲摑《わしづか》みにしながら綾に訊ねた。

「いや……やめ……ないで……あふぅん……やめないで……あぁぁん……」

眉間《みけん》に縦皺《たてじわ》を刻み、綾が喘《あえ》ぐように言った。

いつも聞いている母の声とは、明らかに違った。

「綾っ……なにを言ってるんだ!?　おい……嘘《うそ》だろ!?　おい！」

涙ながらの光一の問いかけにも綾が答えることはなく、恍惚の表情で自ら腰をくねらせていた。

「それでこそ……あなた……は性欲の強い……交尾狂いの……雌ウサギです。羞恥心が崩壊する音が……聞こえます。自尊心が燃え尽きる音が……聞こえます。あなたは浄化され……珠玉の魂を手に入れることが……できます。メシアも……お喜びになります」

黒木は快楽に声をうわずらせながら言うと綾を立たせ、身体の向きを変えた——折り曲げた膝《ひざ》の裏に両手を差し込み抱え上げた。

「ああ〜メシア〜っ！　メシアぁ〜っ！　メシア……あっ……あぁぁーっ！　メシアぁー！」

黒木の首に掴《つか》まった格好で、腰を突き上げられる綾は髪の毛を振り乱し絶叫した。

「お前達……修行に励みなさい……」

黒木が綾を畳に放り投げると、殴り倒された男性信徒と頭突きを食らった男性信徒が競うように精子塗れの身体に襲いかかった。

綾は嫌がるどころか、仰向けのまま嬉々《きき》として二人の男性信徒の性器を代わる代わる口に含んだ。

「ご覧の通り、聖如院真理さんは故郷に留《とど》まることを望んでおります。もう、十分にご理解頂けたでしょうから、お引き取りくださいませ」

黒木が汗に濡《ぬ》れそぼった肉体をタオルで拭《ふ》きながら、光一に言った。

「な、なにが故郷に留まるだ！　どうせ、クスリ漬けにして洗脳したんだろう!?　警察に、訴えてやる！」

光一が、黒木を睨みつけた。

「妻は神の僕《しもべ》として忠誠を尽くし、夫は悪魔の僕として魂を売り渡す……皮肉なものですね。残念ですが、佐久間さんが悪魔の僕とわかった以上……」

黒木が言葉を切り、半那を背後から抱き寄せた。

汗の臭いが、不快に鼻孔に忍び込んだ。

「悪魔の自我が芽生えないうちに、お嬢さんに自我滅失業をやらせましょうか？　もちろん、子ウサギに成りきってもらって」

黒木の言葉に、光一の顔からみるみる血の気が引いた。

「や、やめろ……なにをするんだ……む、娘に……手、手を出したら、絶対に許さないからな！」

「身動き取れないのに、どうやって私を止めるおつもりですか？　それに、私をそういう気持ちにさせたのは、佐久間さんが神の仕事を妨害するようなことを口にしたからですよ？　聖如院真理さんの崇高な使命を理解して解放してくだされば、私だってこんなことはしたくありません」

言いながら、黒木が半那の胸や尻を衣服の上から擦った。

全身に鳥肌が立ち、半那の頭は恐怖に真っ白に染まった。

助けて、パパ……。

声帯が萎縮《いしゅく》して、声にならなかった。

助けて、ママ……。

助けを求める視線を、綾に向けた。

「ああっ、いい……ああん……もっと……もっとちょうだいぃ！」

半那は、眼を疑った——耳を疑った。

綾は痩せた男性信徒の上に乗り腰をグラインドさせ、小柄な男性信徒の性器をしゃぶっていた。

実の娘が危険な目にあっているというのに、見知らぬ男性と快楽を貪る母が、信じられなかった。

「くそっ……娘を盾《たて》に取るなんて……卑怯《ひきょう》だぞ！」

「私は、神の化身であるメシアのためなら、どんな苦行だって積みます。さあ、どうしますか？　聖如院真理さんの使命を理解しておとなしく帰るのなら、お嬢さんをお戻しします。しかし、あくまでも妨害するというのなら……」

黒木の手が、半那の股間《こかん》に伸びた。

「パパっ、助けて！」

半那は、涙声で叫んだ。

「わかった！　わかったから、半那を返してくれ！」

光一も、涙声で絶叫した。

「わかってくだされば、それでいいんです。おい、お前達、佐久間さんを自由にしてあげなさい」

黒木は光一を拘束していた二人の男性信徒に命じると、半那の背中を押した。

「パパ！」

「半那っ、大丈夫か⁉」

半那が駆け寄ると、光一が抱き締めた。

「いいですか？　覚えておいてください。もし、警察や弁護士に訴えて聖如院真理さんの崇高なる使命の妨害をしたら、『神の郷』の一万二千人を超える全信徒を総動員してでも、お嬢さんを探し出して天罰を与えます」

「私を、脅す気か？」

「これは脅しではなく、メシアからあなたへの啓示です」

黒木が、微塵《みじん》の感情も窺えない瞳で光一を見据えた。

束の間の沈黙のあと、光一が力なく頷《うなず》き半那の手を引き部屋を出た。

二人の背中を、綾の喘ぎ声が追ってきた。

☆

「ごめんな、半那……ママを、助けられなくて……」

建物を出た光一は、地面に膝を突き半那の両肩に手を置くと涙に濡れた顔で言った。

「ううん……パパは悪くないから……」

半那は、弱々しい声で言った。

あまりの衝撃に、半那の小さな胸が破れそうに鼓動が高鳴っていた。

建物の中の綾は、まったくの別人だった。

思い出しただけで、涙が込み上げてきた。

「でも、どうして……どうして……」

光一が、半那をきつく抱き締め嗚咽《おえつ》を漏らした。

「おいおい、娘より泣きやがって、みっともねえな」

不意に、見知らぬ男が光一に声をかけてきた。

薄汚れたチノパンにカーキ色の皺だらけのTシャツ――男はまだ若く、肌が浅黒く彫りの深い顔立ちをしていた。

「おめえも、イカサマエロ教祖の子分に女房を取られたクチか？　お？」

男が身を屈《かが》め、光一に笑いかけた。

ゾッとする笑顔——男の瞳は、笑うと底なしに暗くなった。

「あなたは……誰ですか？」

怪訝そうに、光一が男を見上げた。

「幸せを運ぶ青い鳥……『幸福企画』って復讐《ふくしゅう》代行屋をやってる鷹場《たかば》っつうもんだ」

「復讐代行屋!?」

光一が、頓狂《とんきょう》な声を上げた。

「ああ、人の恨みを代わりに晴らしてやる商売だ」

「人の恨みを晴らす……ですか？」

「『神の郷』への復讐依頼は、ほかからもきてるからよ。なんなら、ついでにおめえの恨みも晴らしてやってもいいぜ？　こいつは、たんまり頂くけどよ。地獄の沙汰《さた》も金次第って言うじゃねえか？　おお？」

男……鷹場が顔の横で人差指と親指で丸を作り、嗄《しゃが》れ声で卑しく笑った。

明鏡《めいきょう》の章　洗脳

「みんなが必要としているのが中谷由麻《なかたにゆま》なのか、それとも女優の中谷ゆまなのかがわからなくなっちゃって……。無償の愛で奉仕する修道女、欲求不満の看護師、男に利用され犯罪に手を染める銀行員、熱血な小学校教師、幼少時代に性的虐待されていた風俗嬢、ドジで情に厚い女性警官、神の指を持つ天才ピアニスト……本当の自分だってわかっていないのに、ドラマや映画の撮影期間は別人格が入り込んじゃって、もう、頭がどうにかなってしまいそうなんですっ」

恵比寿に建つ「明光教」本部の自社ビルの最上階——啓示室の応接ソファに座るなり、由麻が堰《せき》を切ったように心情を吐露した。

二十坪の空間の最奥には、明鏡飛翔《ひしょう》の四メートルの特大の銅像が結跏趺坐《けっかふざ》を組み鎮座していた。

実家が銅器店の信徒に、三ヶ月かけて作らせたのだ。

全身金箔《きんぱく》仕上げの銅像は、まともに注文すれば一千万は軽く超える。

明鏡を神の化身だと信じて疑わない銅器店の信徒が、銅像を献納したのは言うまでもなかった。

銅像の前には高貴な色の象徴とされる紫の絨毯《じゅうたん》が敷き詰められており、明鏡が「啓示の儀式」を行う際に座る一メートル五十の高さがある特注の専用ソファにも濃紫の革を使用していた。

カスタマイズするのに百万以上かかった明鏡のソファにたいして、信徒が座る三人掛けのソファはディスカウントショップで購入した三万九千八百円の安物だ。

専用ソファを底上げにしたのは、自分を信徒に見上げさせるため……神々《こうごう》しさを演出するためだ。

専用ソファの背凭《せもた》れには温白色のLEDライトが埋め込まれており、スイッチを入れると後光が差しているような錯覚に陥ってしまう。

もちろん、信徒でない一般人が見たらライトだとバレてしまう。

だが、啓示室に足を踏み入れることが許されているのは洗脳度が進んだ幹部信徒か準幹部信徒ばかりなので、明鏡のでたらめを信じて疑わないのだ。

信徒達はほかにも、睡眠を取らない、排泄《はいせつ》をしない、食事は果物しか摂《と》らない、性行為をしないという明鏡の荒唐無稽《こうとうむけい》な嘘八百に微塵《みじん》の疑念も抱いていない。

個人差にもよるが、明鏡の洗脳テクニックを以てすれば早い信徒で二ヶ月、遅くても半年以内には柔順にする自信があった。

明鏡は由麻の瞳をみつめ、無言で耳を傾けていた。

「啓示の儀式」で一番大切なのは、とにもかくにも信徒の話を聴くことだ。

信徒が女性の場合は、男性の倍近くの時間をかけて聴く。

信徒の瞳を虚《うつ》ろにさせ、耳に明鏡の言葉しか聞こえなくするには、心の部屋を空っぽにさせなければならない。

心の部屋――信徒の家族、恋人、友人との思い出や信頼をすべて捨てさせ、明鏡の教えで満たすには、まずは鬱積《うっせき》した感情を吐き出させるのが先決だった。

実際の部屋でも、全面的に模様替えをするには元からある家具を捨てなければ新しい家具を入れることができないのと同じだ。

「先生、私、どうすればいいんですか!?　このまま芸能界続けるか、それとも辞めるか……私は、どうすればいいんでしょう!?」

涼しげに眼尻が切れ上がった二重瞼《ふたえまぶた》、高過ぎず低過ぎずの形のいい鼻、ぽってりとした肉厚な唇、シャープなフェイスラインに掌《てのひら》におさまりそうな小顔――由麻が、一般人女性には滅多にお目にかかれない整った目鼻立ちを悲痛に歪《ゆが》めて訴えてきた。

韓流アイドルさながらの刈り上げツーブロックのマッシュヘア、涼しげな眼元、すっと通った鼻梁《びりょう》、薄く形のいい唇――明鏡の顔立ちも、由麻に劣らないほどの美形だった。

色白で整った中性的な顔のせいで、幼少の頃は女みたいだとイジメられたものだ。

だが、この美形が大人になってからは役立った。

とくに、「明光教」の開祖となってからは、金をたんまりと貯め込んだ醜女《しこめ》中年セレブの心を簡単に摑《つか》むことができた。

「先生、私に道を示してください……お願いします……」

彼女の縋《すが》る瞳には、一片の曇り疑《い》もなかった。

由麻の細胞の隅々《すみずみ》にまで、明鏡の教えが染み渡っていた。

由麻との出会いは半年前……明鏡が経営している「シャーマンハウス」でだった。

友人と二人で、由麻は訪れた。

――この子、中谷ゆまって芸能人なんですけど、知ってますよね？

友人が不細工な顔を輝かせ、まるで我が事のように自慢げに言った。

小顔をマスクとキャップで覆っていても、由麻の芸能人オーラは隠せなかった。

なにを勘違いしているのか、不細工な友人も目深《まぶか》にキャップを被っていた。

もちろん、知っていた。

中谷ゆまは映画や連ドラでヒロインを務め、CM契約数も五本を超え、ファッション誌の「なりたい顔ベスト10」で常に上位にランクインしている売れっ子女優だった。

——由麻は、いろいろと仕事で悩みがあるんですって。彼女が今後どうすればいいかを占って貰《もら》いたいんですけど、なにがお勧めですか？

「シャーマンハウス」には、水晶、タロット、六星占術、四柱推命の占い師をそれぞれ部屋ごとに配置していた。

客は一時間五千円で、好きな占い師を指名する。

その日のうちなら二度目の利用が一時間三千円と割引になるので、水晶のあとに六星占術といったふうにセットで占って貰う客も多い。

尤《もっと》も、明鏡は利益を得ようと「シャーマンハウス」を始めたわけではない。

目的は、由麻のようなＶＩＰガモを探すためだった。

——本格的に身の振りかたを相談なさりたいなら、プロのシャーマンが揃っている「明光教」にいらしてください。

「明光教」は、信徒数が百五十人の宗教法人だ。

ほかの新興宗教団体と比べて信徒数は少ないが、ただの百五十人とはわけが違う。

政治家、スポーツ選手、財界人、芸能人、作家……「明光教」の信徒は、著名人と社会的地位の高い者ばかりを選《え》りすぐっていた。

「シャーマンハウス」に由麻のように名声のあるVIP客が訪れれば、明鏡は言葉巧みに「明光教」へと誘う。

「シャーマンハウス」にも信徒はいたが、明鏡は人任せにはしなかった。

「明光教」に誘い込めさえすれば、柔順な子羊にする自信はあった。

だからこそ、「シャーマンハウス」での失敗は許されないのだった。


——プロのシャーマン？

不細工な友人が、唇を尖《とが》らせ首を傾《かし》げた。

——ええ。ここのシャーマンも軽い悩み事を占う程度のスキルはありますが、中谷さんのように重大な決断をなさりたいのなら、数ランク上の占術スキルを持つプロが在籍する「明光教」でご相談なさることをお勧めします。

明鏡は、身の程知らずのカマトトフェイスを作る不細工な友人から、由麻に視線を移した。

——でも、値段とか高いんじゃないんですか？

あくまでも、不細工な友人は出しゃばるつもりのようだった。

由麻のマネージャー気取りなのか、不細工な友人は警戒心を湛《たた》えた瞳を明鏡に向けていた。

——高いかそうでないかは、その方の悩み事の深さの度合いによりますので一概には言えません。

明鏡は、淡々とした口調で言った。

「明光教」では、カモから引っ張る金のことを啓発金と呼んでいた。

無知なる自分が導かれ、開眼《かいげん》し、真理を悟るための「天」にたいする貢物《みつぎもの》という体裁だ。

じっさい、啓発金の値段は決まっていなかった。

カモの懐具合によって、一億の場合もあれば百万の場合もある。

一つだけ言えることは、知名度のあるカモは啓発金が安くても構わないということだ。芸能人やトップアスリートなどの場合は、信徒でいるだけで「明光教」の名を世に知らしめる役割を果たしてくれる。

逆に、財界人の場合は広告塔になれない代わりに財力で貢献させるというわけだ。

──金額を言えないなんて、そんなのおかしいですっ。

不細工な友人が、己《おのれ》は世の中の代弁者とでもいうように毛穴の目立つ小鼻を膨《ふく》らませて抗議してきた。

──なにも、おかしくはありませんよ。車や家を買うのとは、わけが違います。私が行うのは、迷える者の魂の救済です。魂に、値段はつけられません。その者の業《ごう》の深さによって、啓発金の額も変わってきます。

明鏡は、淡々とした口調で言った。

何事も、当然、というふうに諭《さと》し聞かせるのがポイントだ。

騙《だま》そうとする側が疚《やま》しさを感じていれば、騙される側にも伝わるものだ。

心の眼を閉じさせれば、カモはどんなに荒唐無稽《こうとうむけい》なでたらめでも信じてしまう。

判断力さえ奪えば、金などいくらでも運んでくる。

たとえ銀行強盗してでも、用意しようとするだろう。


——業の深さって……由麻、帰りましょうっ。

不細工な友人が、憤然と由麻を促《うなが》した。


——ご安心ください、中谷さんからは啓発金を頂くつもりはありません。

——由麻から取らないのは、どうしてですか？

——啓発金の献納は、必ずしもお金である必要はありません。その方によって、献納の形は様々です。


嘘ではなかった。

明鏡は、由麻から金を引っ張るつもりはなかった。

由麻ほどの知名度を持つ女優は、教団にとって利益になる。

たとえば、由麻の芸能人脈を入信させることもできるし、彼女を餌《えさ》にセレブなカモが釣りやすくなる。

ほかにも、テレビや週刊誌が騒ぐので「明光教」の知名度が広がるというプラスもある。

金額に換算したなら、由麻がいるのといないのとでは年間で億は違ってくるだろう。


——由麻、早く帰ろ……。

——私、「明光教」に相談に行きます。

不細工な友人を遮《さえぎ》り、由麻が言った。

当時の由麻は、水着の仕事や際どい濡れ場の仕事を入れる事務所にたいして不信感を覚え、芸能界を続けるかどうか悩んでいたのだった。


「先生、私、やっぱり芸能界を辞めようかどうかをご相談にきたんです」

由麻の声が、明鏡を現実に引き戻した。

「辞めて、どうするんです？」

明鏡は、初めて口を開いた。

あの方とは違い、明鏡の口調は普通の人間と変わらなかった。

しかも、年下の信徒相手でも敬語を使っていた。

「明光教」を創設するときは神々《こうごう》しい口調でいこうかとも考えたが、所詮《しょせん》は、自分はあの方と違い紛い物なのだ。

本物の神の化身の猿真似をしても、自分に成功はない。

そこで明鏡は、あの方の遺志は踏襲しつつも、「神の郷《さと》」とは違うスタイルで行こうと決めたのだ。

明鏡が作務衣ではなくスーツを着ているのも、宗教感をあまり前面に押し出さないためだ。

「シャーマンハウス」からピックアップしたカモに、胡散臭《うさんくさ》いと思わせたくなかった。なので「明光教」では、修行場以外では信徒達にも男性女性問わずにスーツの着用を命じていた。

世間やマスコミにたいしても、カルト教団的な偏見から入ってほしくなかった。

そもそもが、あの方と自分では民にたいしての思いが違う。

あの方は民のために自らを犠牲にし、無償の愛で魂の救済に今生《こんじょう》での時を捧《ささ》げた。

明鏡は自らを犠牲にした振りをし、無償の愛で救済に今生での時を捧げる神の化身を演じていた。

明鏡のあの方にたいする思い……神郷宝仙《メシア》にたいする思いは、尊敬などという陳腐な言葉で表せられはしない。

だが、「神の郷」のすべてを踏襲する気はなかった。

「神の郷」のシステムでは、神郷の遺志は民に伝わりはしない。

もちろん、メシアを否定しているのではない。

逆だ。

メシアの教えを十五年前よりも民に浸透させたいからこそ、「神の郷」のやりかたをそのまま受け継ぐわけにはいかないのだ。

問題は、民の意識の低さにある。

イジメと差別を扇動するバラエティ番組、肉体を腐敗させる酒、コーヒー、煙草、煩悩《ぼんのう》を増幅させるAV女優やグラビアアイドル、悪魔の情報が氾濫《はんらん》しているSNS、肉欲に溺《おぼ》れ心の眼をくらませるセックス、邪心を刺激する金……民が理想とする世の中は、腐り切っていた。

世の中は、犯罪にならないが犯罪以上に罪深い物事で溢《あふ》れ返っている。

そもそも、犯罪の定義を決め、法律を作ったのは愚かな人間に過ぎない。

一夫多妻が認められていない国と認められている国、二十歳まで飲酒が認められていない国と認められている国、大麻が認められていない国と認められている国、覚醒剤を使用したら死刑になる国と執行猶予で済む国……神が決めたことならば、こんな矛盾は起こらない。

思想の違いで互いに殺し合う戦争、思想を認めさせるために無差別大量殺人を仕掛けるテロ……神が決めたことなら、こんな惨事は起こらない。

この世が悪に支配されているのは、民にメシアの教えが浸透していない証《あかし》だった。

神は愛であり、愛は慈《いつく》しみであり、慈しみは愛であり、愛は神である。そして、私こそが、全知全能の神の化身である。

脳裏に蘇《よみがえ》るメシアの御言葉が、明鏡の心を震わせた。

民が愚行に走るのは、もちろんメシアの力不足のせいではない。

神の化身であるメシアにとって、その気になれば民を従わせるのはたやすいことだった。

——メシアは、なぜ、民を戒《いまし》めないのでしょうか？

神の郷に入教して十三年……二十歳の誕生日の夜、恩恵の間でメシアに祝いの言葉をかけられた明鏡は伺《うかが》いを立てた。

その頃の明鏡は、氷室、大和、瀬野、千夏の幹部四人に次ぐ準幹部の地位を授かっていた。

――おやおや、おかしなことを言うのだな。私の大事な子羊達を、どうして戒めなければならないのだ？

等身大の銅像の前で、結跏趺坐《けっかふざ》の姿勢で座っていたメシアが、慈しみに満ちた眼で明鏡をみつめ、ゴッドスマイルを浮かべた。

ときにメシアは、三日三晩、飲まず食わずで結跏趺坐を組み、瞑想《めいそう》に耽《ふけ》ることも珍しくはない。

――恐れながら、メシア。民はメシアの寛容な愛を都合よく解釈し、傍若無人《ぼうじゃくぶじん》な振る舞いに終始しています。ときには、厳しい戒めも必要ではないのでしょうか？

――幼子《おさなご》が盗みを働いたときに体罰を与えればごめんなさいと言うだろう。幼子が食べ物を粗末にしたときに声を荒らげれば素直に非を認めるだろう。だが、それは、心から悔い改めたのではなく、恐怖からくる言葉だ。神の化身である私の目的は子羊を表面上従わせることではなく、盗みがいけないことだと、食べ物を粗末にすることがいけないことだと気づかせることなのだよ。恐怖や力で無理やり押さえつけても、また、同じ過《あやま》ちを繰り返すだけだ。わかるな？

メシアの言葉に、明鏡は静かに頷《うなず》いた。
愚かな民にたいして無償の愛を注ぐメシアの寛大さに、明鏡は心打たれた。
メシアは、わかっていながら敢《あ》えて民を赦《ゆる》しているのだ。

――明鏡よ。お前の役目はなんだ？

唐突に、メシアが訊ねてきた。

――メシアの慈愛で迷える子羊達を正しい道に導くお手伝いをすることです。

明鏡は即答した。

――そうだ。氷室を見よ。彼は私のやることにいちいち疑問を持たず、自らのやるべきことをやっている。「神の郷」の信徒一、頭が切れるお前なら、わかるはずだ。

——私のやるべきこと……ですか？

——そうだ。氷室の行動を注意深く観察しなさい。そうすれば、己のやるべきことが見えてくる。

「神の郷」の戒律を乱し悪魔に魂を売ろうとする者を浄化するのが、氷室の役目だった。

浄化とは、不浄な者を抹殺すること……癌《がん》細胞を取り除くことと同じだ。

癌細胞は早期に切除しなければ、健康な細胞を蝕《むしば》み人間を死に至らしめる。

その意味では、氷室は優秀な外科医だった。

メシアが言わんとしていることを、明鏡は悟った。

だが、明鏡は癌細胞を切除しようとは思わなかった。

自分の役目は、メシアの教えを一人でも多くの愚かな子羊に広めてゆくこと——そのためには、死んだり警察に捕まるわけにはいかなかった。

荒事は氷室や大和に任せ、明鏡は信徒を柔順にする方法を模索した。

元脳外科医や神経科医の信徒を探し出し、徹底的に脳の仕組みを勉強した。

人間の脳には、思考や感情を司《つかさど》るワーキングメモリという認知機能がある。

ワーキングメモリには容量があり、一定以上の負荷がかけられるとパンクしてしまう。

白紙になったワーキングメモリに新たな情報……「神の郷」の戒律を繰り返し送り込む。

これを、専門用語で刷り込みと言った。

明鏡は、入教したばかりの新参信徒を密室に閉じ込めた。

刷り込みの第一歩は、「神の郷」の情報以外入らない密室に拘禁することだった。

次に、それまでの人生で培《つちか》われた倫理観や価値観を崩壊させるために思考力を奪う。

睡眠と食を奪い、アイマスクとヘッドホンを装着し、六欲滅失のマントラを唱えさせた。

定期的にマントラを中断し、ヘッドホンを通じて新参信徒を罵《ののし》った。

――あなたはクズです。カスです。ゴミです。みなに忌み嫌われるゴキブリ以下の存在です。あなたを必要とする人間は外界には誰もいません。あなたは憐《あわ》れで惨《みじ》めな敗残者です。落伍者です。卑怯者です。みなに迷惑しかかけない病原菌のような存在です。

信徒に、同じ言葉を言わせて自己否定させた。

マントラ、罵詈雑言《ばりぞうごん》、自己否定のサイクルを丸三日間……七十二時間ぶっ通しで繰り返させた。

もちろん、睡眠も食事も取らせない。

三日間口にできるのは水だけで、日に三回と決められているトイレの時間以外には密室から出ることができない。

失神する者は珍しくなく、中には発狂する者もいる。

だが、地獄の三日間を乗り超えた者は、従順なる子羊となる。

外界ではこの行為を洗脳と呼ぶらしいが、明鏡は転生と呼んだ。

「神の郷」の中に、明鏡の転生術の右に出る者はいなかった。

刷り込みのテクニックにおいては、あの氷室も明鏡の足元にも及ばなかった。

一年間で、明鏡は五百人を超える新参信徒を転生させた。

明鏡が転生させた信徒の教団への忠誠心は、ほかの幹部信徒が洗脳した信徒とは比べものにならないほどに強固だった。

「神の郷」の全信徒を明鏡が転生させることができたなら、メシアはいまも光として民を照らしていたことだろう。

だが、そうするには「神の郷」は大きくなり過ぎていた。

大和や瀬野のような頭の悪い幹部信徒が大量生産した程度の低い子羊達が、教団をだめにした。

子羊達はメシアを裏切った。もちろん、メシアに裏切られたという思いはない。

すべては、神の知るところだ。

だが、明鏡は許せない。

「明光教」の開祖になったのは、神郷宝仙を裏切った子羊達への復讐にほかならない。

金と地位を根こそぎ奪い、すべてを自分の養分とする。

子羊達を徹底的に利用し、「明光教」が……明鏡が大きくなること即《すなわ》ち、メシアにたいしての恩返しになるのだった。

「明光教」が「神の郷」の犯した失敗を繰り返さないために差別化したのは、信徒の数の多さより質を重視するということだった。

どこの教団も普通は、一人でも多くから布施を集める目的で信徒数を増やしたいと思うものだ。

「神の郷」も、在家を合わせると一万人近くの信徒がいた。

病院の周辺で無差別にチラシを撒《ま》いたり中学受験を控えている子を持つ親をターゲットにしたり、大学のサークルに信徒を勧誘要員として潜り込ませたり……「神の郷」は、多くの新興宗教団体と同じように信徒集めに躍起になっていた。

しかし、教団が大きくなれば信徒に眼が行き届かなくなり、忠誠心の弱い子羊が大量生産されてしまうという悪循環に陥《おちい》る。

だからこそ明鏡は、地位のあるカモ、名声のあるカモ、財力のあるカモしかターゲットにしない。

いわば、売り上げのために誰彼構わず入店できる大衆的なキャバクラではなく、紹介制の高級会員制ラウンジの集客法だ。

「神の郷」を……メシアを非難しているわけではなかった。

明鏡にとっての宝仙は「神」だ。

全知全能であり、唯一無二の至高の存在だった。

民のためを思い、民のために生きた——民にすべてを捧げた。

明鏡は心に、メシアの御姿を思い浮かべた。

メシアの慈しみ深い瞳にみつめられた迷える子羊達は、無窮《むきゅう》の闇から救われた。

メシアの愛情に満ち溢れた言葉をかけられた迷える子羊達は、絶望の底から引き上げられた。


明鏡も、その一人だった。

七歳の頃に、母に連れられ「神の郷」に出家した。

それまでの母は、毎晩のように、酒に酔った父に殴られていた。

幼い明鏡もまた、父のグローブのような平手で殴られたことは一度や二度ではなかった。

モデルをやっていた母が授業参観にくると、その美しさにクラスメイトはざわめき、担任教諭の男性まで顔を赤くしていた。

明鏡の自慢だった。

母が学校にくると、誇らしい気持ちで一杯になった。

高円寺でスナックを経営していた父は、気が短く、粗暴で、自己中心を絵に描いたような男だった。

――おいっ、お前はまた、わけのわからねえ宗教なんてやってんのか!?　おお?

ある夜、帰宅した父はメシアの写真立てに向かって祈りを捧げていた母にリビングに入ってくるなり絡《から》み始めた。

顔は赤らみ、息は酒臭く、いつにも増して悪酔いしているようだった。

――あなたがお酒をやめて、立ち直れるように私は……。

――ふざけんじゃねえぞっ、こら!

父が、拳で母の頬を殴りつけた。

――母ちゃんを殴るのはやめてよっ!

テレビを観ていた明鏡は父に突進し、丸太のような右腕にしがみついた。

――ガキが出しゃばんな！

髪を鷲摑《わしづか》みにされた明鏡は、軽々と投げ捨てられた。

――父ちゃんが酔っ払いだから、すぐ殴るから、母ちゃんは神様にお願いしてるんじゃないか！

――このくそガキが、もう一度言ってみやがれ！

――あなたっ、この子に暴力を振るわないで！

明鏡の身体を庇《かば》うように覆い被さった母は、鼻血に塗《まみ》れた顔で訴えた。

――お前がそんなろくでなしだから、ガキもろくでなしになるんだろうが！　このっ、くそアマが！　くそアマが！　くそアマが！　くそアマが！

父は力ずくで母を明鏡から引き離し、怒声とともに背中や腰を蹴《け》りつけた。

――父ちゃん、やめろ……。

――あなたはきちゃだめ！

父に顔を踏みつけられながらも、母は明鏡を庇《かば》った。

――でもっ……。

――いいから、母ちゃんの言う通りにしなさい！

――そうだっ。ガキはおとなしくしてりゃいいんだ！　いまから、いいもの見せてやるからよ。

父は下卑た顔で言いながら、俯《うつぶ》せの母に馬乗りになりスカートをたくし上げ下着をずらした。

――あ、あなた……なにをするんですか!?　この子の前で、やめてください……。

――こいつの前だから、やるんだよっ。あと十年もすりゃ、こいつだって女とおまんこするようになるんだ。親が手本を見せてやろうって言ってんだよ。俺は、いい父親だな～。

父は右手で母の後頭部を床に押さえつけ、左手でズボンとトランクスを脱いだ――グロテスクに反り返った性器を母に挿入した。

――よぉ～く見ておけやっ、こうやって、お前は生まれたんだ。父ちゃんのちんぽを突っ込まれて雌豚《めすぶた》みてえに感じまくって、お前が腹ん中にできたってわけだ。

色を失う視界で、父が卑《いや》しく笑いつつ腰を振っていた。

色を失う視界で、母が悲痛に歪む顔で明鏡をみつめていた。

神様……父ちゃんを消してくださいっ。もし、父ちゃんを消してくれるなら、僕は神様の言うことをなんでも聞きます！

明鏡は小さな手を胸前で重ね合わせ、写真立ての中のメシアに祈った。

「芸能界を辞めて、『明光教』に出家しようと思います。これからは神の道に入り、先生に役立つ人生を送りたくて……」

由麻の声が、ふたたび明鏡の回想の扉を閉めた。

「わかりました。いま、中谷さんの前世とコンタクトを取りますから」

明鏡は、純金の台座に置かれた直径二十センチほどの大きさの黒水晶玉に掌《てのひら》を翳《かざ》し眼を閉じた。

通称「神玉」と呼ばれるこの黒水晶玉が神のエネルギーを宿す明鏡の分身だと、「明光教」の信徒達は信じて疑わない。

本当は、ネットオークションで二万九千七百円で競り落とした、ただの水晶玉だ。

もちろん、メシアのように明鏡に前世とコンタクトを取る神通力などない。

本物の神の化身であるメシアと違い、自分は凡人に過ぎない。

明鏡は眼を閉じたまま、あたかも呪文を唱えているかの如く唇を動かした。

それらしく見せているだけで、あかさたなはまやらわ、を繰り返しているだけだ。

心の中では、どうやって翻意《ほんい》させるかの理由を考えていた。

そう、明鏡には、由麻を引退させるつもりなどサラサラなかった。

由麻からは、年間、数十万程度しか献納させていなかった。

実業家の信徒からは、ゼロが二つ多い金を吸い取っていた。

由麻の役目は、テレビや映画で活躍して得た知名度でミーハーなＶＩＰガモを「明光教」に入信させる広告塔であり、芸能人仲間を新しい広告塔として入信させるスカウトウーマンだ。

芸能人だからこそ、利用価値があるのだ。

絶対に、引退などさせるわけにはいかない。

引退自体を翻意させるのは簡単だが、心から由麻を納得させる神の啓示《でたらめ》を考えなければならない。

「アーガンダヴィーダケッダバルジャンオブリガードサウナーデドゥーブル……」

前世と会話しているように、それらしく聞こえる言葉を呟《つぶや》いた。

由麻の真剣な眼差しが、肌を突き刺した。

馬鹿な女だ。

神の化身と信じて疑わない目の前の男が、出会う前に、自分のグラビアを見ながらオナニーしていたとも知らずに。

愚かな女だ。

神の化身と信じて心酔する目の前の男が、そろそろ尤《もっと》もらしい理由をつけて自分とセックスしようと画策しているとも知らずに。

そう、明鏡は、由麻が入信してからの半年間、どうやって彼女を抱こうかと思惟《しい》を巡らせていた。

由麻は、着痩せするが隠れ巨乳であることはグラビア写真で知っていた。ウエストは括《くび》れ小尻はキュッと上がり……由麻のボディラインは男にとって理想的なものだった。

彼女のような極上な女を抱けたら、どんなに幸せだろう。

明鏡が誘えば、それは難しいことではないに違いない。

しかし、自分への幻想から覚める危険性を孕《はら》んでいた。

睡眠を取らない。食事を摂らない。排泄をしない。性行為をしない。

それが、唯一無二の至高神である明鏡飛翔《ひしょう》なのだから……。

由麻のことを考えていたら、海綿体に血液が流れ込んだ。

明鏡は細身の身体からは想像がつかないほどの巨根の持ち主だ。

平常時で十五センチはあり、勃起したら二十五センチに達する。

ここで欲情したなら、生地の薄いスーツで隠し通せるものではない。

明鏡は慌《あわ》てて、別の女性の顔を思い浮かべた。

エステティックサロンを経営している信徒……大谷真知子の顔を思い浮かべた。

ほうれい線に沿って罅《ひび》割れるファンデーション、おとぎ話の魔女のような鷲鼻、歯槽膿《しそうのう》漏《ろう》の腫《は》れた歯茎から生えるヤニで黄ばんだ歯、ワンピース越しにもわかる二段腹。

四十八歳の醜女《しこめ》顔を故意に脳裏に蘇らせることで、血液が海綿体に流入することを防いだ。

完全にペニスが萎《な》えたところで、明鏡は黒水晶玉に翳していた掌を離し、おもむろに眼を開けた。

前世と会話していたリアリティを出すために、軽く呼吸を乱して見せた。

前のめりになった由麻が、自分の唇が開くのを待っていた。

膝上でハンカチを握り締めた手が、彼女の緊張を物語っていた。

前世とのコンタクトの時間が、芸能界を辞めさせないでたらめを考えることと淫《みだ》らな妄想に費《つい》やされていたとも知らずに。

「君の一つ前の前世、いまから遡《さかのぼ》ること約四百年前……慶長元年十二月十九日、太閤《たいこう》豊臣秀吉の命により長崎で磔《はりつけ》の刑に処された二十六人のカトリック信者、『日本二十六聖人』の一人、フランシスコ会司祭のペトロ・パウチスタの愛弟子、アントニオ・バンデラとコンタクトが取れました」

明鏡のハチャメチャなでたらめに、由麻が切れ長の眼を驚きに見開いた。

☆

「日本二十六聖人……ですか？」

狐に摘《つま》まれたような顔で、由麻が訊ねてきた。

明鏡は、悲痛な顔で頷いた。

馬鹿げている。

だが、心の瞳が曇っている由麻にとっては「日本二十六聖人」だろうが「新選組」だろうが、明鏡の言葉であれば無条件に受け入れることだろう。

「秀吉に志《こころざし》半ばで命を奪われたアントニオは、由麻さんにこう言っています。私が断念せざるを得なかった『愛の布教』を、あなたに引き継いでほしいと切に願っています」

「『愛の布教』？」

由麻が首を傾《かし》げた。

かわいい子は、どんな仕草も様になる。

フランス人形のように愛らしい顔立ちとアンバランスな、ワンピースの胸もとを膨らませる隠れ巨乳――明鏡は勃起しそうになる二十五センチ砲を、脳内に由麻の不細工な友人の顔を思い出すことで萎えさせた。

「そうです。アントニオの夢は、イエスの遺志を日本《ひのもと》の人々の心に刻み込むことでした。アントニオの無念を晴らせるのは、由麻さんしかいません」

「私は、具体的になにを求められているのでしょうか？」

由麻が、縋《すが》る瞳で明鏡をみつめた。

まさか、目の前で神の化身を演じている明鏡が、己の唇に熱《いき》り立った二十五センチ砲を捻《ね》じ込み、大量の精子を顔面にかけてやりたいと夢想していると知ったら、さぞかしショックを受けることだろう。

「芸能人とは、選ばれし者です。なにかを口にするたびに数百万人の人々の耳に一瞬で届きます。選ばれし者の中でも、トップ女優のあなたは特別です。なぜ、人間界においてあなたがその位置にいるかわかりますか？　みなにチヤホヤされるため？　贅沢《ぜいたく》な暮らしをするため？　優越感に浸《ひた》るため？　いいえ、どれも違います。あなたが特別な位置にいるのは、特別な使命のもとに生まれてきたからです」

明鏡は、由麻をみつめた。

ここからが勝負どころだ。

由麻の知名度と人脈をうまく利用できれば、「明光教」は飛躍的に大きくなる。

そこらの宗教団体とは違い、入信するのは金、地位、名誉のあるセレブ信徒ばかりなので、莫大な啓発金が期待できる。

類友の法則——由麻を餌《えさ》に、影響力のある売れっ子タレントを一気に捕獲するのが狙《ねら》いだ。

「たしかに、あなたが言うように芸能界は腐っています。芸能界の腐敗は、テレビ、ネット、雑誌、ライブを通じて、国民を侵食します。人気の男優がドラマやＣＭで格好良く煙草を吸っていたら真似をする若者が出てくるように、人気のアイドルが新曲を応援してくださいとツイッターで呟いたら、一人で五十枚も百枚もCDを大量購入する熱狂的なファンが出てくるように、神に授かった影響力《たからもの》を悪用する輩《やから》が無知な国民を堕落させようとしています」

「いったい、誰が、なんの目的で……」

「みなの心に巣くう悪魔性です」

「悪魔性？」

由麻が、きょとん、とした顔をした。

「ええ。お金持ちになりたい。高級車に乗りたい。豪邸に住みたい。いい男を捕まえたい。いい女を抱きたい。煙草が吸いたい。酒を飲みたい。豪勢な食事をしたい……本能の赴《おもむ》くままに行動すれば、人間の欲は際限なく広がります。野生のライオンは、目の前にシマウマがいれば殺して食べるでしょう？　シマウマを殺すときに、ライオンは躊躇《ちゅうちょ》などしませんよね？　もちろん、罪の意識を感じることもありませんし。それは、野生動物は本能に従っているからです。ですが、我々人間は理性という天からの贈り物を授かっています。悪魔性の強い人間は、獣のように理性より本能を優先します。人の物を奪い、人を犠牲にし、自らの欲望を満たそうとします。残念なことに、芸能界は欲の渦巻く悪魔の吹き溜まりです。私が神の化身として人間界に降臨しているのは、迷える子羊の瞳に光を取り戻すことです。芸能界で彷徨《さまよ》う迷える子羊達を救えるのは、由麻さんしかいません。あなたは、救世主です」

「私が救世主……」

由麻が息を呑んだ。

「そうです。悪魔の囁《ささや》きに惑わされる子羊達を闇から救い出し光へと誘うのが、あなたの天命です。そのためにも、由麻さんは芸能界に留《とど》まらなければなりません」

「私なんかに、そんな大役が務まるでしょうか？」

不安げな声で、由麻が訊ねた。

「由麻さんは、私のことを信用していますか？」

「もちろんです！　親よりも誰よりも、私は明鏡先生を信頼していますっ」

由麻は身を乗り出し、力を込めて言った。

「でしたら、私と一体になり、悪魔性に毒された魂を救済しましょう」

明鏡は、神々しい微笑みを由麻に向けて頷いた。

いますぐにでも、一体になりたかった。

正常位、バック、立ちバック、騎乗位、対面座位、松葉崩し、駅弁ファック……ありとあらゆる体位で、由麻の肉体を貪《むさぼ》りたかった。

「私なんかが……神の化身の明鏡先生と一体になるなんて……」

由麻が声をうわずらせ、頰を上気させた。

「あなただからこそ、一体になれる資格があるのです」

ルックスもスタイルもよく、知名度も人脈もある由麻は明鏡にとって極上ガモだ。

「あの……芸能界の友達とかを『明光教』に誘うような感じでもいいんでしょうか？」

由麻が、怖々《こわごわ》と訊ねてきた。

「そうですね。最初は、友人の魂から救済するほうがいいでしょう。まずは、変な誤解をされないように、『シャーマンハウス』に誘ってください」

転生《せんのう》が進んでいない正常な思考力を持つ者をいきなり「明光教」に連れてきてしまえば、胡散臭いと思われ敬遠されるのが落ちだ。

まずは、「シャーマンハウス」で水晶やタロットで仕事運や恋愛運を占うところから入る。

女性は、年齢問わずに占い好きだ。

とくに、不安定な世界にいる芸能人は占いに嵌《は》まりやすい。

占いと宗教の関係は、大麻と覚醒剤の関係性に似ている。

軽い気持ちで大麻をやった者が、いつの間にか覚醒剤やコカインに手を出すように、気軽な占い気分がいつの間にか宗教にどっぷりと嵌まるというわけだ。

「私が最初に、『シャーマンハウス』に行ったときみたいな気軽な感じでいいんですね？」

「仕事、恋愛、病気、家庭……どんな些細《ささい》なことでも構いません。肝心なことは、先入観を持たずに極《ご》自然な形で神の化身である私に出会うということですから。ところで、由麻さんのご友人には、どういった方がいらっしゃるのですか？」

「モデルの果林、女優の橋本沙也、グラビアアイドルの麗華……凄《すご》く仲がいいのは、この三人です。三人とも、かなりの売れっ子です。あ、でも、芸能界に興味のない先生はご存知ないですよね？」

「申し訳ないです。世俗とは、無縁の生活を送っていますので」

興味なさそうな言動とは裏腹に、明鏡の鼓動は早鐘を打っていた。

嘘——由麻に説明されなくても知っていた。

果林は十頭身に股下《またした》九十センチの超絶スタイルの人気モデル、橋本沙也は清涼飲料水「ピュアピーチ」のCMで話題になった「一万年に一人の美少女」のキャッチフレーズを持つ期待の新進女優、麗華は「奇跡のスイカ乳」を持つ九十センチFカップの童顔巨乳の売れっ子グラビアアイドル……偶然にも、「明光教」の広告塔として眼をつけていた三人だ。

換言すれば、明鏡のタイプの三人ということだ。

果林の長い脚の先に履《は》かれたピンヒールで踏みつけられる場面を想像し、何度も自慰をした。

橋本沙也の愛くるしい瞳にみつめられながらフェラチオされているところを想像し、何度も自慰をした。

麗華のたわわな美巨乳の谷間にペニスを挟まれているところを想像し、何度も自慰をした。

そんなことを、万が一由麻に知られたら……。

考えただけで、脳みそが粟立《あわだ》った。

「三人ともとてもいい子なので、芸能界に汚染されてほしくないんです」

由麻が、不安げな瞳で訴えかけてきた。

「由麻さんから見て、三人の悩みはなんだと思いますか？　もちろん、私にはそれはわかっていますが、由麻さんがどんなふうに彼女達を見ているのかを知りたいので、お訊ねしているのです」

全知全能の神の化身を演じるには、いろいろと言い訳が必要になる。

あの方《メシア》のように本当の神の化身であれば苦労はないが、自分はただの人間……それも、信徒にたいして装っているのとは真逆の俗に塗れた女好き、金好きな人間に過ぎない。

「私の知っているかぎりですが、果林は彼氏の問題で悩んでいます。彼氏はアマチュアバンドのミュージシャンなんですが、仕事もないのに派手に遊んでばかりで、交遊費はすべて果林が出しているそうです。お金を出すこと自体は好きな人のためだから果林も嫌がってはいません。問題なのは、彼の女遊びが激しいことなんです」

「わかっていました。果林さんが生活費や交遊費のすべてを出している彼氏に、浮気をされて悩んでいることを」

由麻が、悲痛な顔で頷《うなず》いた。

悩んでいる表情も、またそそる。

甲斐性なしのヒモ男の分際で十頭身モデルの果林を彼女にできただけで、ファストフードのフリーターがフェラーリをキャッシュで買うほどの奇跡だというのに、浮気をするとは身の程知らずも甚《はなは》だしい男だ。

稼ぎも仕事もない売れないミュージシャンが果林を抱いた上に浮気までして、金も地位もありビジュアルもいい自分が果林で自慰しかできないのは、どう考えても不条理だ。

「ほかの方は、どういった悩みをお持ちですか?」

下種《げす》な心の声とは裏腹に、明鏡は慈しみに満ちた声で促《うなが》した。

「沙也は、清純派美少女で売ってますけど、本当の彼女は真逆なんです。日に二箱は煙草を吸うヘビースモーカーですし、毎晩のようにクラブのVIPルームに入り浸《びた》って男漁《あさ》りをしてて……本人もいつ写真週刊誌にすっぱ抜かれるか心配しているんですが、なかなか悪い習慣を改められないみたいで……」

「わかってはいました。清純派の仮面がいつ剝《は》がされるか、彼女がビクビクしていることを。そして、改心したがっているのに、つい、誘惑に負けて悪習を改められないということを」

明鏡のでたらめに一片の疑いも抱かずに、由麻が縋《すが》る瞳で頷いた。

神の化身を演じている都合上、平然とした顔を崩せないが、内心、明鏡は驚いていた。

あの純情な証の黒髪、あの汚れを知らない少女漫画のような円《つぶ》らな瞳、イチゴが主食とでもいうような赤くふくよかな唇……まさか、橋本沙也がヘビースモーカーの淫乱娘だとは思わなかった。

清純でないのは残念だが、沙也がかなりのテクニシャンではないかという別の期待に胸が躍った。

「では、最後の方の悩みを聞きましょう」

明鏡は、鷹揚《おうよう》な微笑みを湛《たた》えながら由麻を促した。

「麗華は……こんなこと言いづらいんですけど……」

由麻が口籠《くちご》もった。

「私は、私の子供達を救い、導くために人間の姿をしてこの世に降臨しました。どんなことでも、躊躇《ためら》わずに話してください。それに、お忘れですか？　私には、あなたの心にあることはみえています。即ち、麗華さんの悩みもみえているということです。ですが、私がすべてを先取りして問題を解決してしまうと、由麻さんの魂が成長しません。なので、私は、由麻さんの口で語らせ、由麻さんの頭で考えさせるために、知らない振りをしているだけです」

尤《もっと》もらしい口調で言いながら、明鏡は柔和な顔で頷いてみせた。

「そうでしたよね……。すみません、いつも明鏡先生に崇高なお話を聞かせて頂いているのに、私って出来の悪い信徒ですね」

由麻が、自嘲《じちょう》的に笑った。

「あなた達は、私の分身です。出来が悪い人間など存在しません。さあ、父親の逞《たくま》しい背中におぶられる幼子のように、母親のふくよかな胸に抱かれる赤子のように、安心して相談しなさい」

明鏡は、柔和に眼尻を下げた。

「はい。じつは……麗華はクスリをやっているようなんです……」

意を決したように、由麻が打ち明けた。

「どのようなクスリですか？　もちろん私にはわかっていますが、いまも言った通りに、あなたの魂の成長のためにあなたの口で語らせたいのです」

クスリって!?　覚醒剤か!?　コカインか!?　ＬＳＤか!?　それとも、まさかのヘロインか!?

由麻にたいしての落ち着き払った言動とは裏腹に、明鏡の胸内では疑問符が飛び交っていた。

「私にはよくわからないのですが、共通の友人は覚醒剤をやっているんじゃないかと言ってました」

「なぜ、その友人はそう思ったんでしょうか？」

「ぽっちゃり巨乳が売りだったのに急に痩せて、言動もおかしくなったみたいです。部屋に盗聴器が仕掛けられているとか、ＣＩＡに尾行されているとか……それと、つき合う男友達もガラの悪い人達になったらしいんです」

由麻が、悲痛に眉を顰《ひそ》めた。

「わかってはいました。麗華さんが、覚醒剤に溺れて自堕落になり、悪の世界に引き摺り込まれようとしていることを。覚醒剤をやめて悪友と縁を切りたいと思っているのに、つい、悪魔の白い粉に手を出してしまうことを」

明鏡の三度《みたび》のでたらめにも、由麻はノミの目玉ほどの疑いも抱いていなかった。

麗華が薬物依存症……ということは、当然、キメセクをやっているはずだ。

覚醒剤を使用したときのセックスで得られる快楽は、通常の数十倍とも言われている。

麗華も、豊満な乳房をゆさゆさと揺らしながら男の上で狂ったように腰をグラインドさせて、上の口からも下の口からも涎《よだれ》を垂らしまくり欲望を貪《むさぼ》っているのだろうか？

想像しただけで、先走り汁がパンツを濡らした。

「由麻さん。三人のお友達を救う前に、まずは、あなたの魂を天女の位まで引き上げる必要があります」

「天女の位……ですか？」

「はい。天女とは即ち、神の化身である私の次に崇高な魂を持つ者です。これから、悪の巣窟《そうくつ》の芸能界に汚染された者達の魂を次々に救い出さなければなりません。由麻さんに、私の補佐をしてほしいのです。ですが、神の化身の補佐をするためには、由麻さんの魂を徹底的に浄化せねばなりません」

嘘と出任せのオンパレード——明鏡は、なんとか由麻とセックスしたいがために尤もらしい口実を並べ立てた。

「明鏡先生のお手伝いができるなんて、身に余る光栄です！　でも、私なんかに、明鏡先生の補佐が務まるでしょうか？」

頰を上気させ、由麻が潤む瞳で明鏡をみつめた。

「神に不可能はありません。ですが、由麻さんが考えている以上に苦行に耐えなければなりません。できますか？」

明鏡の問いかけに、由麻が力強く頷いた。

ついに、「恋人にしたいナンバー1」の売れっ子女優を抱ける！

「では、早速、今夜、午前零時きっかりにもう一度ここにきてください。『天光解脱《げだつ》業』を、行います」

明鏡は心の下種な叫びをおくびにも出さずに、邪気のないふりをした澄んだ瞳で由麻をみつめて慈愛に満ちた微笑みを投げた。

半那の章　覚醒《かくせい》

『いかんいかん、制服を脱いじゃだめだめっ』

ロマンスグレイの髪に知的な口髭《くちひげ》——テレビで観ない日はないほど売れっ子のイケメン大学教授の高島修二が、番組では見せたことのないような下卑た笑みを浮かべつつ少女に命じた。

抱かれたいランキング五位、理想の上司ランキング一位、理想の父親ランキング一位——高島は、並みいるイケメン俳優やアイドルに負けないほどの人気を誇る文化人タレントだ。

『へぇ～、テレビではあんなに紳士なのに、ただの変態おやじなんだね』

濃紺のブレザーにチェックのミニスカート姿の茶髪の女子高生——憂《ゆう》が、ケタケタと笑った。

「マジに、高島って野郎は変態だな」

半那の隣では、全裸で椅子に座ったカルロがパソコンのディスプレイを凝視しながら、血管の浮く勃起したペニスを右手で扱《しご》いていた。

褐色の肉体は筋肉の鎧《よろい》を纏《まと》い、海外のポルノ男優のようだった。

「あーちくしょう！　羨《うらや》ましいな！　あの野郎！」

モニターの中では、憂が高島の足元に跪《ひざまず》きペニスをしゃぶっていた。

「変態は、あんたでしょう？」

半那は、モニターを凝視しながら自慰行為に耽《ふけ》るカルロに冷え冷えとした眼を向けた。

渋谷区神泉《しんせん》のワンルームマンション——半那達の監視部屋の造りは、ディスプレイの中の憂の部屋と同じだった。

監視部屋は、文字通り隣室で行われている任務を監視する部屋だ。

隣室……実行部屋は、任務によって使い道が変わる。

今日は憂の部屋だが、ときにはカルロのアトリエになったり、ヤクザの事務所になることもある。

マンションの三階の二号室と三号室、そして地下室を半那は借りていた。

もちろん、足がつかないように名義は他人だ。

実行部屋の天井に三つ、コンセントに二つ、ベッドのヘッドボードに置かれた花瓶の中に一つ、ピンホールレンズの隠しカメラを設置していた。

文字通りピンのように小さなレンズなので、肉眼ではまず発見することは不可能だ。

「誰だって……俺と同じ……ふうに……ああ……思うさ……はふぅん……」

半分ブラジル人の血が入った彫りの深い顔を快楽に歪《ゆが》め、気色の悪い喘《あえ》ぎ声を交えながらカルロが言った。

喘ぎ声のボリュームがアップするのと比例するように、カルロの右手の動きが激しくなった。

『君、フェラが……あぅん……うまいな……んはぁ……どこで……そんな舌使いを……むはぁん……覚えたんだ……』

モニター越し――全裸にソックスという情けない姿で仁王立ちして憂の口淫を受けている高島も、カルロに負けないほどの喘ぎ声を漏らしていた。

――いや……やめ……ないで……あふぅん……やめないで……ああぁん……。

男に乳房を揉みしだかれながら立ちバックで攻められる女――不意に、半那の脳裏に母親の綾の痴態が蘇《よみがえ》った。

――綾っ……なにを言ってるんだ!? おい……嘘だろ!? おい！

泣き喚《わめ》き、妻に訴えかける光一の悲痛に歪む顔も蘇った。

――ああ～メシア～っ！ メシアぁ～っ！ メシア……ああっ……あぁぁーっ！ メシアぁー！

夫の存在など視界に入らないとでもいうように、綾は自《みずか》ら腰をくねらせオルガスムスの波に溺れた。

「社長、今日は頼みます！」

四方木《よもぎ》の声で、半那は記憶の悪夢《とびら》を閉めた。

いつの間にか四方木は、白のニットワンピースの裾《すそ》から伸びる半那の股下九十センチのすらりと伸びた足元で土下座していた。

鼠色《ねずみいろ》のスーツに包まれた身体はカルロと対照的に痛々しいほどに痩せており、飛び出た頬骨《ほおぼね》に尖った顎《あご》はカマキリそっくりの輪郭だった。

近眼で分厚いレンズの丸縁の眼鏡をかけているので、余計にカマキリに似ていた。

「だめよ」

素っ気なく、半那は言った。

「お願いしますっ、やらせてください！」

四方木が、タトゥーマシーンを手に七三分けの髪を振り乱し半那に訴えた。

「今日は、カルロが懲《こ》らしめるから、あなたの出番はないわ」

「半分ブラジル君の次でいいですから！　お願いします！　奴のおでこやほっぺたに、私の芸術を刻みたいんです！」

「おいっ、カマキリ！　その呼びかたやめろ！」

パソコンのディスプレイから視線を四方木に移したカルロが、怒声を浴びせた。

だが、ペニスを扱く右手の動きは止まらなかった。

「じゃあ、半分日本人君と呼びます」

「それもだめだ！　半分じゃなくてダブルっていうんだよ。俺はブラジルと日本の両方もっているダブル！　それに俺には、カルロって名前があるんだからよっ。それから、今日は俺が制裁するんだから、邪魔するんじゃねえ！」

カルロが右手で自慰しながら、左手で四方木を指差した。

「邪魔じゃありません！　私の芸術を表現したほうが、君の下品で野蛮な制裁よりも、依頼者さんもお喜びになるかと思います！」

「なーにが、私の芸術だ！　ちんぽとかまんこのタトゥーのどこが芸術だっつーんだよ！　てめえのやってることは、ただの変態なんだよ！　てめえいくつだよ!?」

「五十七歳になりますが。それがなにか？」

「五十七!?　五十七って言えば、キアヌ・リーブスやラッセル・クロウと同じ年じゃねえか!?　情けねえと思わないのかっ、変態ジジイが！」

「ディスプレイで任務を見ながら全裸でオナニーしている半分日本人君に、変態なんて言われたくありませんね！　これから、オナニンって呼んであげますよ」

「誰がオナニンだっ、こら！」

首筋に太い血管を浮かせ、カルロが立ち上がった。

「ほら、いまだってオナニーしてるじゃないですか！」

甲高《かんだか》い声で言いながら、四方木がカルロの右手を指差した。

「うるせぇ！」

カルロが、ペニスを扱いていた右手で四方木の口を塞《ふさ》いだ。

「き、汚いじゃないですか！　感染症になったら、どうするんですか！　ほっぺにカリ首彫りますよ！」

カルロの右手を払った四方木が、ヒステリックに叫びつつタトゥーマシンを振り翳《かざ》した。

「あなた達、いい加減にしなさい」

半那の一喝に、二人の動きがポーズボタンを押された映像のように静止した。

「任務そっちのけで、なにやってるの？」

半那は、カルロと四方木を叱責《しっせき》しつつ、パソコンのディスプレイを指差した。

相変わらず全裸でソックス姿の高島は顔中の筋肉を弛緩《しかん》させ、ベッドで仰向《あおむ》けになった憂を電動マッサージ器で攻めていた。

全国の高島ファンの主婦層がこの現場を見たら、卒倒するに違いない。

「あなたはカメラを回す役だから。わかったわね？」

半那は、四方木にビデオカメラを渡しながら念を押した。

四方木が、下唇を突き出し渋々といった表情で呟《つぶや》いた。

幼子《おさなご》がやるならかわいい表情も、五十七歳の中年男がやると気色が悪いだけだ。

「カルロは、カメラの位置を意識して。あなたの欲望を満たすのが目的じゃないんだから。これは任務だっていうことを忘れないで」

四方木から視線をカルロに移し、半那は冷え冷えとした声で言った。

「オーケーホーケーズルムケー！」

下劣なジョークを飛ばすカルロがペニスを扱きながら、ウインクした。

整った顔立ちにうっとりするような筋肉美を持つカルロは黙っていればモテるだろうに、天は二物を与えないとはよく言ったものだ。

他人のことは言えない。

百六十八センチ、バスト八十八センチ、ウエスト五十六センチ、ヒップ八十六センチ――モデルに劣らないスタイルに、ロシア系美少女ふうの日本人離れしたルックス。

パーフェクトなビジュアルを持つ半那は、本来なら男などより取り見取りのはずだが、血も涙もない冷徹な性格に一ヶ月もすればみな逃げ出してしまう。

尤《もっと》も、彼氏がほしいと思ったことなどなかった。

忠犬のように尽くさせるために、褒美《ほうび》として肉体を許す男を定期的に作っているだけだ。

恋愛に、うつつを抜かしている暇などなかった。

半那には、やらなければならないことがあった。

蘇りかける凄惨《せいさん》な記憶を、半那は胸奥に封印した。

「死ぬのが天国に思えるような地獄を与えに行くわよ」

半那は恩師の言葉を口にし、監視部屋をあとにした。

恩師――鷹場英一《えいいち》の言葉を……。

☆

「な、なんだ……君達は!?」

合鍵を使って室内に踏み込んだ半那達三人を見た高島が電マを持つ手を止め、強張《こわば》った顔で叫んだ。

半那は無言で高島に歩み寄り、右手を突き出した——警棒タイプのスタンガンを首筋に当て、スイッチを押した。

放電音と悲鳴が室内の空気を切り裂き、高島が腰から崩れ落ちた。

「もっと早くきてよね！　加齢臭ちんぽのフェラしたり電マされたり、キモいんだよ！」

ベッドから跳ね起きた憂が、痺《しび》れて座り込んでいる高島の股間を踏みつけた。

「あぶぁうばぅあ……」

言語障害も起きているのだろう、高島が言葉にならない言葉で呻《うめ》いた。

「くそギャルが！　なにしやがる！　俺のちんぽだぞ！」

カルロが憂を突き飛ばし四つん這いになると、高島のペニスを手で扱き始めた。

「な、な、な、なにを……なにを……なにを……」

驚愕《きょうがく》に眼を見開いた高島が、パニックになり呂律《ろれつ》の回らない口調で言葉にならない言葉を発した。

「あ～たまんねえ！　長さといい太さといい色といいカリの形といい、そそるちんぽだぜ！」

カルロが嬉々《きき》とした顔で言うと、高島のペニスを口に含み頬を窄《すぼ》めて吸引した。

「なにをやってるの？　早くカメラを回しなさい」

口惜しそうに唇を噛み佇《たたず》む四方木に、半那は命じた。

不服そうな顔ながらも、四方木がカメラのスイッチを入れた。

カルロは激しく頭を前後させ、唾液《だえき》の音を卑猥《ひわい》に立ててフェラチオしていた。

「や、やめ……ろ……や……め……」

高島は必死に逃げようとしたが、身体の自由が利かないようだった。

「うぇ～！　いつ見ても、キモいんだけど！」

憂が、顔を顰《しか》め吐き捨てた。

「カルロがフェラしてるところと高島が喘いでる顔が同時に映るよう、もっと引きで撮って」

半那は、四方木に指示した。

「主婦のアイドルの高島修二が、十代のギャルにフェラチオさせたり電マを当てたりしているだけでも衝撃的なのに、乗り込んできたマッチョな男にレイプされている動画がＳＮＳにアップされたら、ワイドショーと週刊誌が大喜びするでしょうね」

半那は壁に背を預け、マールボロメンソールに火をつけた。

「あたしにもちょうだい」

憂が、右手を差し出してきた。

「あんた、未成年でしょ」

にべもなく、半那は言った。

「その未成年に色仕掛けでおっさんを嵌《は》めさせといて、よく言うよ。入ってくるのが遅いから、電マまでやられたんだからね！」

「電マは煙草と違って身体に害はないから」

半那の言葉に、憂が呆《あき》れたように肩を竦《すく》めた。

スタンガンの効果が薄れてきたのか、高島がフェラチオするカルロの頭を殴りつけた。

カルロが怯《ひる》んだ隙《すき》に逃げ出そうとする高島だったが、まだ痺れが残っているのか足を縺《もつ》れさせふたたび倒れた。

「こんな上物、逃すか！」

カルロが高島の背中に馬乗りになり、後頭部に肘《ひじ》を打ち込んだ。

ぐったりとなる高島の尻の穴に、カルロが唾を吐いた掌《てのひら》を擦《こす》りつけた。

「お……ねがい……だ……や……めて……あぁぁーっ！」

気息奄々《きそくえんえん》の高島が、熱《いき》り立つペニスを肛門に捻《ね》じ込まれ絶叫した。

「おおっ……すげぇ締まりしてやがる！　すぐにイッちゃいそうだぜ……」

恍惚《こうこつ》の表情のカルロが腰を動かしながら、高島のうなじや耳朶《みみたぶ》を舐《な》めまくった。

「だめ……あたし、マジ吐きそうなんだけど……」

憂が、掌で唇を押さえた。

「カルロ、快感に浸《ひた》ってないでカメラアングルを意識しなさい。プライベートのセックスじゃないんだから」

半那が平板な声で窘《たしな》めると、カルロが高島の髪を鷲摑《わしづか》みにしてカメラのほうを向かせた。

「あ、あんたら……どうして……僕にこんなことを……するんだ……」

涙に濡れた顔を屈辱と激痛に歪ませた高島が、切れ切れの声で訊ねてきた。

——高島はロリコンで、言葉巧みに娘の夢につけ込んだんですっ。知り合いのドラマのプロデューサーと打ち合わせをすることになっているから、よかったらこないかって。娘は、役が貰えると思って疑いもなく、高島とプロデューサーが打ち合わせしているというホテルの部屋に行きました。ところが、部屋にはプロデューサーの姿はありませんでした。危険を感じた娘は帰ろうとしたんですが、無理やり……。

依頼人の瀬戸幸恵の娘は十八歳で、芸能プロダクションに所属している女優の卵だった。高島にレイプされた娘はその後、心を患《わずら》い芸能界を引退した。

事件から半年経ったいまも、神経科に通院する以外は家に引き籠っているらしい。

――娘は、高島に人生を壊されました。高島の人生も、めちゃめちゃにしてください！

――前金で三百万。成功報酬で三百万。調査にかかった実費は別。それが払えるなら、高島を破滅させます。芸能界から追放されるのはもちろん、社会的にも復帰できないような恥辱を与えます。方法は、お任せください。

半那が代表を務める「リベンジカンパニー」に幸恵がやってきたのは、二週間前だった。

一週間で高島の身辺調査をし、三日間で任務の戦略を練り、三日間で実行に向けて舞台を作り、今日、実行日を迎えたというわけだ。

「お金を貰って依頼を受けたから」

半那は、抑揚《よくよう》のない声音《こわね》で言った。

だが、カルロから激しくアナルを突き上げられる高島に、半那の声を聞く余裕はなかった。

「お願いだ……やめてくれ……やめてくれぇーっ！」

「カメラを止めなさい」

半那は四方木に命じライターを手にすると、カルロにレイプされ泣き喚《わめ》く高島に無表情に歩み寄った。

「口では嫌がってるくせに、こっちは違うじゃない」

カルロにアナルを突かれて半狂乱の高島の前に屈《かが》んだ半那は、勃起したペニスを握り締めた。

勃起している原因が、カルロのペニスで前立腺が刺激されているだけで、高島が感じているのではないということは半那にはわかっていた。

どちらにしても、アナルを貫かれる激痛と屈辱に襲われる高島の耳に半那の侮辱は入らない。

だが、それもあと数秒間の話だ。

「この薄汚い肉塊が、悪の根源ね」

半那は無表情に言いながら、高島の亀頭を「Ｚｉｐｐｏ」の炎で炙《あぶ》った。

「あぢぃー！」

高島の濁音交じりの絶叫が、半那の鼓膜を心地よく愛撫《あいぶ》した。

「あーあ、始まっちゃった。社長のかわいがりが。かわいそうに」

憂のため息交じりの声が聞こえた。

もちろん、本気でそう思っているわけでないのは、嬉々とした表情で半那の横に座って

☆

見物している姿が証明していた。

依頼人の目的が果たせるだけの画《え》が撮れたので、もうカメラを回す必要はない。

ここからは半那のお愉《たの》しみ……正真正銘の地獄絵図の幕開けだ。

依頼人のためではない。

被害にあった少女のためでもない。

性癖とか趣味とか、そんな簡単な言葉では片づけられはしない。

人をいたぶり、徹底的に苦しめるのは半那の存在意義だった。

肉が焦《こ》げる匂いが漂ってきたあたりで、ライターを消した。

「中断して。暴れないように押さえてて」

半那が命じると、カルロが腰の動きを止めて高島を羽交い締めにした。

苦悶《くもん》の呻《うめ》きを漏らす高島の亀頭は、炎で爛《ただ》れて尿道口が塞《ふさ》がっていた。

下着の股間部に、温かい液体が染みた。

人が苦しめば苦しむほどに、半那は欲情する肉体になっていた。

手で触れなくても、苦痛に歯を食い縛り命乞いする人間を見ているだけで、絶頂に達してしまうことも珍しくはなかった。

それでも、半那は四方木やカルロとは違っていた。

――おっ、ちょうどよかった。いま、家に行こうと思ってたんだ。父ちゃんはいるか？

光一に小遣いを貰い、コンビニエンスストアでアイスクリームを買った帰り、家の近くで男に声をかけられた。

浅黒い肌、彫り深い目鼻立ち、暗鬱《あんうつ》な瞳……声をかけてきたのは、鷹場だった。

鷹場がどんな仕事をしているのか、いい人なのか悪い人なのか、幼い半那にはわからなかった。

ただ、一つだけわかっているのは、母、綾を奪った悪者を父、光一に代わって退治してくれる存在だということだ。

――います。

――ちょいと、おめえの父ちゃんに用事があってな。一緒に入ってもいいか？

半那は頷《うなず》き、ドアノブにカギを入れた。

――ただいま。パパ、お客さんがきたよ。

声をかけながら、半那は部屋に上がった。

鷹場も、あとに続いた。

光一がソファで寝ていたリビングルームのある、廊下の突き当たりの部屋に向かった。

綾がいなくなってからの光一はすっかり覇気《はき》を失い、仕事も休んでいた。

以前は、芸能人の物まねなどをして笑わせてくれていた光一だったが、いまでは陰気な顔で押し黙り、ほとんど口を開かなくなった。

光一は寝ているとき以外は部屋でぼんやりと過ごし、下戸だったのに昼間から酒を飲むようになった。

たまに、声が聞こえるので耳を澄ましていたら、母の名を呼びながら啜《すす》り泣く声だった。


――パパ、お客さんだよ！

呼びかけても、光一の返事はなかった。

買い物に出ている間に、また、寝てしまったのかもしれないと半那は思った。

――どこかに出かけたんじゃねえのか？

——そんなことない。パパは、ずっと外に出ないから。パパ、寝てるの……。
リビングルームのドアを開けた半那は息を呑んだ。
蒼褪《あおざ》めた視界に、ソファに血塗れで事切れる光一の姿が飛び込んできた。
腹は裂け、足もとの血溜まりに腸がとぐろを巻いていた。
ほかの内臓は床に山盛りになり、だらりと垂れた右手には包丁が握られていた。
瞬間、なにが起きたのかわからなかった。
——パ……パパ？　どうしたの……ねえ？　パパ？
半那は、恐る恐る光一に声をかけた。
不意に、胃袋が伸縮し朝食のトーストと卵焼きを胃液とともに嘔吐《おうと》した。
——あ～あ～あ～、死んじまったのか。せっかく、仇《かたき》を取ってやったってのによ。
鷹場は両手を広げ首を横に振りながら、光一に歩み寄った。

――ほらよ、見てみろ。これが、黒木のちんぽを切り取る瞬間の野郎の泣き顔で、これが、ちんぽを切り取った傷口にわさびをすり込んだときの野郎の泣き顔で、これが、切り取ったちんぽをトビズムカデに食わせてるところで、これが、野郎の胸にシリコンを大量注入して作ったおっぱいで、これが、野郎に俺のうんこを口一杯に頬張らせたところで、これが、金玉をペンチで潰《つぶ》す瞬間の野郎の絶叫顔で、それから……。

ピクリとも動かない光一の俯《うつむ》いた顔に、鷹場は嬉々とした表情で次々と写真を差し出した。

――黒木のハゲマッチョ野郎は、ちんぽと金玉がなくなってＦカップ巨乳になってよ、俺の知り合いがやってるタイのニューハーフバーに売り飛ばしてやったんだぜ？　ほら、これが、現地から送られてきた野郎の現在だ。でっぷりとした白人のデブ男にアナル掘られてるところが、バッチリ写ってるだろうよ？　ほら、これなんてよ、白人デブ男にケツを犯されながら、黒人男のビール瓶みてえなデカマラを口に突っ込まれてよ……なんで、もうちょっと待てなかったんだ？　お？　おめえの女房を寝盗ったハゲマッチョの惨《みじ》めな姿を見せてやったのによ。死ぬなら、残金の三百万を払ってからにしてくれよ、まったくよ。

半那は、光一の屍《しかばね》に語りかける鷹場を呆然《ぼうぜん》と眺めていた。
あまりのショックに、涙さえ出なかった。
その代わりに、半那は失禁していた。

——パ……パパ……。

意識がすうっと遠のき、視界が暗くなった。

——おいっ、いつまで寝てんだ？

身体が揺すられ、頬を叩かれた。
眼を開けると、鷹場が覗《のぞ》き込んでいた。

——私……あっ……いやーっ！

光一が死んでいたのを思い出し、半那は絶叫した。

——おいおい、また泣き喚いて気を失うつもりか？　おめえの親父は自殺したんだ。いくら泣いても叫んでも生き返りはしねえ。それより、おめえ、お袋もいねえのにこれからどうする？

——わ、わからない……。

しゃくり上げながら、半那は激しく首を横に振った。

——仕事を手伝うんなら、俺のとこにきてもいいぜ？

——な、なにするの？

——簡単なことだ。ちっちゃな女の子にイジメられたいっておじさんがいてな。鞭《むち》で殴ったり靴で顔を踏みつけたり、おしっこかけたりうんこを食べさせてやると大喜びするんだ。それで、おめえの父ちゃんが払わなかった三百万をチャラにしてやるからよ。

——いやだよっ、そんなの……。

——だったら、一人で暮らせや。俺は、おめえの父ちゃんの親戚を探し出して三百万を回収するからよ。

吐き捨てるように言うと、鷹場は半那に背を向け玄関に向かった。

——待って！

半那は泣きじゃくりながら、鷹場を追った。

内臓を撒《ま》き散らし血塗れで事切れている光一と二人きりになるのが、怖かった。

——俺の仕事を手伝うか？

鷹場の問いかけに、半那は涙でびしょ濡れの顔で頷いた。

鷹場のことはよく知らない。

だが、父と半那の仇を取ってくれた。

母を奪い家庭を壊した男を、退治してくれた。

幼い少女にとって、鷹場はヒーローだった。

両親を失った半那が、鷹場について行くのは当然の流れだった。

「た、助けてくれ……か、金なら、いくらでも払うから……」

高島の懇願の声が、半那を回想の旅から現実に連れ戻した。

「五十億払ったら、許してやるわ」

半那は、サディスティックに片側の口角を吊り上げた。

「ご、五十億……そ、そんなの、無理に決まってるじゃないか……」

絶望と抱擁するような高島の暗鬱な声に、半那の股間は甘く疼《うず》いた。

「だったら、助けてあげられないわね」

半那は言いながら、「ZERO　HALLI　BURTON」のアタッシェケースを開いた。

アタッシェケースの中には、コルクで栓をした三角フラスコが四つ詰められていた。

「さあ、あなたのケロイドペニスを突っ込むのは、どのフラスコがいいかしら？　ジョロキアとハバネロの最強の極辛ブレンド液、水で薄めたトイレの洗浄液、体長二十センチオーバーのベトナムオオムカデ、人血を好むナミチスイコウモリ……特別に、選ばせてあげるわ」

半那は、まるで出前の注文でも訊《き》くような口調で言った。

「た、頼む……ご、五百万なら、すぐに払えるから……それで……許して……くれないか？」

途切れ途切れの声で、高島が許しを乞うた。

「社長、ここまで言ってるんですから、その地獄の選択肢は許してあげて、別のペナルティにしましょう」

四方木の助け舟に、高島の涙に潤む眼に希望の光が宿った。

高島は、なにもわかっていない。

四方木は、高島を助けるどころか己の欲望を果たしたいだけだ。

「たとえば、彼のロマンスグレイの髪をスキンヘッドに剃《そ》り上げ、頭頂に尿道口のタトゥーを、頬に陰囊《いんのう》のタトゥーを彫れば顔ペニスになりますし、または、胸にトレイシー・ローズみたいな巨乳のタトゥーを彫ってポルノスターにするっていうのもありです」

「なに勝手なことを言ってんだ!? てめえの欲求を満たしたいだけじゃねえか！　それに、トレイシー・ローズってなんだよ!?」

高島を羽交い締めにしているカルロが、吐き捨てた。

「き、君は、トレイシー・ローズも知らないんですか!?　弱冠十五歳でポルノムービーオブザイヤーを受賞した歴史的名作『アナザー・プッシュ』で衝撃的なファックを披露し、一躍スターダムに伸《の》し上がりポルノクイーンの名をほしいままにしました。残念なことに、十八歳のときに年齢詐称が発覚して、引退に追い込まれましたが……」

四方木が、無念の表情で唇を嚙み締めた。

「共演したポルノ男優が、あんなに締まるヴァギナを経験したことはないと口を揃えるほどの名器で、引退から三十年以上経ったいまも、彼女の伝説的ファックは語り継がれ……」

「黙れっ、変態カマキリ野郎が！　わけのわかんねえことばかり言いやがって！　なあ、社長っ、俺に続きをやらせてくれよっ。こんな上物のおっさんを羽交い締めしてるだけでケツに突っ込めねえなんて、俺が拷問を受けてるようなもんだぜ！　なあ、先っぽだけでいいから、こいつのアナルに……」

「二人とも、黙りなさい。いまは、私が愉《たの》しんでいるの」

カルロを遮《さえぎ》った半那は、爬虫類《はちゅうるい》さながらの体温の感じられない瞳で二人を交互に見据えた。

「どいつもこいつも、変態ばかりだなっ」

「あなたもね。それより、動かないように押さえてて」

カルロに冷たい声で命じ、半那はベトナムオオムカデの入ったフラスコを手に取った。

「迷っているみたいだから、私が選んであげたわ」

半那は歌うように言いながら、コルク栓を外すと高島の赤く爛れたペニスをフラスコの口に突っ込んだ。

「や、やめて……あぁぁーっ！　おぅわぁーっ！」

ペニスが挿入された瞬間に、フラスコ内の温度の変化を察知したベトナムオオムカデが、ケロイド状の亀頭に巻きつき毒牙を刺した。

ベトナムオオムカデは左右の毒牙をむしゃむしゃと動かし、高島のペニスを捕食し始めた。

「うごぎゃあわばぁ！」

聞いたことのないような絶叫を聞きながら、半那はフラスコを持っていないほうの手をパンティに滑り込ませた。

ローションを浸したようにぬかるむ秘部に、するりと指が滑り込んだ。

半那の半開きの口から、吐息が漏れた。

あのときも、そうだった。

——お、お嬢ちゃん……や、やめてくれ……。

薄暗い地下室——全裸で椅子に縛られた肥満体の中年男が、うわずる声で半那に懇願した。

言葉とは裏腹に、中年男のペニスは硬くそそり勃っていた。

——こいつはよ、おめえみたいなガキに鞭《むち》で叩かれて興奮するくそ変態マゾ男だからよ、遠慮しねえでぶっ叩いてやれや！

鷹場の言う、変態マゾという意味がわからなかったが、中年男が叩かれるのを嬉《うれ》しく思うだろうことはなんとなくわかった。

――私……できない……。

恐怖に萎縮《いしゅく》した半那は、震える声で訴えた。

――馬鹿野郎！　このくそ変態マゾ男は、おめえに一回十万でいたぶられるチケットを三十回ぶん買ってるんだよっ。おめえの親父が成功報酬の三百万も払わねえで死にやがったから、それで回収しなきゃなんねえんだよ！　やらねえんだったら、俺のそばに置いとくわけにゃいかねえ！

鷹場の一喝に、半那は鞭を持つ右腕を中年男のでっぷりと突き出た太鼓腹《たいこばら》に振り下ろした。

中年男を鞭で叩く恐怖より、鷹場に見捨てられる恐怖が勝った。

――あふぅん！

中年男が、気色悪い鼻声を漏らした。
半那は、股間にくすぐったさを覚えた。
二発目の鞭を、太鼓腹に叩きつけた。

――はうぅん！

中年男が、小鼻を膨らませ天を仰いだ。
また、股間がくすぐったい感触に襲われた。
三発目の鞭――手もとが狂い、そそり勃つペニスに当たった。

――いだーいっ！

それまでの気持ちよさそうな顔とは一変した苦悶の表情の中年男を見て、半那は股間の疼《うず》きとともにお漏らしをした。
四発目は、わざとペニスを狙った。

——あぁーっ！

中年男の絶叫——半那のお漏らしの量が増えた。
半那の頭の中で、なにかが弾けた。
五発、六発、七発、八発……顔面に、集中的に鞭を浴びせた。

——か、顔は……やめて……くれ……。

中年男の頬にミミズバレが走り、鼻血が噴き出した。
九発、十発、十一発、十二発……渾身《こんしん》の力を込め、顔面を鞭で叩きまくった。
中年男の瞼《まぶた》が腫れ上がり、鼻血で顔が朱に染まった。
半那の太腿《ふともも》が、生温かい液体でびしょびしょになった。
それが尿ではないということは、幼心にもわかった。

——やめ……。

ぐったりとした中年男は、もう、声を出すこともできないようだった。

十三発、十四発、十五発、十六発、十七発、十八発、十九発、二十発、二十一発、二十二発、二十三発、二十四発、二十五発……赤い視界に、半那が滅多無尽に振り下ろす鞭が躍った。

下半身が蕩《とろ》けるような電流が走り、半那は甘い吐息を漏らした。

何十発目かの鞭を振り下ろそうとしたとき、右手が動かなかった。

――もう……そのへんで……やめ……ておけや……。

半那の右の手首を掴んだ鷹場が、喘《あえ》ぐような声で言った。

鷹場は空いているほうの手で、ズボンの前の膨らみを揉んでいた。

膨らみの先には、黒い染みが広がっている。

我に返った半那の視線の先では、顔中にミミズバレが走り赤く腫れ上がった中年男がぐったりとしていた。

瞼《まぶた》が腫脹《しゅちょう》した両目は、土偶《どぐう》のように塞がっていた。

――気持ちよかった……だろ？　おめえは……俺と……同類だ。

「うおわぁーっ！　や、や、やめふぇくれー！」

高島の叫喚《きょうかん》が、過去の鷹場の声を掻《か》き消した。

高島のペニスに巻きついたムカデは、容赦なく亀頭を喰っていた。

もう既《すで》に、三分の一ほど欠損していた。

半那は、ヴァギナに入れた指の動きを激しくした。

そのたびに、クチュクチュと淫靡《いんび》な音が室内に響き渡った。

高島のペニスがムカデの毒牙で肉団子になっていく様に、半那はエクスタシーの波に襲われた。

「天は二物を与えないって、社長のことだな。モデル顔負けのビジュアルなのに、こんなド変態じゃ引くわ」

カルロが激痛に暴れる高島を羽交い締めにしながら、顔を顰《しか》めた。

「おっさんに興奮して……オナニーする……あなたより……ましよ……」

半那は、高まる快楽に声を途切らせながら言った。

「社長っ、もう、いいでしょう!?　私にも、バトンを渡してくださいよ！　半分ブラジル人君はターゲットのアナルを犯したし、社長はターゲットのちんぽをムカデに喰わせてオナニーしてるし……自分達ばかり愉しんでずるいですよ！　私にも、ターゲットの頭頂に尿道口のタトゥーを彫らせてくださいよ！　私にも、ターゲットのほっぺたに陰嚢を彫らせてくださいよ！」

四方木が、七三にわけた髪の毛を振り乱し、ヒステリックに叫んだ。

「みんな、同じようなもんじゃん。私から見たら、三人とも完全に壊れてるって」

憂が、呆れたように肩を竦《すく》めた。

たしかに、彼女の言う通りだ。

自分、カルロ、四方木が互いに変態だと言い合うのは、ダニとシラミとノミのどれが一番人間に不快感を与えているかを論じているようなものだ。

「ああっ……」

半那の指の出し入れするスピードが速まった。

足が震え、股間から広がった甘美な電流が背筋を這い上がり快楽神経を刺激した。

「ああーっ！」

半那の絶叫とともに、下着越しに漏れた夥《おびただ》しい量の愛液がフローリング床に水溜まりを作った。

「好きにしていいわよ」

パンティから手を抜いた半那は何事もなかったように立ち上がり、四方木に言い残しドアに向かった。

「任せてください！　ピカソも嫉妬《しっと》して身悶えるような芸術作品を創りますから！」

背中で四方木の嬉々とした声を聞きながら、半那は外に出た。

☆

歌舞伎町の雑居ビルの一室――「リベンジカンパニー」の応接室のソファに座った瀬戸幸恵が、タブレットの動画を涙目でみつめていた。

「ご満足頂けましたか？」

対面に座る半那は、幸恵に訊ねた。

「高島が少女と淫行に耽《ふけ》っている映像を、大学とテレビ局、それから奥さんと子供に送ります。高島は大学をクビになり、教員としてはどこも雇ってくれないでしょう。もちろん、テレビの仕事も無理です。高島は地位と名誉を失い、恐らく、家族も失うでしょうね。男に無理やり犯されたことも、高島に屈辱感を刻みこんだでしょう」

淡々と説明する半那とは対照的に、幸恵は肩を震わせ嗚咽《おえつ》を漏らしていた。

高島を背後からレイプしているカルロの顔は、モザイク処理してわからないようにしていた。

「それから、これは表には出しませんが……」

半那は言葉を切り、スマートフォンを幸恵に差し出した。

ディスプレイには、高島がベトナムオオムカデにペニスを喰われている画像と、四方木が頭頂に彫った女性器の画像が映し出されていた。

幸恵は顔を顰《しか》めるどころか、瞳を爛々《らんらん》と輝かせディスプレイの中の惨劇を凝視していた。

「瀬戸様。これは、私の作品なんですよ」

隣に座っていた四方木が、自慢げに口を挟んできた。

「最初は男性器……つまりちんぽと金玉を彫る予定だったんですが、よくよく考えてみますと、女性器……つまりまんこを彫るほうが、より屈辱を与えられると考え直したんですよ。それも、普通にまんこを彫っただけでなく、肉厚なビラビラまで表現したので、屈辱も倍増……」

「もう、そのへんにしておいて」

半那は、蔑視《べっし》を向けつつ四方木を窘《たしな》めた。

四方木が、いけない、とばかりにおてんば少女のように舌を出し肩を竦めた。

五十七歳のカマキリ顔の中年男がやるには、気色の悪い仕草だ。

「ありがとうございます……本当に……。これで、あの子の魂も少しは浮かばれます……」

幸恵の嗚咽《おえつ》が、激しくなった。

「お礼は結構なので、残金の三百万を頂きます」

半那は無表情に言った。

礼やレイプされた娘の無念など、どうでもよかった。

半那が高島を地獄に落としたのは、誰のためでもない。

己の欲求のためだ。

本当のところ、金はどうでもよかった。

誰かをいたぶり、虐《しいた》げることができるなら一円もいらない。

「リベンジカンパニー」で高額な報酬を取るのは、その日に備えてのためだ。

その日——人生最高のメインディッシュを食べるときのためだった。

——私は、神の化身であるメシアのためなら、どんな苦行だって積みます。さあ、どうしますか？　聖如院真理さんの使命を理解しておとなしく帰るのなら、お嬢さんをお戻しします。しかし、あくまでも妨害するというのなら……。

黒木の声が、鼓膜に不快に蘇った——股間をまさぐる黒木の指の感触が、不快にヴァギナに蘇った。

——パパっ、助けて！

幼い半那には、泣き叫ぶことしかできなかった。

――わかった！　わかったから、半那を返してくれ！

無力な父も、泣き叫ぶことしかできなかった。

――いいですか？　覚えておいてください。もし、警察や弁護士に訴えて聖如院真理さんの崇高なる使命の妨害をしたら、『神の郷』の一万二千人を超える全信徒を総動員してでも、お嬢さんを探し出して天罰を与えます。

黒木の鉄仮面をつけたような無表情が、昨日のことのように脳内のスクリーンに映し出された。

「お受け取りください」

幸恵の声が、半那の記憶《悪夢》の扉を閉めた。

彼女の差し出す両手には、分厚く膨らんだ封筒が握られていた。

「数え終わったら、お帰りになって貰って」

半那は封筒を四方木に渡し、ソファから立ち上がった。
窓際に立った半那を、闇をバックにしたガラスに映る少女がみつめていた。
もうすぐだから。待ってなさい。あなたとパパの仇は、私が討ってあげるから。
半那は、涙顔の少女に約束した。

明鏡の章　指令

「私は、汚れた魂を滅します！　すべてをメシアに委《ゆだ》ねます！　私は、禁欲を誓います！　すべてをメシアに委ねます！　私は、金銭欲を滅失します！　すべてをメシアに委ねます！　私は、性欲を滅失します！　すべてをメシアに委ねます！　私は、食欲を滅します！　すべてをメシアに委ねます！　私は、物欲を滅します！　すべてをメシアに委ねます。私は、独占欲を滅します！　すべてをメシアに委ねます！」

恵比寿の「明光教」本部の自社ビルの地下一階——転生室の、五十坪のフロアには、T

シャツにスエット姿の五十人の男女が直立不動の体勢で声を揃え「解脱《げだつ》のマントラ」を唱えていた。

「明光教」では、信徒になるまで作務衣を着せない。

信徒になっても、外部の人間の眼に触れるときには男性はスーツ、女性はワンピース姿を義務づけている。

洗脳されていない一般の人間は、信徒達が作務衣を着ているだけで怪しい新興宗教団体だの、胡散臭《うさんくさ》いカルト教団だのという印象を持ってしまうからだ。

尤《もっと》も、彼らが持つ先入観念は間違ってはいない。

「明光教」は間違いなく怪しい宗教団体であり、胡散臭いカルト教団なのだ。

明鏡は最上階――啓示室の高さ一メートル五十の特注ソファに座り、タブレットPCを凝視していた。

厚さが六ミリしかない極薄の液晶ディスプレイには、転生室のカメラで捉えた「解脱業」の様子がライブ中継されている。

彼らは、「シャーマンハウス」からピックアップされた準信徒だ。

準信徒とは、「明光教」の入信体験を希望した者のことを言う。

つまり、信徒になる意志はあるが洗脳されていない者達を準信徒と呼んでいた。

明鏡の言葉しか耳に入らず、明鏡の姿しか眼に入らず、明鏡のことしか心に浮かばず……そうなるまでは、信徒とは呼べない。

「明光教」の信徒は、明鏡に全財産をなげうち、明鏡に全人脈を託し、明鏡のためなら命を差し出す状態になって初めて完成品と呼べる。

月に一回、「シャーマンハウス」の常連客の中でも傾倒度が深い者達を、四人の幹部信徒がピックアップする。

もちろん、資金力があるか知名度のある人間しかピックアップ対象にしないのは、言うまでもない。

幹部信徒がピックアップした者達をセミナーに参加させ、「明光教」への入信を勧める。

入信希望者はさらに、山梨にある教団所有の別荘で三泊四日の合宿を行う。

合宿では明鏡が唯一無二の存在だと植えつけ、いかに「明光教」が素晴らしい教団かを説くことに終始する。

この段階で行うのは、ソフトな洗脳だ。

日焼けと同じで、いきなり強い陽射しを浴びると火傷《やけど》をしてしまう。

「解脱業」に参加させるための免疫を入信希望者につけさせるのが、合宿の目的だった。

「今回は、どれだけの子羊達が明鏡先生の子供になるのでしょうか？」

身長百五十センチ、体重百五十キロの特異な体型を幹部信徒の証である黄色の作務衣に包んだ太田が、息を切らしながら訊ねてきた。

肺まで脂肪塗《まみ》れになっているとでもいうように、太田は立っているだけでも息切れしていた。

因《ちな》みに、準幹部は緑、平信徒は白、そして、神の化身を装う明鏡は高貴な紫の作務衣を纏《まと》っていた。

「太田さん、何度言ったらわかるのですか？　子羊達は、初めから私の子供です。ただ、彼らは私の子供であることを忘れているだけなのです。あなた達の使命は、子羊達の心の瞳を開かせることです」

明鏡は、穏やかな声音で太田を窘《たしな》めた。

「申しわけ……ございません」

太田が、喘ぎながら詫《わ》びた。

スズメバチに刺されたようなパンパンに腫脹した顔は、びっしょりと汗に濡れていた。

太田は年商十数億を誇るアダルトサイトの社長だった。

小学校の頃から引き籠りの根暗男だった太田は、一日中パソコンのエロサイトをネットサーフィンしていて、先んじてライブチャットを導入したという。

いまでこそライブチャットはメジャービジネスの仲間入りを果たしているが、当時はアダルトビデオのダウンロード&ストリーミングビジネスが主流だった。

——素人の女の子が自分の部屋で、パンチラや胸チラしながらユーザーと会話してくれたら、めちゃめちゃ興奮すると思ったんです。

「シャーマンハウス」のタロット占いの常連客だった太田は、自身が立ち上げたアダルトサイトについて自慢げに語っていた。

たしかにネットビジネスの才能はあったかもしれないが、しょせんはヴァーチャル世界しか知らない男だ。

「シャーマンハウス」に通っていた三年前、三十七歳だった太田は童貞だった。

それだけではなく、彼女ができたこともない。

太田の相談内容は、将来、童貞を捨てられるのか？　彼女はできるのか？　という中学生さながらのものだった。

——お金は腐るほどありますが、風俗は嫌なんです。「富士テレビ」のイトパンみたいな、清純な女子アナと出会って恋人関係になり、ディズニーランドでデートした夜にディズニーホテルで、ロマンティックに童貞を捨てたいんです。

太田は、チビ、デブ、ハゲの三重苦の自らの醜悪な容姿に似合わぬロマンティストだった。

――このままでは、太田さんは生涯を孤独のまま終えることになります。

太田は、明鏡の言葉に表情を失った。

――一生結婚できない……っていうことなんですか？
――ええ。太田さんは、ひっそりと孤独死します。
――こ、孤独死……。なにか……僕に……問題があるのでしょうか？

太田が、蒼白な顔で訊ねてきた。

――あなたの前世は、江戸時代のおイネという遊女でした。
――遊女……ですか？
――はい。おイネは売れっ子の遊女でしたが、梅毒に罹《かか》っていました。売れっ子が故に、おイネとまぐわった殿方の数は千人を超え、そのうち、七百人は感染してしまいました。現代と違い、当時の梅毒は不治の病でした。ゴム腫と呼ばれる弾力のある腫瘍《しゅよう》が身体中にでき、皮膚だけでなく骨、筋肉、内臓にも生じます。最終的には脳や脊髄《せきずい》にも腫瘍が転移し、言語障害や認知症を引き起こし、命を落とします。おイネ一人で、七百人の男を地獄に叩き落としたわけです。その報いで、あなたは生涯、異性と性交渉ができない運命となったのです。

明鏡の言葉に、太田の顔がさらに血の気を失った。

——そんな……一生、女性とセックスできないなんて……。僕が、なにをしたというんですか!?　そんな記憶にもない何百年も前の責任を取らされるなんて……一生、おっぱいを揉んだりフェラをして貰えないだなんて……ひどい……ひど過ぎます……。

太田が、まるでこの世の終わりとでもいうように失意の底に打ちひしがれた。

——記憶になくても、何百年前の出来事でも、あなたは、あなたの魂が作ったカルマを刈り取らなければなりません。

明鏡は、きっぱりとした口調で断言した。

「明光教」の信徒にできるかどうかは、ファーストコンタクトにかかっていた。

――カルマを刈り取れば……僕はセックスできますか？

太田が、恐る恐る訊ねてきた。

――もちろんです。「明光教」に入信し過去世で犯した罪を浄化すれば、カルマは消滅します。

――どうすれば……カ……カルマを……消滅できますか？

太田が、縋《すが》る瞳を向けてきた。

――世俗を断つために、元凶を手放さねばなりません。

――元凶とは……なんでしょう？

――金銭です。あなたの貯金は、どのくらいありますか？

――現金で五千万……株や証券を合わせると……一億八千万ほどになります。

――なんと！　恐ろしい！

唐突な明鏡の大声に、太田が驚愕に眼を見開いた。

——金銭欲というのは、世俗の中で最も執着心が強く悪質なものです。そんな悪欲を溜め込んでいたら、カルマを刈り取るどころか膿《う》んだできもののようにどんどん膨れ上がります。早急に、処理しましょう。

——処理って……どうすればいいんですか？

怯《おび》えた表情で、太田が伺《うかが》いを立ててきた。

——あなたの元凶を、「明光教」に啓発金として献納してください。私が「カルマ滅失のマントラ」を唱えながら、不浄なる金銭を焼失させて差しあげます。手始めに、五百万を持ってきてください。五百万を焼失させるだけでも、あなたに小さな変化が起こります。

——しょ、焼失？　ご、五百万を……燃やすんですか!?

太田の下膨《しもぶく》れ顔に、冷や汗が噴き出した。

――嫌なら、無理にとは言いません。ただし……いや、やめておきましょう。

明鏡は、意味深に口を噤《つぐ》んでみせた。

――ただし……なんですか？

――三ヶ月以内に全財産を焼失させなければ、おイネが作ったカルマが噴出して、あなたの全身はゴム腫に侵食されてしまいます。皮膚も肉も骨も腐食し、まずは耳が削《そ》げ落ち、次に鼻がもげ、最後に性器が腐乱します。

――み、耳が削げ……は、鼻がもげ……せ、性器が腐乱……。

太田が上ずる声で、途切れ途切れに呟《つぶや》いた。

――どうします？　私は、どちらでも構いません。

――お、お願いします！　五百万を持ってきますから！　僕を救ってください！

世間知らずの引き籠りを騙すのは、赤子の手を捻《ひね》るようなものだった。

結局、五百万を皮切りに太田は僅《わず》か二ヶ月で一億八千万円を明鏡に献納した。

「お前が俺と同じ幹部だと思うと、恥ずかしくてしようがねえぜ」

明鏡の対面の三人掛けソファ——太田の隣りに座っていた幹部信徒の西城が、鷹のような鋭い眼で睨みつけた。

太田とは違って、西城は百九十センチの長身に筋肉の鎧《よろい》を纏《まと》ったプロレスラーさながらの屈強な体軀の持ち主だった。

それも、当然だった。

西城は、メジャーな総合格闘技の団体で将来を嘱望《しょくぼう》されていた選手だった。

デビュー最短の半年でタイトルマッチを組まれた西城は、練習中に右足の靭帯《じんたい》を損傷し、休養を余儀なくされた。

懸命のリハビリの甲斐があって西城はリングに復帰できたが、怪我の後遺症が尾を引き、三連敗を喫したのちに引退に追い込まれた。

リハビリ中に弱気になった西城が「シャーマンハウス」に占いに訪れたのが、彼との出会いのきっかけだった。

金があるわけでも芸能人のように知名度があるわけでもない西城を「明光教」に引き込んだのは、彼の卓越した身体能力が目的だった。

総合格闘技を引退したといっても、一時は最年少チャンピオンの誕生を期待されたほどの腕の持ち主だ。

宗教団体の教祖などやっていると、厄介《やっかい》なトラブルも多く荒事に発展する場合も珍しくない。

西城を幹部にしてそばにおいていれば、これほど心強いことはなかった。

じっさいに、過去にセミナーに参加したモデルの彼氏がいわゆる半グレで、血相を変えて本部ビルに乗り込んできたが西城が呆気《あっけ》なく返り討ちにした。

腕自慢の素人の戦意を喪失させることなど、プロの格闘家だった西城にとっては朝飯前だった。

信徒歴は太田が三年で西城は二年、年齢は太田が四十歳で西城が二十七歳——信徒歴も長く年齢も上の太田のことを、西城は完全に馬鹿にしていた。

「ぼ、僕は、き、君の……先輩だぞ？　そ、その口の利き方は、な、ないんじゃないのかな？」

しどろもどろになりながらも、太田が西城を諭《さと》した。

太田の短い両足はガクガクと震え、唇も白っぽくなっていた。

「だったら、先輩らしくしろよっ。この世に存在するすべての人間は神の化身である明鏡先生の子供だってこともわからねえなんて、幹部としてありえねえだろ!?　そんなもん、平信徒でも知ってることなんだよ！」

西城の怒声に、太田が眼を閉じ肩を竦《すく》めた。

内心、明鏡も西城の迫力に気圧《けお》されていたが、もちろん顔には出さなかった。

唯一無二の至高神が信徒に恐怖を感じてペニスが縮んでいるなど、絶対に悟られるわけにはいかない。

『メシア以外の言葉は耳に入れません！　メシアの御言葉だけが、罪深き私を導いてくれます！　メシア以外の言葉はまやかしであり、私を神から遠ざけます！　メシアの御言葉だけが、私の魂を浄化します！　メシア以外の言葉は毒であり麻薬です！　メシアの御言葉だけが……』

明鏡は、一心不乱に「解脱のマントラ」を唱える準信徒達を映し出すタブレットＰＣに視線を戻した。

誰も彼もが、神と一体になれると信じている。

彼らは午前六時から、八時間以上立ちっぱなしでマントラを唱えていた。

「解脱業」は、二日間ぶっ通しで行われる。

つまり、あと十六時間は立ちっぱなしの修行が続く。

その間、彼らはなにも口にできずにトイレにも行けない。

だから、全員、大人用の紙おむつをしていた。

飲食をさせないのは血糖値を下げて頭を朦朧《もうろう》とさせるため、トイレに行かせないのは冷静さを取り戻させないためだ。

「解脱業」の目的は、彼らを洗脳することにある。

洗脳の方法は幾通りもあった。

明鏡が試してきた中で最も効果があるのは睡眠と飲食を禁じ、思考力を奪い、対象者を一種のトランス状態にすることだ。

トランス状態とは、日常の意識状態ではないことを言う。

洗脳を成功させるには、操りたい側に都合のいい情報を潜在意識に刷り込まなければならない。

潜在意識は人間の意識のうち九十パーセントを占め、顕在意識は僅《わず》か十パーセントしか占めていない。

なので、潜在意識を支配できれば、その人間を自在にコントロールできるというわけだ。

だが、人間は他人に支配されないために顕在意識がフィルターの役目をして善悪を判断している。

いわば、門番のようなものだ。

睡眠と食欲を奪い顕在意識《門番》を使い物にならなくするのが、洗脳を成功させる秘訣《ひけつ》だった。

参加者の五十人は、市会議員、歯科医、実業家、男優、女優、プロ野球選手、Jリーガーと錚々《そうそう》たる顔触れだった。

「『自我滅失業』に移るよう命じてください」

明鏡は、静かな声音で西城に命じた。

「承知しました！」

無駄に張った声で返事をすると、西城はスマートフォンを取り出した。

「西城です。明鏡先生が、『自我滅失業』に移るようにおっしゃってます」

明鏡の指示を雨宮に伝えると、西城は電話を切った。

雨宮は三十歳で信徒歴五年の幹部信徒だ。

幹部の中では最古参だった。

雨宮は、「明光教」に入信する前は有名進学塾の講師だった。

頭が切れ弁が立つ雨宮は二十代半ばの若さで、月収五百万を稼ぐカリスマ講師だった。

雨宮には、十代で結婚した妻と六歳の子供がいた。

ある日、妻が熱を出した息子を車に乗せて病院に運ぶ途中、居眠り運転の車に衝突されて母子は即死した。


――僕は……そのときも進学塾でした……。妻と息子が潰れた車内で事切れる瞬間も、「東大や京大は楽勝と思え！」なんて、予備校生の前で調子に乗って講義していました。僕が……妻と息子を見殺しにしたんです……。僕は、どうしたら……。

伸び放題の髪、頬にちらばる無精髭《ぶしょうひげ》、充血した眼、色濃く張りつく隈《くま》、口から漂うアルコール臭……初めて会ったときの雨宮からは、カリスマ講師としてマスコミにもてはやされていた輝きは微塵も感じられなかった。

しかし、明鏡にとってはまさに不幸中の幸い――こんな悲劇でもないかぎり、雨宮のような頭の切れる男が宗教を頼ることはなかっただろう。

――今回の事故は、あなたのせいであって、あなたのせいではありません。

明鏡の言葉に、雨宮の憔悴《しょうすい》した顔に疑問符が浮かんだ。

――二百年前のフランス人、アルベルティーヌ・シモン。あなたの前世です。アルベルティーヌは敬虔《けいけん》なカトリック教徒で、誰からも慕われる人徳者でした。反面、人々の模範であるように日々己を律する生活は相当なストレスを生み出していました。アルベルティーヌのストレスの捌《は》け口は、十歳の一人娘のアナベラに向けられました。口答えをしたから火かき棒で殴る、食事を残したから火かき棒で殴る、部屋を汚したから火かき棒で殴る……事あるごとにアルベルティーヌはアナベラに言いがかりをつけると体罰を与えました。

ある日、いつものようにアナベラに体罰を与えているときのことでした。興奮したアルベルティーヌが振り下ろした火かき棒がアナベラの後頭部を痛打し、彼女は脳挫傷《のうざしょう》で帰らぬ人となりました。あなたの奥様と息子さんが亡くなったのは、雨宮さんの前世が犯した罪の報い……カルマがそうさせているのです。

――僕の前世が……。

蒼白な顔で、雨宮が息を呑んだ。

――ええ、そうです。あなたのカルマの犠牲になった奥様と息子さんは成仏できずに地縛《じばく》霊《れい》として事故現場に苦しみ彷徨《さまよ》っています。

――地縛霊……。

雨宮の蒼白顔が強張った。

――いまからでも遅くはありません。奥様と息子さんを現世に戻すことはできませんが、前世が作ったカルマを滅失させて成仏に導くことは雨宮さんにもできます。いえ、やってあげるのがあなたの使命です。

雨宮が通常の精神状態ならば、絶対に信じない戯言《でたらめ》だ。

だが、罪悪感と自責の海に溺れていた当時の雨宮を欺《あざむ》き、「明光教」に引き込むのは容易なことだった。

タブレットPCのディスプレイに雨宮が現れた。

「いまから、『自我滅失業』に移行します。みなさん、僕のセリフを繰り返してください。ただし、僕の口にする『あなた方』という部分は『私達』というふうに言い直してください」

雨宮の声は、さすがに元カリスマ講師だけあってよく通った。

ツーブロックのおしゃれ七三にノーフレイムの眼鏡が、雨宮のインテリっぽさを際立たせていた。

濃紺のスーツが、また、よく似合っている。

「解脱業」、山梨の合宿、セミナーは、雨宮と女性幹部信徒の瀬戸ゆりあに任せていた。

二人に共通しているのは、弁が立ち第一印象が誠実でさわやか、というところだった。

色白で黒髪ロングヘアのゆりあと雨宮が並び、ニュース原稿を読んでも違和感はなかった。

洗脳度がかなり進んでいる「解脱業」はまだしも、あまり進んでいない状態のときに西城や太田のビジュアルを眼にしたら参加者に不信感を与えてしまう。

準信徒が完全に洗脳されて信徒になるまでは、ビジュアルがヤクザのような西城やグロテスクな太田を眼に触れさせたくなかった。

「『自我滅失業』は読んで字の如くに、あなた方の中にある自我を壊す修行です。解脱の一番の妨《さまた》げは欲で、次いで自我です。『僕はこう思う』『私はこうしたい』『それは嫌だ』『これが好き』。全知全能の明鏡先生に身も心も捧げて初めて、解脱の扉は開かれます。ですが、このような自我が僅かでも残っていたなら、解脱の妨げとなります。なので、ショッキングな方法ではありますが、あなた方が泣き出し自殺したくなるほどに自我を攻撃します。心して、私についてきてください」

雨宮の言葉に、準信徒達が力なく返事した。

納得していないわけではなく、飲まず食わず立ちっぱなしで八時間のマントラを唱えていたので、意識が朦朧《もうろう》としてきているのだ。

「では、始めます！　あなた方は、並の人間ではない！」

「私達は、並の人間ではない！」

雨宮の声に、五十人の声が続いた。

「あなた方は、並以下の人間だ！」

「私達は、並以下の人間だ！」

「あなた方は、虚勢を張り自分を大きく見せなければ生きてゆけないコンプレックスの塊《かたまり》だ！」

「私達は、虚勢を張り自分を大きく見せなければ生きてゆけないコンプレックスの塊だ！」

ディスプレイ越しに、準信徒達の顔が歪《ゆが》んでいくのが伝わってきた。

彼らは、普段は先生と呼ばれたりファンから憧憬《どうけい》の眼差しでみられている社会的地位の高い者、または有名な者ばかりなので、浴びせられたことのない罵倒《ばとう》に困惑しているのだ。

だが、本番は個人攻撃の始まるこれからだ。

「山本達臣さん、あなたは、医師といってもＥＤ薬を売ったり性病を専門に診療して手っ取り早く小銭を稼ぐ負け組だ！」

雨宮が、前列左端の小太りの中年男性を指差し罵《ののし》った。

「私は、医師といってもＥＤ薬を売ったり性病を専門に診療して手っ取り早く小銭を稼ぐ負け組だ！」

山本が、耳朶まで紅潮させつつ繰り返した。

「大学病院の医師が白鳥なら、あなたはガチョウ、大学病院の医師が薔薇《ばら》なら、あなたは雑草、大学病院の医師がパリの五つ星ホテルなら、あなたは五反田のビジネスホテルだ！」

「大学病院の医師が白鳥なら、私はガチョウ、大学病院の医師が薔薇なら、私は雑草、大学病院の医師がパリの五つ星ホテルなら、私は五反田の……」

山本が苦悶《くもん》の表情で言葉を切った。

「あなたは五反田のなに!?」

雨宮がすかさず追い詰めた。

「私は五反田の……ビジネスホテルだ！」

山本が半べそ顔で叫んだ。

「岩井アンさん、あなたは、モデルといってもスーパーモデルでもなくガールズコレクションにも出場できない読《どく》モレベルよ！」

「私は……モデルといってもスーパーモデルでもなくガールズコレクションにも出場できない読モレベルよ！」

アンが、くさやを食べるときのようなしかめっ面《つら》で雨宮の言葉を復唱した。

「あなたは、二重瞼《まぶた》にして鼻を高くしてウエストの脂肪吸引をして、何百万もかけても、メジャーな仕事はできない二流モデルよ！」

「私は……二重瞼にして鼻を高くしてウエストの脂肪吸引をして……何百万もかけても、メジャーな仕事はできない二流モデルよ！」

アンは涙目になり、嗚咽《おえつ》交じりに雨宮に続いた。

じっさいのアンは、ルックスもスタイルも十人中八人は振り返るようないい女だった。

だが、正直に褒《ほ》めてしまえば意味がない。

「自我滅失業」の目的は、ちやほやされることが日常で、誰かにダメ出しされることもない社会的地位の高い準信徒の心を折り、プライドを踏み躙《にじ》ることが目的なのだ。

「雨宮さんは、凄《すご》いですね。相手の性別に合わせた物言いをして、相手が一番傷つく言葉を的確にチョイスして……俺も、まだまだですね」

西城が、感心したように言った。

「でも、こんなに時間のかかることをしなくても、明鏡先生の神の力で彼らの心を折ったほうが早いですよね？」

太田が、唐突に口を挟んできた。

どこまでも、腹立たしい男だ。

頭が悪くて鈍いので、疑問に思ったことをそのまま口にする。

偶然に、明鏡の痛いところを衝《つ》いてくるのでなおさら質《たち》が悪い。

入信して三年で二億以上の献納をしている金蔓《かねづる》なので、大目にみてやっていた。

金が尽きれば、使用済みのコンドームのように捨てるつもりだった。

「馬鹿かっ、てめえは!?　全知全能の明鏡先生に不可能がないからって、なんでもやってもらったら俺らのためにならねえだろ!?　腕利きの猟師が狙《ねら》ったほうが確実に獲物を仕留《しと》めることができるからって頼ってばかりいたら、新人はいつまで経っても狩りができねえのと同じだっ。明鏡先生が手助けせずに敢えて突き放すのは、俺らの魂の成長のためだって、何度も言われただろ!?　てめえみたいな不細工な男が頭まで悪けりゃ救いが……」

「そのへんでやめましょう。太田さんも、いまの失言で学ぶでしょうから。神は赦しであり赦しは愛であり愛は神です」

明鏡は、メシア《神郷》の御言葉をそっくり真似た。

「先生……」

西城が感極まり涙ぐんだ。

脳みそまで筋肉でできている単純馬鹿な男をコントロールするのは簡単だ。

「す、すみませんでした……」

太田が頬肉を震わせつつ詫《わ》びた。

不意に、ドアがノックされた。

明鏡に目顔で合図された太田が立ち上がりドアに向かった。

太田がドアを開けるなり、切迫した表情のゆりあが啓示室に足を踏み入れた。

「何事です?」

ただならぬゆりあの様子に、内心、鼓動が早鐘を打っていたが、明鏡は泰然《たいぜん》自若《じじゃく》とした態度で訊《たず》ねた。

「『レジェンドプロ』の社長が、いらっしゃってます」

「『レジェンドプロ』……ああ、中谷ゆまさんの事務所ですね」

涼しげな二重瞼、肉厚な唇、シャープなフェイスライン……「恋人にしたいナンバー1」の売れっ子女優の由麻は、現在、明鏡が一番夢中になっている信徒だ。

——今夜、午前零時きっかりにもう一度ここにきてください。「天光解脱業」を行います。

四人の幹部を飛び越え明鏡に次ぐナンバー2の天女の位を与えるという口実で、十時間後に由麻を啓示室に呼んでいた。

「天光解脱業」とは、由麻を抱くための口実に過ぎない。

「『レジェンドプロ』の社長が、いったい、なんの用ですか？　もちろん、私にはわかっていますが、あなた達の成長のためにわざと、知らないふりをしています」

明鏡は、いつものフォローを忘れなかった。

全知全能を演じるのも楽ではない。

「それが……中谷由麻さんを脱会させてほしいと言っています。もう二度と、ここに立ち入らせないでほしいとも……」

ゆりあが言い淀《よど》んだ。

なんだって!?　一度もセックスもしていないのに、脱会させろだと!?

今夜、ようやく念願が叶って由麻の極上ボディを堪能《たんのう》するはずだったのに、脱会させろだと!?

「わかっていました。崇高な魂が神への永遠の帰依《きえ》を誓うと、妨害しようとする邪悪な魂が現れるものです。『レジェンドプロ』の社長を、三十分後にここに呼んでください」

取り乱した心の叫びとは裏腹に、穏やかな笑みを湛《たた》えつつ明鏡はゆりあに指示した。

「承知しました。伝えてきます」

硬い表情で頷《うなず》き、ゆりあが踵《きびす》を返し啓示室を出た。

「西城さん、『警備部』の信徒を五人ほど招集して、ここで備えてください。話の流れ次第では、あなたの出番になるかもしれません」

明鏡は、西城の瞳を見据えて言った。

西城は「警備部」のトップであり、部員の信徒は元ヤクザ、元暴走族、元格闘家などのコワモテばかりを集めていた。

「任せてください！　明鏡先生に盾突《たてつ》く野郎は、俺が思い知らせてやりますから！」

西城が、岩のような拳で分厚い胸板を叩いた。

明鏡は、神郷譲りの神々しいゴッドスマイルを浮かべて頷いた。

☆

「明鏡先生、『レジェンドプロ』の沢木社長をお連れしました」

啓示室のドアが開き、現れたゆりあが言った。

「お通ししなさい」

特注ソファに座った明鏡は、悠然とした表情で頷いた。

本当は、緊張に鼓動がバクバクと音を立てていた。

気を抜くと、足が震えそうだった。

だが、明鏡はそんな素振りを微塵《みじん》も感じさせずに泰然自若としていた。

明鏡の両脇には、西城と五人の警備部の信徒がいた。

警備部の信徒はみな、西城同様に屈強な体軀《たいく》をしていた。

作務衣《さむえ》ではなくスーツ姿だったら、さながら暴力団の構成員だ。

コワモテを揃え、沢木を威圧するのが目的だった。

もし、沢木がおとなしく引き下がらなければ、威圧だけでは済まない。

鮮やかなブルーの三つ揃いのスーツを着た男……沢木が、明鏡の前に現れた。

「ゆまはどこだ？」

挨拶《あいさつ》もなしに、ふてぶてしい態度で沢木が言った。

　整髪料が光るサイドツーブロックヘア、マシンで焼いたような不自然なほどに褐色の肌、人差し指と小指に光るシルバーのリング、手首に巻かれたタイガーアイの数珠《じゅず》ブレス……思っていたよりも、沢木は若くとっぽかった。

　明鏡と同年代……三十代半ばに見えた。

　風貌《ふうぼう》や言動からすると、いわゆる半グレという人種のようだった。

　西城と警備部の信徒を同席させていてよかった。

　自分一人なら、竦《すく》んで声が震えたかもしれない。

「とりあえず、お座りください」

　明鏡は、対面のソファを目線で促《うなが》した。

「俺はゆまを連れ戻しにきたんだ。あんたと話すことはない。さあ、早くゆまを連れてこい」

　沢木がポケットに両手を突っ込み、イラ立ったように右足で貧乏揺すりをしていた。

　西城や警備部のコワモテ信徒を前にしても、沢木は少しも臆《おく》していなかった。

　臆するどころか、明鏡にたいして挑発的な態度を取っていた。

「おいっ、てめえっ、明鏡先生の前で、その態度はなんだ!?」

　堪《たま》りかねた西城が、野太い怒声を飛ばした。

「先生だぁ？　笑わせるな！　俺にとっちゃこいつは、大事なタレントを誑《たぶら》かした詐欺師なんだよ！」

沢木が、明鏡を指差し憎々しげに吐き捨てた。

「明光教」の開祖となってからは信徒達に崇《あが》め奉《たてまつ》られてばかりいたので、面と向かって罵倒されたのはひさしぶりだった。

単身乗り込んできて、西城達に睨《にら》みつけられても動じずに明鏡に食ってかかる自信は、いったい、どこからくるのか？

もしかしたら、沢木の背後にはヤクザがついているのかもしれない。

芸能事務所には、ヤクザの企業舎弟が多いというイメージがある。

きっと、沢木にもケツ持ちがついているに違いない。

そうでなければ、ここまで強気にはなれないはずだ。

「てめえっ、誰に向かって物を言ってんだ、くぉら！」

「やめなさい」

こめかみに野太い血管を浮き立たせて熱《いき》り立つ西城を、明鏡は物静かな声音で制した。

もっと大きな声を出したつもりが、声帯が萎縮してか細くなってしまった。

西城や警備部の信徒の手前、神の化身らしい姿を見せておかなければならない。

焦燥感《しょうそうかん》が、背筋を這《は》い上がった。

落ち着け。自分は神の化身だ。全知全能の神だ。

少なくとも、信徒達は全員そう信じている。

落ち着け。自分は空であり、大地であり、海であり、山であり、風であり、火である。

少なくとも、信徒達は全員そう信じている。

落ち着け。自分はその気になれば大地震や戦争を呼吸するように止め、ライオンを子猫に、小犬を狼に変える力がある。

少なくとも、信徒達は全員そう信じている。


つまり信徒達は、明鏡にとってヤクザや半グレを倒すのは瞬《まばた》きをする程度のことだと思っているのだ。

そんな信徒達の前で、沢木の大胆不敵な言動に怯《おび》えているなどと、両膝《ひざ》の震えを両肘《ひじ》で押さえて隠しているなどと悟られるわけにはいかない。

「あなたは、ゆまさんを返せとおっしゃいますが、彼女は自らの意志でここにいるのです。『明光教』は、神のお膝元です。神に救いを求める子羊達を、獣が蠢《うごめ》く森林に追い返すわけにはいきません」

明鏡は眼を逸《そ》らしたい衝動を堪《こら》え、沢木を見据えた。

「は？　もしかして、獣が蠢く森林っていうのは芸能界のことか？　もしかして、獣っていうのは俺のことか？」

相変わらず、沢木の物言いは挑戦的かつ挑発的だった。

「私は下界を否定しているわけでも、あなた方を貶《おとし》めているわけでもありません。下界も私が創った世界であり、あなた方も私の子供なのですからね。ただ、あなた方は忘れているだけなのです。自分達が、神の子供であるということを」

明鏡は、挑発に乗らないように慈愛に満ちた表情で言った。

「地球を創ったのがお前だって!? 俺がお前の子供だって!? お前、マジで頭がおかしいだろ!?」

沢木が明鏡を指差し、腹を抱えて笑った。

「てめえ、もう、許せねえ！」

沢木に摑《つか》みかかろうとする西城を、ふたたび明鏡は制した。

「やめなさい！」

「先生っ、こんな失礼な男は半殺しでもたりませんよ！」

西城が眼を充血させ、顔面を朱に染めて熱り立った。

言われなくても、わかっていた。

いや、西城はまだ甘い。

信徒に神の化身と崇められている自分を狂人扱いにした代償は、半殺し程度で済まされない。

ナイフで滅多刺しにして切り刻み、豚の餌《えさ》にしても気がおさまらなかった。

だが、そんなことをしたら殺人犯で逮捕されてしまう。

信徒には全知全能の神だと偽っていても、本当はなんの能力もない平々凡々な人間であるということを明鏡は知っている。

「神に仕《つか》える身の君が、暴力に訴えてはなりません。たしかに、『愛の戒め』が必要なときはありますが、それは、いまではありません。沢木さんは、話せばわかる方です。いいですね？」

明鏡は、マザー・テレサさながらの慈しみ深い柔和な微笑みを湛《たた》えながら西城を諭《さと》した。

「はい……」

西城が、沢木への怒りを飲み下しながら頷いた。

話し合いで解決できないときには、西城の出番となる。

本当は、いますぐにでも西城と警備部の信徒に命じて沢木を袋叩きにしてやりたかった。

だが、感情に任せて暴力を振るうのはまずい。

ゆまを抱くのに大義名分が必要なように、沢木を痛めつけるのも同じことだ。

西城は暴力大好き人間なので大義名分など作らなくてもいいが、ほかの幹部信徒……雨宮やゆりあは暴力否定派だ。

「明光教」に危害を加えるような脱会カウンセラーや人権派の弁護士を、過去に拉致したときには雨宮も率先して彼らを拷問した。

しかし、それは、彼らが「明光教」の存続を脅かすような存在だったからにほかならない。

沢木はゆまの入信の障害ではあるが、「明光教」にとって脅威な相手ではない。

なので、ゆまを入信させるために沢木を血祭りに上げれば、雨宮とゆりあに不審に思われてしまう可能性があった。

もちろん、彼らは明鏡を唯一無二の神の化身と信じて疑わないが、小さな罅《ひび》が巨大ビルの崩壊を招くこともあるのだ。

洗脳は、些細《ささい》な出来事がきっかけで解けることがあるので、細心の注意を払わなければならない。

「まったく、胡散臭《うさんくさ》い奴らだ。だから、宗教は嫌いなんだよっ」

沢木が吐き捨て、煙草をくわえた。

「ここは禁煙だ」

警備部の班長の谷《たに》が、眼にも止まらぬ速さで沢木の口から煙草を奪った。

ふてぶてしい態度に終始していた沢木も、谷の俊敏さに驚きを隠せないようだった。

谷は元バンタム級のプロボクサーで、日本チャンピオンにまでなった男だ。

ていた。

物凄《ものすご》いスピードのパンチラッシュが代名詞だった谷は、「マシンガン」の異名で呼ばれていた。

谷以外の警備部の四人も、元柔道家、元キックボクサー、元アマレスラー、元暴走族の総長と、腕自慢が揃っていた。

「痛い目をみたくなかったら、さっさと帰れ！」

元柔道家で百五十キロの巨漢……大重《おおしげ》が、下腹を震わせるようなバリトンボイスで警告した。

「こっちは、お前の失礼な態度に爆発寸前だ。明鏡先生の寛大な御心のおかげで無事でいられるが、これ以上の非礼は許されない。いますぐ態度を改めないと、命を落とすことになる」

元アマレスラーで全身が筋肉の鎧《よろい》……三雲《みくも》が、押し殺した声で警告した。

「腕に自信があるのかもしれないが、しょせんはアマチュアのあんたは俺らに敵《かな》わない。怪我をしないうちに、明鏡先生に詫びを入れてここから出て行け。いや、怪我程度じゃ済まないな」

元キックボクサーで狼のような鋭い眼……宮崎《みやざき》が、沢木を睨《にら》みつけた。

「もたもたしてると、ヤキ入れるぞっ、うら！」

元暴走族総長で眉《まゆ》なしの顔面凶器——池本《いけもと》が、巻き舌を飛ばし凄んだ。

「みんな、やめなさい。それではまるで、暴力団のようではありませんか？　沢木さん、私の子供達が失礼しました。口は悪いですが、みな、信仰心に厚い者ばかりです。私は、沢木さんと争う気はありません、そもそも、あなたは私の分身です。あなたが私と争うということは、自分自身と争っているのと同じなのです」

四人に恫喝《どうかつ》され、言葉を返せないでいる沢木を見ていると気味がよかった。

こんなに凄いコワモテ達が、自分に身を捧《ささ》げ生涯の忠誠を誓っているのだ。

部外者にたいしては猛獣のように牙を剝《む》く彼らだが、自分の前では紀州犬さながらの従順さだ。

明鏡が一声かければ、猛獣に戻り襲いかかってくるだろうことを思い知ったはずだ。

沢木は、意気揚々と乗り込んできたことを……失礼千万な態度を明鏡に取ったことを後悔しているに違いない。

喧嘩《けんか》自慢のヤンキーが、プロの格闘家に道場でボコボコにされたときのようなショックと恐怖感を味わっていることだろう。

芸能界では、畏怖《いふ》される存在なのかもしれない。

誰もが、沢木に媚《こ》びへつらっていたのかもしれない。

だが、眼の前にいる男は、自分より遥かに強そうな男達を従えている。

沢木は、日本は広いと……己が井の中の蛙《かわず》だと悟ったに違いない。

「おい、信徒の自己紹介はいいから、早くゆまを連れてこい」

沢木の言葉に、内心、明鏡は驚きを隠せなかった。

信徒達がいなければ、えっ!?　と声を上げていたことだろう。

「沢木さん。たしかに、私は暴力を否定します。ですが、ときには、我が子を正しい道へ導くために愛の鞭《むち》を振るうことも厭《いと》いません。どうか、私に愛の鞭を振るわせないで頂けますか？」

怒りと驚愕《きょうがく》を悟られぬよう、明鏡は物静かな声音で言うと沢木に柔和な笑顔を向けた。

なんという男……。

こんなに屈強なコワモテ達に脅され、怖くはないのか？

自分など、沢木を恫喝する彼らの怒声や巻き舌を耳にしただけで、ペニスが干乾びた幼虫のように縮んでいた。

「インチキカルト集団のくせに、綺麗《きれい》ごとばかり言いやがって。ほら」

沢木が、上着のポケットから万年筆を取り出した。

『痛い目をみたくなかったら、さっさと帰れ！』

『こっちは、お前の失礼な態度に爆発寸前だ。明鏡先生の寛大な御心のおかげで無事でいられるが、これ以上の非礼は許されない。いますぐ態度を改めないと、命を落とすことになる』

万年筆から流れる音声に、明鏡は心臓が止まりそうになった。

「最近のマイクロレコーダーは凄いな。こんなにちっちゃくても、音質は最高だ」

沢木が、万年筆を掲げつつ口角を吊り上げた。

「会話を録音していたんですか？」

明鏡は、平静を装いながら訊ねた。

「ああ。これをマスコミにバラ撒《ま》いて、お前らの本性を暴いてやるよ」

沢木がガムを取り出し、口に放り込んだ。

「『明光教』はそのような団体ではありません。たしかに、我が子達に行き過ぎた発言はあったのかもしれません。ですが、最初から完璧《かんぺき》な人間はいません。人は、過《あやま》ちを犯すたびに反省しながら成長するものです。未熟な子供達の魂を導くことが、私の役目です」

明鏡は、爆発しそうな怒りを堪《こら》えて沢木を諭した。

厄介な男とはわかっていたが、まさかここまでとは思わなかった。

少し、沢木を甘く見ていたのかもしれない。

単なる半グレの芸能プロ社長がいちゃもんをつけにきたのなら、対処の方法はいくらでもあった。

だが、警備部の信徒達の恫喝音声をマスコミに渡されたら話は違う。

その瞬間から記者が「明光教」に押しかけ、あれやこれやと探ってくることだろう。

十数年前に本部ビルが大炎上して崩壊した「神の郷」は、平成最悪のカルト教団として歴史に刻まれている。

あの方……神郷宝仙は神の化身どころか、日本史上最低最悪のペテン師として国民に語り継がれていた。

この音声をテレビやインターネットで流された上に、自分が「神の郷」の準幹部信徒だったと知られたなら……。

考えただけで、脳みそが粟立《あわだ》った。

現代の魔女狩り――警視庁、検察庁、国税庁が競うように「明光教」を潰《つぶ》しにかかることだろう。

詐欺、誘拐、拉致、監禁、傷害、脱税……すべての罪を問われると、十五年は出てこられないだろう。

十五年経ったら、自分は五十を超える……。

冗談ではなかった。

ゆまをはじめとして、魅力的で若い女達をまだまだ抱きたかった。

「明光教」に入信させさえすれば、女優だろうとモデルだろうとより取り見取りだ。

もっともっと、贅沢《ぜいたく》もしたかった。

ファーストクラスでヨーロッパに飛び、五つ星ホテルに宿泊し、三つ星のフレンチやイタリアンで最高級の料理に舌鼓《したつづみ》を打ち、現地で調達したブロンドの美少女とホテルのペントハウスでワイングラスを傾け、ほろ酔い気分になったところでヨーロピアンセックスを愉《たの》しむ……はずだった。

ほかにも……。

ランボルギーニを乗り回したい、アカデミー女優のジェニファー・ローレンスとセックスしたい、朝のワイドショーのコメンテーターになりたい、ゆまにイラマチオさせたい、二百万のロマネ・コンティをラッパ飲みしたい、ゆまの友人のモデルを交えて3Pしたい、富士テレビの国民的女子アナのサナパンと交際したい……やりたいことは、無限にあった。

富と地位と権力を手にした自分が、この世の春を謳歌《おうか》するのはこれからだというのに……日本中の国民に罵詈雑言《ばりぞうごん》を浴びせられた挙句に刑務所送りになるなど、考えただけで頭がどうにかなりそうだった。

「国民は、どう判断するだろうな？　自らを神の化身と公言する男が、洗脳した有名人を広告塔に信者を集め、多額の金を巻き上げ、信者を連れ戻そうとした人間を取り囲み、おとなしく帰らなければ殺すと脅す……お前の正体を知ったら、日本中が敵に回るだろうよ。ほかにも、叩けばいくらでも埃《ほこり》が出そうだな？　お前、未成年にも手をつけてるんじゃねえのか？」

沢木が、耳障りにガムをクチャクチャとさせながら言った。

「全知全能の私に、やられて困ることはありません。その気になれば、いま、この瞬間にもあなたに脅迫まがいのことをやめさせられます。でも、私がそれをやらないのは、あなたの自由意志を奪い、魂の成長を妨げてしまうからです。ですから、あなた自身の意志で、それを私に渡してください。恥じることも恐れることもありません。人間、誰にでも過ちはあります。いますぐに罪を悔い改めれば、あなたは赦《ゆる》されます。神は赦しであり、赦しは愛であり、愛は神……」

「こいつを返してほしいなら、ゆまと交換だ」

沢木が明鏡の決めゼリフを遮《さえぎ》り、ニヤつきながら言った。

この男は、「明光教」にとって危険な存在になる――明鏡は確信した。

この男は、自分の築き上げたすべてを瞬時に崩壊させる――明鏡は確信した。

「最後に、もう一度言います。いまなら、過ちを悔い改めることができます。さあ……」

明鏡は平常心を掻《か》き集め、冷静な声音で言うと沢木に掌《てのひら》を差し出した。

掌に付着する泡立つ生温い粘液……沢木が吐いた唾《つば》だった。

「さっさとゆまを連れてこい！　イカサマ教祖が！」

沢木の高笑いが、鼓膜《こまく》からフェードアウトした。

明鏡はゆっくりと眼を閉じ、鼻から肺奥深くに息を吸っては吐き出すことを繰り返した。

十秒、二十秒、三十秒……明鏡は沈黙を続け、深呼吸を繰り返した。

既《すで》に、心は決まっていた。

間を置いているのは、いまから命じようとしていることに説得力を持たせるためだった。

一分を過ぎても、明鏡は眼を閉じたままだった。

「おい、いつまで……」

「残念ですが、あなたには『愛の戒め』が必要です」

沢木の言葉を制するように、明鏡は眼を開けて言った。

「あ？　愛の戒め!?　なんだそりゃ!?」

怪訝《けげん》な表情を明鏡に向け、沢木が素頓狂《すっとんきょう》な声を上げた。

「沢木さんを『贖罪室《しょくざいしつ》』にお連れしてください」

明鏡はふたたび眼を閉じ、西城に命じた。

「承知しました！」

待ってましたとばかりに、西城の弾《はず》む声が明鏡の鼓膜を心地よく震わせた。

「は？　贖罪室ってなんだよ!?　そこにゆまが……」

「ごちゃごちゃ言ってるんじゃねえ！」

風を切る音、グシャッという鈍い衝撃音、呻《うめ》き声、床から足もとに伝わる振動——瞼《まぶた》を開かずとも、鼻血を出した沢木が西城に出口に引き摺《ず》られてゆく姿が眼に浮かんだ。

「西城さん、沢木さんには、『昇華の業』を施《ほどこ》してあげなければなりません」

眼を開けると、瞬間、驚いた表情の西城が視界に入った。

谷、大重、三雲、宮崎、池本の五人も眼を見開いていた。

「あなた達に任せても、大丈夫ですか？」

明鏡は、六人の顔を見渡しつつ訊ねた。

「もちろんです！　任せてください！」

我を取り戻した西城が瞳を輝かせ、分厚い胸板を大きな拳で叩いた。

「はい！」

警備部の五人も、数秒前とは打って変わって生き生きとした表情で返事した。

彼らは「昇華の業」を躊躇《ためら》ったのではなく、突然命じられたことに驚いただけだ。

「昇華の業」とは、未熟な魂が高みのステージに行けるように「愛の戒め」を与えつつ、最終的には神の世界に戻すことを言う。

「愛の戒め」……リンチを与え沢木を人間界から消す。

明鏡が出した指令――人間的に言えば、沢木を嬲《なぶ》り殺しにする指令だった。

「『昇華の業』を無事にやり終えれば、君の魂はまた私に近づきます」

明鏡は、感涙を浮かべる単純馬鹿な西城に、神々しい微笑みを浮かべつつ頷いて見せた。

半那の章　潜入

「沢木です。『レジェンドプロ』という芸能プロダクションの副社長をやっています」

歌舞伎町の「リベンジカンパニー」の事務所の応接室——半那に名刺を差し出す沢木に、カルロがねっとりとした視線を這わせていた。

百七十センチほどの中肉中背の身体を濃紺のシングルスーツに包んだ沢木は、よく言えば真面目、悪く言えば特徴のない顔立ちの地味な男だった。

記入させた申し込み用紙によれば沢木は三十二歳となっているが、薄くなった頭頂と薄い垂れ眉のせいか四十代に見えた。

沢木を一言で言い表せば冴《さ》えない男で、芸能プロの副社長とは思えなかった。

だが、おっさんフェチのカルロにとっては、どんなにセクシーな女よりも性的魅力を感じさせてくれるご馳走に違いない。

「どうぞ、お座りください」

半那は、沢木にソファを促《うなが》した。

「中谷ゆまさんが所属しているプロダクションですね？」

半那は、沢木から受け取った名刺の裏側に印刷された所属タレントの名前の中に、売れっ子女優を発見した。

中谷ゆまの存在は、テレビをあまり観ない半那でさえ知っていた。

「えっ、本当ですか!?　私、彼女の大ファンなんです！　ゆまちんの出演しているドラマはすべて録画していて、掲載された雑誌は切り抜いてファイルにまとめていますっ。とくに、『本日は晴天なり！』のゆまちんのセリフは、一言一句覚えてます！」

半那の右隣――回転椅子に座る四方木が、生白いカマキリ顔を紅潮させて興奮口調で言った。

「六十のおっさんのくせに、キモ」

デスクでスマートフォンをイジりながら、憂が吐き捨てた。

「五十七ですよ！」

すかさず、向きになって四方木が否定した。

「どっちでも同じじゃん」

憂がスマートフォンのディスプレイに顔を向けたまま、鼻で笑った。

「とにかく、私ほどゆまちんを愛している人間はいません。あのかわいらしい顔にカリ首のでかいちんぽのタトゥーを彫れたら、私は死んでもいいです！　そうですね……右のほっぺにカリのでかいちんぽのタトゥー、左のほっぺに包茎ちんぽのタトゥーを……」

「いい加減にしろっ！　沢木さんがびっくりしてるじゃねえか！」

半那の左側に座っているカルロが、四方木を一喝した。

カルロの言う通り、沢木はぽっかりと口を開けて四方木をみつめていた。

「半分ブラジル人君、君が沢木さんを気遣ってるのは、肛門にコーヒー色のちんぽをぶち込みたいからですよね？」

反撃する四方木の言葉に、沢木の顔が強張《こわば》った。

「沢木さん、気をつけたほうがいいですよ。彼は男……とくにおじさんが大好物で、いまも、沢木さんを立ちバックで犯すところを想像して、コーヒー色のちんぽをおっ勃ててますからね！」

四方木が甲高《かんだか》い声で言いながら、カルロの股間《こかん》を指差した。

カルロの股間は、四方木の言う通りにこんもりと膨らんでいた。

「あ、あの……」

沢木が、半那に助けを求めるように引き攣《つ》った顔を向けた。

半那は、敢《あ》えて二人の倒錯したやり取りを止めなかった。

復讐《ふくしゅう》代行屋という特殊な職種柄、実行役のスタッフが常軌を逸していればいるほどいい仕事をするのではないかという期待感が高まる。

二人の変態的やり取りを沢木に見せ、「リベンジカンパニー」に依頼したいと思わせる狙いがあった。

そして、もう一つの理由は……。

半那は、太腿《ふともも》をきつく閉じた。

カルロと四方木のやり取りを見て表情を失っている沢木に、半那の秘部はびしょびしょに濡《ぬ》れていた。

虐《しいた》げられたり苦しんでいる人間を見ると半那は、男女問わずに異常な興奮に襲われた。

倒錯者は、四方木やカルロだけではないということだ。

「おおっ、たしかに俺は沢木のおっさんに勃起してるよ！　いますぐトイレに連れ込んでアナルにぶち込みてえよ！　それから、俺の練乳並みに濃い精子を沢木さんにゴックンさせてえよ！　なんか、文句でもあんのか!?」

カルロは怯《ひる》むどころか、開き直って四方木に食ってかかった。

「すみませんが、私、急用を思い出しまして……」

「ほら、あんたらのせいで沢木さんが気味悪がっているじゃない！　沢木さん、お座りください」

半那は四方木とカルロを一喝し、沢木に顔を戻して言った。

「ウチが同業の追随を許さないのは、ターゲットに地獄以上の苦しみを与えるスタッフの能力が図抜けているからです。彼らは一般社会の中ではダニやシラミのような嫌われ者で百害あって一利なしの存在ですが、この稼業では違います。天賦《てんぷ》の才を授かった優秀な復讐請負人です。『リベンジカンパニー』の評判を聞いて、沢木さんも依頼しようと思ったんですよね？」

「はい。インターネットの裏サイトをみたんですが、『リベンジカンパニー』さんの評価は圧倒的に素晴らしいものばかりでした」

「で、早速ですが、沢木さんは、どういったご依頼ですか？」

半那は、核心に切り込んだ。

一秒でも早く、依頼を受けて任務に取りかかりたかった——人間が考えたとは思えないような究極の苦痛と屈辱を与え、ターゲットの人権を蹂躙《じゅうりん》し、精神も肉体も崩壊させたかった。

ターゲットが善人か悪人か、半那には関係なかった。

半那の頭の中には、どんなふうにターゲットを凌辱《りょうじょく》するかしかなかった。

「『レジェンドプロ』の社長……私の兄と、三日間ほど連絡が取れないのです。タレントの仕事は兄の許可なしに決められないので、会えないときでも日に何度も電話で連絡を取り合っています。三日も音信不通というのは、異常事態なんです！」

切迫した表情で、沢木が訴えた。

「失礼ですが、ウチは表向きは便利屋や興信所を名乗っていますが、本業は復讐代行屋で人探しはやっていません。そういった案件なら、警察に行ってください」

半那は、冷たく突き放した。

「兄は、きっと監禁されているんです！　もしかしたら、大変なことに……」

沢木が、白っぽく変色し乾いた唇を震わせた。

「監禁？　どういうことですか？」

「さきほど名前が出ましたウチの稼ぎ頭……中谷ゆまがある宗教団体に洗脳されているようで、仕事をやめたいとか、神の子供として相応《ふさわ》しくないキスシーンや暴力シーンのある映画やドラマには出演しないとか、おかしなことを言い出すようになったんです。それで、業を煮やした兄は三日前にその宗教団体に乗り込んでから連絡が取れなくなったんですっ。絶対に、なにか大変なことに巻き込まれたんです！」

「沢木さん、さきほど社長が言ったように、失踪《しっそう》者を探すのはウチの仕事では……」

「宗教団体!?　名前は……その宗教団体の名前はなんです!?」

半那は、四方木《さえぎ》を遮り身を乗り出した。

「え？　ああ、たしか、明るく光ると書いて、『明光教』という名前だったと思います」

「『明光教』……」

半那は、言葉を失った。

――「神の郷」の残党が、「明光教」という新興宗教団体の開祖をやっているようです。

子飼いの情報屋……牧《まき》の報告が脳裏に蘇《よみがえ》った。

もう五年以上前から半那は、牧のような情報屋を三十人以上雇い、「神の郷」の準幹部の消息を探らせていた。

幹部だった氷室、真山千夏、大和、瀬野の四人は「神の郷」の崩壊前後に命を落としていた。

五人いた準幹部のうち四人がその後どうなったかの報告は、既《すで》に受けていた。

四人のうち三人は神郷の後を追うように自害し、一人は精神科病院に入院していた。

そして、ずっと消息のわからなかった最後の一人が……。

「開祖は、もしかして明鏡という男ですか？」

半那は、押し殺した声で訊ねた。

「はい。明鏡という男を、知ってるんですか!?」

沢木が、驚いた顔で訊ねてきた。

知っている――「神の郷」の遺志を継ぐ唯一生き残った信徒だということを。

知っている――神郷宝仙の遺志を継ぐ唯一生き残った信徒だということを。
知っている――全知全能の神の化身を騙《かた》り、半那の両親と同じように人々を地獄に叩き落としていることを。
そして……。

半那は眼を閉じ奥歯を嚙《か》み締めた。

生涯をかけて、自分が追い続けていたターゲットだということを。

☆

「これは……」

黒水晶玉を包み込むように両手を翳《かざ》していた女シャーマンが息を吞《の》んだ。

黒いベロアのカーテン、揺らめくキャンドル、甘ったるいアロマの香り、低く流れる神秘的なBGM……「シャーマンハウス」の三畳ほどの個室は、これでもかとばかりに妖《あや》しげな演出が施されていた。

ソファに座った半那は、不安そうな顔を作り女シャーマンの言葉を待った。

隣に座った四方木も、もともと生白い顔をよりいっそう蒼白《そうはく》にして女シャーマンの口もとをみつめていた。

頭の中では女シャーマンを裸にし、身体中に男性器のタトゥーを彫る妄想をしているに違いない。

四方木は変態中のド変態だが、演技はうまい。

潜入任務にカルロではなく四方木を選んだのは、演技力の差だった。

カルロも演技はうまいほうだが、四方木には敵《かな》わない。

演技力だけではなかった。

「シャーマンハウス」を皮切りに「明光教」に潜入する過程で、占い、人生相談、セミナーと名を変えた様々な洗脳が行われる。

カルロは荒事には滅法強いが、その直情的な性格は一歩間違えたら洗脳される危険性を孕《はら》んでいた。

憂も若い割にはしたたかだが、それでもまだ人生経験の浅い十代なので不安は残る。

その点、五十七歳で自己愛の塊の四方木は洗脳される可能性が最も低いと半那は判断した。

ほかにも理由はあった。

四方木の性格の倒錯ぶりだ。

普通の人間なら、カラスは黒い鳥だと言えば疑いもなく受け入れる。

だが、四方木の場合は、自分の中でカラスはピンク色の鳥だと思っていれば、誰がなんと言おうとも、たとえ目の前にカラスを差し出されても受け入れない。

自分の中にあるピンクのカラス像が、揺らぐことはない。

「あゆみさんに不運が付き纏《まと》う原因となっている、醜悪な影が見えます」

女シャーマンが、強張った声で切り出した。

あゆみ――本名で、潜入するわけにはいかない。

「醜悪な影……ですか？」

半那は怖々と訊ねた。
二、三年ほど前から怪我や病気が立て続き、仕事もトラブルばかりでうまくいかない――半那が「シャーマンハウス」を訪れた相談内容《でたらめ》だ。
今回の任務の役柄――半那はエステティックサロンの経営者で四方木は顧問税理士を演じていた。

四方木も、やはり怪我や病気が絶えないというでたらめを相談内容にしていた。

「失礼ですが、川島さんはあゆみさんのビジネスパートナーでしたよね？」

「はい。彼はウチの会社の顧問の税理士ですが、それがなにか？」

半那は川島……四方木に視線を移しながら言った。

「ご本人を前に大変申し上げづらいのですが……」

女シャーマンが、眉間《みけん》に縦皺《たてじわ》を刻んで言い淀《よど》んだ。

絹の光沢を放つロングの黒髪、抜けるように白い肌、すっと切れ上がった眼、整った鼻筋――女シャーマン……ゆりあは、明鏡に寵愛《ちょうあい》を受ける幹部信徒だけあり、かなりの美《び》貌《ぼう》の持ち主だった。

年の頃では、二十四歳の半那とそう変わらないように見える。

恐らく、明鏡の愛人に違いない。

――明鏡は、無類の女好きです。「明光教」は財施《ざいせ》が見込める資産家か広告塔にするための有名人、若しくは政財界や裏社会に睨《にら》みの利く人物しか入れないんですが、ビジュアルのいい女性は特別枠で積極的に入信させています。修行にかこつけて、手をつけまくっているようです。

情報屋の牧の声が鼓膜に蘇った。

美貌には、自信があった――そこらのモデルや女優には、負けない自信があった。

自分のビジュアルを見たら、明鏡は是が非でも入信させようとしてくるだろう。

「川島さんの前世はドイツのナチスの党員で、かなりの数のユダヤ人を虐殺しています」

「私がナチスの党員!?」

四方木が己を指差し、素頓狂な声を上げた。

「ええ。アルベルト・シュナイダーという名前で、ホロコースト時代に強制収容所で働けない幼子や老人や怪我人を次々と射殺しました」

「そんな……」

　バカげた作り話に、四方木が絶句してみせた。

「そのことが、私の災いとどう関係あるのですか?」

　半那も、茶番劇につき合った。

「川島さんが前世で作ったカルマが、ご本人はもちろんのこと、ビジネスパートナーであるあゆみさんにも悪影響を及ぼしています。つまり、あゆみさんの怪我や病気、仕事でのトラブルの一切は、川島さんの過去世での悪行の因果応報によって引き起こされているのです」

　ゆりあが、悲痛な顔で半那をみつめた。

　半那は、笑いを必死に噛み殺した。

　だが、ゆりあを含めた「明光教」の信徒に、嘘《うそ》を吐《つ》いているという意識はないに違いない。

　迷える子羊を救うための聖なる嘘だと、明鏡に洗脳されているのだろう。

　そう、信徒達は言われるがままだ。

　明鏡の荒唐無稽《こうとうむけい》なでたらめを微塵も疑わずに、多くの人々を毒牙《どくが》にかけているのだ。

　あのときの、黒木のように……。

——私は、神の化身であるメシアのためなら、どんな苦行だって積みます。さあ、どうしますか？ 聖如院真理さんの使命を理解しておとなしく帰るのなら、お嬢さんをお戻しします。しかし、あくまでも妨害するというのなら……。

黒木の手が、半那の股間に伸びた。

聖如院真理と命名された母……綾は半那の目の前で「神の郷」の信徒の上で腰をグラインドさせ、別の信徒をフェラチオしていた。

父……光一は屈強な信徒に拘束され、妻の痴態に泣き喚くことしかできなかった。

妻を「神の郷」に奪われた光一はすっかり覇気《はき》を失い、仕事を休み朝から酒を浴びるようになった。

精神を患《わずら》った光一は、ある日、自宅のソファで腹を裂き、内臓を垂れ流して事切れていた。

凄惨《せいさん》な父の屍《しかばね》を眼にしても、現実とは思えなかった。

ユーモアのある父と優しい母——綾が「神の郷」に入信するまでは、裕福ではないが笑いの絶えない幸福な家庭だった。

すべては、あの男……神郷宝仙が元凶だった。

その後、「神の郷」は崩壊した。

教祖の神郷宝仙を始め、幹部信徒はこの世を去った。

半那に、喜びはなかった。

むしろ、憤《いきどお》りと深い喪失感に襲われた。

神郷宝仙に地獄を見せるのは、自分の使命だった。

絶望と屈辱を抱擁し、自らの内臓の海で溺死《できし》した光一の仇を取るためには、神郷に同等かそれ以上の地獄を見せ、屈辱を与えなければならなかった。

明鏡が神郷の遺志を継ぐ者として「明光教」という新興宗教団体を創設したと牧から情報を得たとき、半那は激しい怒りを覚えた――激しく下半身が疼《うず》いた。

父の屍を目撃してからの半那は、性的倒錯者となった。

人が苦痛にのたうち回っている姿や悲惨な状況を目の当《ま》たりにすると、異常なほどに欲情する肉体になってしまった。

いまでは、裂けた腹から胃や腸を溢《あふ》れさせ事切れていた光一の姿を思い出すだけで、下着を変えなければならないほどに陰部が濡れた。

家庭と半那を壊した悪魔の分身が、教祖となっている。

十七年前の仇を討つために、鷹場から英才教育を受けた――復讐代行屋となった。

ついに、半那の願いが叶うときがきた。

「私とは無関係なのに……そんなの、あんまりです！」

半那は、ゆりあに強い口調で訴えた。

「お気持ちはわかりますが、あゆみさんも無関係ではないのです」

「え？　どういうことですか？」

半那は、でたらめを語らせるために顔に疑問符を浮かべてみせた。

「あゆみさんの前世も、ホロコースト時代でした。ですが、ナチスの党員ではありません。あゆみさんは、川島さんの前世……アルベルト・シュナイダーの妹、シャルロッテでした」

「私が、川島さんの妹!?」

半那は、素頓狂な声を上げた。

「ええ。シャルロッテは、ユダヤ人を虐殺したわけではありません。むしろ、心根の優しい少女でした。兄が収容所で鬼畜の如き振る舞いをしていることも知りませんでした。シャルロッテの罪は、アルベルトの妹として生まれたことです。兄に無残に殺された死者の無念と恨みは、肉親である妹にもカルマを作りました」

「つまり、私の身や会社に起こる不幸は、川島さんが前世で犯した悪行の連帯責任ということですか？」

「ちょっと意味合いは違いますが、そう理解して頂いても構いません」

ゆりあが、大きく頷いた。

半那が話に引き込まれていると、手応えを感じているのだろう。

もちろん、そう思わせるのが今回の任務だった。

「川島さんのせいで、私までひどい目にあってるのよっ」

半那は、四方木に非難の眼を向けた。

「わ、私にそんなことを言われても……前世の責任まで取れませんよ。現世の私が、真面目一徹な男だというのは、社長が一番知っているじゃないですか？　そりゃあ、私だって、過ちの一つや二つはあります。たとえば、上野駅周辺をうろついていた家出娘を未成年と知りながらナンパし、五千円払うからフェラチオしてくれないかと持ちかけたこと、コンビニで缶コーヒーを買ったときのお釣りが百円多いと気づきながら黙って受け取ったこと、電車でよろけてぶつかった若いサラリーマンから気をつけろと怒鳴られ、そいつを尾行して突き止めたマンションのメイルボックスに犬の糞を詰め込んでやったこと……。でも、社長に咎《とが》められるような悪さはしていません！」

四方木が、若気の至りならぬ中年の至りを憮然《ぶぜん》とした顔でカミングアウトした。

恐らく、作り話ではなく実話に違いない。

瞬間、ゆりあが眉を顰《ひそ》めたのを半那は見逃さなかった。

――「シャーマンハウス」でのNGワードとかは、ありますか？

――本名と本当の仕事を言わなければ、あとは自由に発言していいから。むしろ、いつものあなた通りで頼むわ。


打ち合わせの際の四方木との会話が脳裏に蘇った。

半那の狙いは、四方木演じる川島に問題があると信徒に思わせることだった。

モデル並みの美貌を持つ女と金のなさそうな冴えない中年男。

ただでさえ、「明光教」サイドとしては四方木が邪魔なはずだ。

美女と不細工な女の組み合わせをナンパしたときに、どうやってブスのほうを切り離すかに頭を悩ませるのと同じだ。

半那が、四方木が一緒でなければセミナーに参加しないと言えば、信徒の手には負えなくなる。

半那がちょっとかわいい程度の女なら信徒も諦《あきら》めるだろうが、数年に一人巡り合えるかどうかのレベルの美女であれば明鏡が黙っていない。

「シャーマンハウス」でのすべての客とのやり取りが盗撮されていることは、調査済みだった。

多額の金を毟《むし》り取れそうなカモ、飛び抜けたビジュアルのカモ、広告塔になりそうなカモ……明鏡は、盗撮動画をチェックしながら用途別のカモを物色する。

半那を眼にした明鏡は、是が非でも入信させようとするはずだ。

読み違えていなければ、四方木と切り離すために明鏡は自ら半那の説得に乗り出すことだろう。

そう、半那の狙いは明鏡を引っ張り出すことだ。

明鏡の説法に感銘を受けた振りをし、四方木を切り捨て入信する。

とにもかくにも、内部に潜り込まなければチャンスは生まれない。

――明鏡は、一日のほとんどを「明光教」の施設内で過ごしています。たまに外出するときはボディガードとして警備部の屈強な信徒を五、六人つけていますので、襲撃や拉致は難しいかと思います。警備部の信徒達は、みな、格闘家上がりや元ヤクザの集まりで腕の立つ者ばかりです。

牧の報告では、警備部のトップは西城という凶暴なマッチョ男で、元はメジャーな総合格闘技の団体で将来を嘱望《しょくぼう》されていた選手だったらしい。

入信した恋人に激怒して殴り込んだヤクザを西城と警備部の信徒が返り討ちにした、抗議していた右翼の街宣車から構成員を引きずり出して袋叩きにした……警備部の武勇伝を聞かされた半那の頭に、ある疑問が生じた。

――いくら警備部が腕自慢の集まりと言っても、ヤクザや右翼を袋叩きにしたらただじゃ済まないでしょう？

――どうやら、明鏡は相当な額を「王蘭会《おうらんかい》」の会長に上納しているみたいです。

――「王蘭会」って、暴力団の？

――はい。構成員数日本最大の広域指定暴力団のトップからすれば、年間何億もの利益を運んでくる上得意先の「明光教」が潰れたら困るわけです。

半那は納得した。

「王蘭会」の睨《にら》みが利いていれば、ほかのアンダーグラウンド組織も迂闊《うかつ》な真似はできない。

――明鏡の周囲からボディガードが完全にいなくなるのは、啓示室だけです。

――啓示室って？

――本部ビルの最上階にあり、幹部信徒と準幹部信徒、それから、明鏡の眼鏡に適《かな》ったVIPの信徒しか立ち入ることができません。明鏡は、気に入った女性信徒を啓示室に連れ込み、徹底的に洗脳し、修行と称していかがわしい行為に及びます。その時間だけは、幹部信徒でさえ立ち入ることは許されず、明鏡と完全に二人になれます。

「川島さん、落ち着いてください。過去世に犯した罪は記憶になくても、今世で清算しなければなりません」

ゆりあの声が、記憶の中の牧の声に重なった。

「清算!?　冗談じゃないですよ！　たとえばあなたの前に突然見知らぬ男が現れて、君は酒に酔った勢いで僕にフェラチオをした、その現場を、居合わせた妻に目撃されて離婚問題に発展している……この責任を取ってください！　と言われたら、どうするんです？　あなたは酩酊《めいてい》状態で記憶がないので、男の言っていることが本当かどうかわからない。もしかしたらフェラしたかもしれないし、していないかもしれない。だが男は、記憶になくてもあなたの犯した罪だから償ってほしいと迫ってくる。そういうことを私に言っているのと、同じですよ!?」

四方木は詭弁《きべん》を言っているわけでもゆりあに絡《から》んでいるわけでもなく、至って真剣だった。

そこが、四方木の薄気味悪いところだ。

「申し訳ありませんが、私はあまりジョークの通じるタイプではないので、そのご質問にはお答えできません」

言葉遣いこそ丁寧だが、ゆりあは完全に四方木に嫌悪感を抱いているようだった。

当然だ。

四方木と十分間同じ空間にいて、不快感を覚えない人間はいない。

「ジョークなんかではありません！　私は、真剣に……」

「川島さん、もういいから。しばらく、黙っててくれる？」

半那が遮《さえぎ》ると、顔を朱に染めた四方木が下唇を突き出し横を向いた。

五十七歳の男が拗《す》ねるのは、はっきり言って気持ち悪いだけだ。

「ようするに私達は、どうすればいいんですか？」

半那は、本題を促した。

いつまでも、雑魚《ざこ》を相手にしている暇はなかった。

「川島さんが前世で作ったカルマを刈り取らなければなりません。カルマが解消しないかぎり、あゆみさんを悩ませる怪我や病気、そして会社の経営不振は続きます」

「カルマを刈り取るって……どうするんですか？」

半那は、不安げな瞳をゆりあに向けた。

「通常は、『シャーマンハウス』に何度か通って頂き、私がカルマ解消の儀式を行うのですが……今回は、無理なようです」

ゆりあが、深刻な表情で言った。

予想通りの展開だ。

理由をつけて、「明光教」に連れて行こうとしているに違いない。

「無理……」

半那は絶句してみせた。

四方木は隣で、まだ不貞腐《ふてくさ》れていた。

演技なのかそうでないのかの判別はつかなかった。

どうでもよかった。

ハエが前足を擦《す》り合わせている理由に興味がないのと……ダニの雄と雌はどっちが長生きをするかの答えに興味がないのと同程度だ。

それに、四方木に活躍して貰わなければならないのは、まだ先だ。

「川島さんの業《ごう》が深過ぎるので、残念ながら私のスキルでは対応できないのです」

「そんな……」

半那は、余命三ヶ月を宣告された重篤患者のように瞳に絶望の色を湛《たた》えた。

「でも、ご安心ください。ウチの本部団体に最高級のスキルを持つ明鏡先生という方がいます。明鏡先生なら、川島さんのカルマを滅失してあゆみさんの抱える問題を解決できます」

ゆりあが、法悦《ほうえつ》に浸《ひた》った顔で言った。

明鏡のことを語るゆりあの幸せそうな表情が、演技とは思えなかった。

心の底から、あの詐欺師のことを神の化身だと信じているのだろう。

「その明鏡先生という人は、どこに行けば会えるんですか？」

半那は、縋《すが》る瞳でゆりあをみつめた。

「明鏡先生は、恵比寿にあるウチの本部ビルにいらっしゃいます。もし、面談をご希望なさるのであれば予約を入れておきますが、いかがなさいますか？」

「お願いします！」

食い気味に、半那は即答した。

待っていなさい。あなたの大好きな神郷に、会わせてあげるから。

半那は、心で明鏡に語りかけた。

☆

「私の名演技のおかげで、来週、明鏡に会うことになりましたー！」

「リベンジカンパニー」から徒歩数分の歌舞伎町の会員制バー——「アマゾン」の個室で、ハイボールのグラスを片手に四方木が得意げに言った。

途中、不貞腐れたり拗ねたりはしていたが、及第点を与えられる演技はしていた。

「アマゾン」は区役所通りの雑居ビルの地下に入っており、店名通り個室の至るところに大型の観葉植物が設置してあり、床にはワニのオブジェが這い、天井からは赤や黄色の原色の怪鳥のオブジェが吊るされていた。

「なにが名演技だ。どうせ、変態的なことばかり言ってたんだろう？」

U字型のソファ――中央に座る半那の右横でカルロが嘲《あざけ》るように言うと、コロナの瓶ビールを呷《あお》った。

「占い師って、女の人だったんでしょ？　四方木さん、セクハラしなかった？」

半那の左隣に座る憂が、馬鹿にしたように言うとケタケタと笑った。

憂は未成年だが、モスコミュールを呑んでいた。

誘拐、拉致、監禁、暴行、脅迫、詐欺……仕事ではありとあらゆる犯罪行為に手を染めている憂が、いまさら未成年の飲酒を気にしても仕方がない。

「き、君達っ、本日のMVPの私に失礼でしょう！」

四方木が、七三髪を振り乱し金切り声で叫んだ。

離れた一人掛けソファに座る牧だけは、物静かにバーボンで琥珀色《こはくいろ》に染まるロックグラスを傾けていた。

スタッフの中で正常なのは、牧だけだった。

今年四十になる牧は、いい意味で存在感がなかった。

髪型も顔立ちも中肉中背の身体も日本人の平均的で、鼠色《ねずみいろ》のスーツを纏ったその姿は通勤時間帯の満員電車の乗客に溶け込んでしまう凡庸《ぼんよう》な男だ。

興信所でのキャリアが長い牧は、目立たない、周囲に溶け込むという術を身につけていた。

情報屋としての牧は優秀で非の打ちどころがなく、半那は買っていた。

だが、牧の高評価の理由はそれだけではない。

余計な興味は持たない、質問しないというスタンスを徹底している牧は、半那がどうして明鏡を目の敵《かたき》にしているかを訊《き》いてきたことはなかった。

仕事に無関係のことには首を突っ込まないという牧は、半那にとって理想的なビジネスパートナーだ。

四方木、カルロ、憂よりも、半那は牧を信用していた。

もちろん、三人に比べて、という意味だ。

自分のすべてを任せるほどの信用ではないし、また、その意味では信用できる人間などいない。

半那が信用できる存在はただ一人……「神の郷」への復讐を誓った自分自身だけだった。

「リベンジカンパニー」を創設して以来、決起集会をするのは初めてだった。

普段のターゲットなら、わざわざそんなことをする必要はなかった。

正直、任務以外では顔を合わせたくない面々だった。

だが、今回の任務だけは特別だ。

一週間後の水曜日——半那と四方木は、恵比寿に建つ「明光教」の本部ビルで明鏡と面談することになった。

本当は半那だけを行かせたかったようだが、洗脳していない段階で強引に四方木を引き離そうとして不信感を抱かせることを恐れたのだろう。

それに、半那の不幸の根源は四方木にあると言っている以上、最初だけは明鏡と会わなければゆりあの話が矛盾してしまう。

恐らく、啓示室での面談で、尤《もっと》もらしいでたらめを並べ立てて四方木を切り捨てるに違いない。

「いまさらなんだけどさ、社長はどうして明鏡って男の情報を、あの人……えっと、誰だっけ、ほら、あの人……」

カルロが、牧を指差し苦し気な皺《しわ》を眉間《みけん》に刻んでいた。

存在感の薄い牧の名前を思い出せないのだ。

「牧さんよ」

「ああ、そうそう、牧さんに集めさせてたんだ？」

カルロが、疑問符の浮かんだ顔を半那に向けた。

「それ、私も気になってました。社長が彼……ええっと……彼に……」

四方木もまた、牧の名前を思い出せなくてもどかしそうにしていた。

「あ、そうでした。ずっと以前から牧さんに『神の郷』の信徒の消息を追わせていたのは
なんでだろう……と不思議に思っていたんです」

「そうそう、だって、いままでは社長があのおじさんに調査を命じるのは依頼が入ってからだし、明鏡って男のことは沢木って依頼人がウチにくる前から知っていたみたいだし」

カルロと四方木に教えたばかりなのに、もう憂は牧の名前を忘れていた。

「てめえ、名前を忘れてんじゃねえよ。鈴木だよ」

「半分ブラジル君、なにを言ってるんだ？　彼は鈴木さんじゃなくて佐々木さんだよ」

違う名前を口にするカルロに、四方木が違う名前でダメ出しした。

「二人とも違うから。もう、名前のことはいいわ」

半那は、うんざりした表情でカルロと四方木に言った。

三人の失礼な言動にも、牧は気を悪くしたふうもなく物静かに煙草の煙をくゆらせていた。

「それより、あなた達にも話しておいたほうがよさそうね。私と明鏡の関係を……」

半那は眼を閉じ、暗鬱《あんうつ》な記憶の扉を開けた。

明鏡の章　対面

啓示室――明鏡は特注の一メートル五十の高さの専用ソファに座り、タブレットPCのディスプレイを食い入るようにみつめた。

「シャーマンハウス」に訪れた悩める相談者《カモ》の動画は、すべて録画させていた。

明鏡の愉《たの》しみは、相談者《カモ》の中から好みの女性を探し出すことだった。

なので明鏡は、有名人でもないかぎり男の相談者の動画は早送りしていた。

『私とは無関係なのに……そんなの、あんまりです！』

動転と恐怖に顔を歪《ゆが》ませゆりあに感情をぶつけるあゆみの美しさに、明鏡は息を呑んだ。

抜けるように白い肌、切れ長の二重瞼、高く整った鼻、百七十センチ近い長身、Eカップはありそうな巨乳、砂時計のように括《くび》れたウエスト、ゆうに九十センチは超えていそうな股下《またした》――あゆみがロシアと日本のハーフモデルといっても、明鏡は微塵《みじん》も疑わないだろう。

あゆみの日本人離れした圧倒的な美貌は、明鏡が夢中の人気女優であり信徒である中谷由麻にも負けてはいなかった。

いや、スーパーモデルさながらのスリムなプロポーションとプレイメイト顔負けの巨乳というあゆみの奇跡のボディを考えると、由麻を超えているかもしれない。

どちらにしてもあゆみは、VIP待遇に値する極上ガモだ。

明鏡は、スマートフォンのデジタル時計に視線を移した。

AM10：50
あと十分後には、生のあゆみを拝める。

動画で彼女を発見してから、明鏡のペニスは痛いほどに勃起し続けていた。

由麻とあゆみにダブルフェラをされたら……考えただけで、先走り汁がブリーフを濡らした。

どんなことがあっても、あゆみを「明光教」の信徒にしたかった。

彼女一人なら、それは難しいことではない。

問題なのは……。

明鏡は、苦虫《にがむし》を潰したような顔であゆみの隣に座るカマキリ顔の中年男を見た。

『そりゃあ、私だって、過《あやま》ちの一つや二つはあります。たとえば、上野駅周辺をうろついていた家出娘を未成年と知りながらナンパし、五千円払うからフェラチオしてくれないかと持ちかけたこと、コンビニで缶コーヒーを買ったときのお釣りが百円多いと気づきながら黙って受け取ったこと……』

明鏡は、ディスプレイの中で己の倒錯者ぶりを語るカマキリ中年――川島に向かってため息を吐いた。

普通の神経の持ち主ならば、占いの場でこんな変質的な自我を口にしない。

家出少女に五千円でフェラチオをしてほしい云々の件は同じ女好きな男として理解できるが、それをゆりあ扮《ふん》する女シャーマンに堂々と言う神経は理解できない。

たとえるなら、露出狂が路上で美女の前で性器をさらすことにより快楽を貪《むさぼ》る欲動と似ている。

だが、カマキリ中年はただの性的倒錯者ではない。

いま再生されている動画では、電車でよろめいてぶつかった若いサラリーマンから文句を言われたことを根に持ち、そのサラリーマンを尾行して突き止めたマンションのメイルボックスに犬の糞を詰め込んだことを告白していた。

顔は憮然《ぶぜん》としていたが、どこか誇らしげにも見えた。

川島の前世はアルベルト・シュナイダーというドイツのナチスの党員で、ホロコースト時代の強制収容所で労働力とならない老人、怪我人、子供を大量虐殺した。

あゆみの前世はアルベルト・シュナイダーの妹シャルロッテで、兄のカルマが今世で妹の生まれ変わりであるあゆみに災いをもたらしている――これが、明鏡が事前にゆりあに伝えていた真実だ。

誤算は、あゆみのビジネスパートナーの川島という男が想像以上に厄介な存在だったことだ。

あゆみを洗脳して明鏡の自由にしたくても、川島が障害になるのは目に見えていた。

それがわかっていたなら、前世のカルマがあるのはあゆみだけで、川島は問題なしということにして「明光教」にくる必要はないとするべきだった。

川島があゆみの隣にいるかぎり、明鏡の欲求は満たせない。

今日のテーマは、いかにして川島をあゆみから切り離すかということだ。

ドアがノックされた。

明鏡は慌《あわ》ててタブレットPCを隠し、結跏趺坐《けっかふざ》を組み眼を閉じた。

「どうぞ」

明鏡が言うと、ドアが開く音がした。

「失礼します。明鏡先生、石原あゆみさんと川島誠二さんをお連れしました」

ゆりあの声に、明鏡は眼を閉じたまま頷《うなず》いてみせた。

「お通ししなさい」

ほどなくして、あゆみと川島が啓示室に足を踏み入れる気配がした。

「イライジャクリシュナアガスティテアハラマンダアーユルヴェーダ……」

明鏡は、あゆみと川島の前世と交信しているふうを装い、意味不明のでたらめな言葉を呪文を唱えているかのように並べ立てた。

二人が明鏡の正面に立っているのは気配で伝わったが、明鏡は呪文を唱え続けた。

一見、無意味な行為のように思えるかもしれないが、このあとの展開を有利に運べるかどうかに大きく影響する。

神郷のように神の化身ではなく紛《まが》い物の明鏡は、いかに自分が神の化身であるとカモに信じ込ませるかの前振りが重要だった。

「アームウォ〜ン……アームウォ〜ン……アームウォ〜ン……」

インドの瞑想者《めいそう》のように腹を凹ませながら、明鏡はそれらしい言葉を繰り返した。

ゆっくりと、眼を開いた。

「お座りください」

あゆみとカマキリ中年を交互に見据え、明鏡は正面のソファを促《うなが》した。

「失礼します」

あゆみが頭を下げ、腰を下ろした。

カマキリ中年は、なにも言わずにソファに座った。

顔が悪く変質的なだけでなく、礼儀も弁《わきま》えていない男だ。

「いま、あなた方の前世と会話をしていたところです」

明鏡は、カマキリ中年にたいしてのいら立ちをおくびにも出さずに、穏やかな声音で言った。

「ユダヤ人を迫害したナチスの党員の妹が私の前世と言われたのですが、その人と会話していたのですか？」

あゆみが、明鏡の瞳をみつめて訊ねた。

思わず、吸い込まれそうな瞳だ。

動画でも美しかったが、実物はさらに美しかった。

子犬のように、あゆみの顔をベロベロと舐《な》め回したかった。

もし、あゆみがＡＶ嬢なら、顔だけで抜ける、というタイプだ。

「そうです。川島さんの前世、アルベルト・シュナイダー氏と彼の妹であるシャルロッテ嬢……あゆみさんの前世ですね」

「あ、あの、ホロコースト時代に私はどのくらいの数の人間を殺したんでしょうか？」

あゆみの横から、川島が訊ねてきた。

「お待ちください。その話は後程《のちほど》……」

「五十人くらいでしょうか!?　いや、大量虐殺と言われているのでそんな数じゃ済みませんねぇ。百人くらいでしょうか!?　いや、大量虐殺と言われているのでそんな数じゃ済みませんねぇ。五百人くらいでしょうか!?」

明鏡の言葉を遮《さえぎ》り、川島が質問を続けた。

胸内で、驚きと怒りが交錯した。

いまだかつて、千人を超えるカモを相手にしてきたが、話を途中で遮られたのは初めてだった。

「その話は後程すると……」

「もしかして……もしかして、千人斬《ぎ》りとかいっちゃってますか？」

ふたたび、川島が遮った。

馬鹿にされている。

瞬間、そう思ったがすぐに違うとわかった。

川島は明鏡を茶化しているわけでもからかっているわけでもなく、至って真剣な表情で訊ねていた。

それが逆に、薄気味悪かった。

「五万八千二百二十一人。あなたの前世、アルベルト・シュナイダー氏がユダヤ人を虐殺した数です」

明鏡は、質問に答えてやった。

これ以上、カマキリ中年に絡《から》まれるのはごめんだ。

あゆみは後回しにして、まずは腐った生ゴミを捨てるのが先決だ。

さっさと適当なカルマを並べ立て、一分でも早く川島を追い払いたかった。

「ご、ごまん、は、は、はっせんにひゃくにじゅういちにん!?」

川島が、裏返った声で叫んだ。

「そうです。あなたの前世の犯したカルマは深く、妹のシャルロッテ嬢の現世に悪影響を及ぼしているのです」

ゆりあを通じて「シャーマンハウス」でそう占った以上、川島とあゆみの前世の因縁話を変えることはできない。

この因縁話《でたらめ》を進化させ、あゆみと川島を切り離すつもりだった。

「私は、どうすればいいんですか?」

不安げな声で、あゆみが訊ねてきた。

どんな顔をしても、食べてしまいたいほどにかわいかった。

自分に本当に超能力があれば、いや、催眠術をかける能力でもあれば、あゆみが自分とセックスがしたくて堪《たま》らなくなる術をかけるというのに……。

明鏡は、逸《はや》る気持ちを抑えた。

面倒で時間がかかるが、いままでと同じように講習会と合宿に参加させ、自分を神の化身と信じ込むまで洗脳するしかなかった。

幹部信徒のゆりあは、セックスに持ち込むまでに入信してから三ヶ月かかった。

洗脳にも段階があり、浅い段階で事を急げばそれまでの苦労が水泡に帰す恐れがあった。明鏡のためなら時間を捧げる、明鏡のためなら身体を捧げる、明鏡のためなら家族を捨てる、明鏡のためなら全財産を捧げる、明鏡のためなら人の命を奪う、明鏡のためなら命を捧げる……信徒は洗脳が深まるほどに、自らを犠牲にしてゆく。

個人差にもよるが、邪魔の入らない環境で洗脳ができればあゆみも三ヶ月で抱けるはずだ。

そのためにも、邪魔者のカマキリ中年を排除する必要があった。

「いま、視《み》てみますので」

明鏡はあゆみに言うと、直径二十センチの黒水晶玉——純金の台座に置かれた「神玉」に両手を翳《かざ》しふたたび眼を閉じた。

「アラマンダヴィーキリーゲッタニコルカサティアサイババブッダヴェロニカチャーチルロスチャイルド……」

明鏡はでたらめなマントラを唱えながら、薄目を開いた。

あゆみと川島からは、眼を閉じているふうにしか見えない。

カモの女性を盗み見するために、明鏡が訓練を重ねて習得した薄目だった。

それにしても……。

ワンピースのボタンがはち切れそうに突き出た胸、きゅっと括《くび》れたウエストになだらかな曲線を描くヒップライン……あゆみの美味《おい》しそうな極上ボディは、動画以上のインパクトだった。

こんなパーフェクトボディでルックスも満点の女を抱けるなら、寿命が一、二年縮んでもよかった。

よからぬ妄想に耽《ふけ》っていると、下半身が反応しそうになった。

「ワイマラナービションフリーゼピットブルウェスティロットワイラー……」

日本で馴染《なじ》みのない犬種の名前を連ね、明鏡は桃色妄想から意識を逸《そ》らした。

まだ洗脳も進んでいない初対面の相手に勃起した姿を見せるわけにはいかない。

明鏡は翳していた両手を「神玉」から離すと、大きく息を吸い、ゆっくりと吐きながら眼を開けた。

「石原さんの災いを取り除くには、しばらくの間、川島さんと別行動しなければなりません」

「川島さんと別行動ですか?」

あゆみが、眼をパチパチとさせつつ訊ねてきた。

その仕草が、また、叫びたいほどにかわいかった。

明鏡は、大きく頷いた。

「あゆみ社長の災いを取り除くのに、どうして私と別行動しなければならないんですか!?」

川島が、怪訝《けげん》な顔で訊ねてきた。

「アルベルト・シュナイダー氏のカルマ……つまり、川島さんの業《ごう》が深過ぎるんです。なので、川島さんがそばにいると石原さんの運気を破壊してしまうのです」

明鏡は、徹夜で考え抜いたでたらめを口にしながら川島とあゆみを交互に見た。

「それであゆみ社長から災いがなくなったとしても、残された私はどうなるんですか!? 私だけ、ごまんはっせんにひゃくにじゅういちにんの虐殺されたユダヤ人の恨みを背負いながら、苦しみ続けなければならないっていうことですか!? 誰にも看取《みと》られずに風呂なし共同トイレの安アパートで、ひっそりと死ぬ人生を歩むしかないって言うんですかぁ!? そんなの嫌です！　絶対に嫌です！　私を見捨てないでください！　あゆみ社長だけでなく、私のことも救ってください！」

七三髪を振り乱し、鼻水を垂らしつつ胸前で掌《てのひら》を重ね合わせ懇願する川島の異様な姿に、明鏡の肌が粟立《あわだ》った。

「ご安心ください。私は誰のことも、見捨てたりはしませんよ。あなたがたは、私の子供同然ですから」

明鏡は、慈愛に満ちたゴッドスマイルを二人に向けた。

同然、とつけたのは洗脳度が低いからだ。

「はい！　どうして、私達が明鏡先生の子供同然なのですか？」

川島が、小学生が教師にそうするように右手を挙げて質問した。

「比喩《ひゆ》ですよ。人間は、神の創造物というではないですか」

明鏡は、空よりも広く海よりも深い包容力たっぷりの微笑みを湛《たた》えながら言った。

内心、腸《はらわた》が煮えくり返っていた。

メインディッシュのあゆみが質問してくるならばまだしも、ステーキでいえばインゲン豆、鮨《すし》でいえばガリのような脇役の分際で余計な口出しを……。

いや、カマキリ中年にはインゲン豆やガリでももったいない。

ウマバエの幼虫かフィラリアでたとえるのがお似合いの、寄生虫のような男だ。

喉《のど》もとまで込み上げた罵詈雑言《ばりぞうごん》を、明鏡は寸前のところで飲み下した。

「ああ、なるほど！　そういうわけですね。でも、一週間前、埼玉県新座市で二十七歳の女性が二歳の娘をお仕置きと称して五十度の熱湯風呂に入れて殺したってニュースをやっていました。一昨日は、二十二歳の男性が一歳の息子の全身百ヶ所以上に煙草の火を押しつけて殺したというニュースもやっていました」

「人間とは、愚かな生き物ですね」

明鏡は言いながら、五臓六腑を焼き尽くす憤激から意識を逸らした。

「ところで、なぜ、唐突にそんな話をなさるんですか？」

明鏡は、わかっていながら訊ねた。

「子供を殺す親もいるってことを言いたかったんですよ。さっき明鏡先生が、私達は子供同然だと言っていたので、つい、子供殺しの親の事件を思い出しました」

この男は、わざと言っているのか？

変質者の振りをして、自分を試しているのか？

「彼らが犯した罪は悪です。ですが、彼らは悪ではありません。彼らはただ、己が神の子供ということを忘却しているだけなのです」

明鏡は、慈しみの眼差しを川島とあゆみに交互に向けつつ言った。

「えぇーっ！　自分の子供を殺してるのに悪人じゃないんですか!?　そんな極悪な人間を、神様はお許しになるんですか!?」

川島が、脳天から突き抜けるような金切り声を張り上げた。

「神は赦しであり、赦しは愛であり、愛は神であります」

明鏡の十八番《おはこ》が決まった。

このセリフで、落ちなかったカモはいない。

現に、あゆみはその円《つぶ》らな瞳を涙で潤ませていた。

「私……どうしちゃったんだろう……ごめんなさい……」

あゆみが、ハンカチを取り出し涙に濡れる頰を拭《ぬぐ》った。

「感動する心は神からのプレゼントです。恥ずかしがることはありません。感情の赴《おもむ》くまま、思い切り泣いてください」

明鏡は微笑み、あゆみに頷《うなず》いてみせた。

「さて、話が横道に逸れましたが、まずは石原さんのカルマを滅失するために、今日のところは川島さんにはお引き取り願います。石原さんのカルマが滅失したら、川島さんをお呼びしますから」

嘘――あゆみを洗脳する間、邪魔なカマキリ中年を遠ざけるための口実だ。

あゆみの洗脳が終わっても、川島に連絡するつもりはなかった。

「おい、ほーけーちんぽ野郎！」

「え……」

唐突な川島の言葉に、明鏡は絶句した。

「お前っ、ほーけーちんぽのくせに、神様ぶってんじゃねーよ！　ぶぁーか！　ぶぁぁーか！　ぶあぁぁーか！」

川島が、唾を飛ばしながら罵詈雑言を浴びせてきた。

「川島さんっ、いきなりどうしたの!?　そんなこと言ったら、失礼でしょ！」

あゆみが、血相を変えて川島を叱《しか》った。

「失礼なのは、ほーけーちんぽのくせに神様ぶっているこいつのほうだよ！」

「あなた、いい加減に……」

「いいんですよ。それより、どうしたんですか？」

明鏡はあゆみを遮り、川島に訊ねた。

川島の突然の豹変《ひょうへん》ぶりに、明鏡は平静を装っていたが内心は激しく動転していた。

普段は神の化身と崇《あが》め奉《たてまつ》られている明鏡にとって、面と向かってこれほど口汚く罵《ののし》られたのは初めてだった。

今日は帰れと言われたことに、腹を立てたのだろうか？

「どうしたんですか？　だって？　あんた、神様なのにそんなこともわかんねーの？　神様なら、心を読んでみろよ！　ぶあ〜か！　ぶあぁ〜か！　ぶあぁぁ〜か！」

川島が眼を剝《む》き、憎々しい顔で言った。

パニックになる脳内で、明鏡は目まぐるしく思考を巡らせた。

怒鳴りつけたい衝動を、明鏡は懸命に堪《こら》えた。

おっさんでガリガリの川島と喧嘩をしても勝てる自信はあったが、あゆみの手前、神の化身であるはずの自分が感情的になるわけにはいかない。

かといって、カマキリ中年をこのまま放置していたら、どこまでエスカレートするかわからない。

「私にとって、あなた方の心を読むことは容易です。また、あなた方を思うように行動させることも容易です。でも、私はあなた方を操ったことはありませんし、これからもそれは同じです。なぜなら、私の神通力で思う通りの結果になったとしても、あなた方の魂の成長にならないからです」

明鏡は、散り散りの平常心を搔《か》き集め、冷静な声音で言った。

「じゃあ、いま、私があゆみさんとおまんこしたいと思っていたことも、あゆみさんのまんこをクンニしたいって思っていたことも、あゆみさんにイラマチオさせたいと思っていたことも、見抜いてた？　ねえ、見抜いてた？　ねえ？　ねえ？　ねえ？」

川島が、明鏡を小馬鹿にしたように耳に手を当てながら矢継ぎ早に言った。

いまほど、全知全能でない自分を呪《のろ》ったことはない。

いまほど、神の化身でない自分を呪ったことはない。

　もし、自分が全知全能なら、川島の残りの人生でただの一度もいいことが起きないようにすることを誓う。

もし、自分が神の化身なら、川島をゴキブリかムカデに転生させることを誓う。

「川島さんっ、本当に怒る……」

「な～んて、明鏡先生のことを味噌糞《みそくそ》にけなしても、許してくれるんでしょうか？」

川島があゆみを遮り、一転して丁寧な言葉で訊ねてきた。

「もしかして、それを質問するためだけに、私を口汚い言葉で罵っていたんですか？」

「はい。神は赦しであり、赦しは愛であり、愛は神であります。さっき明鏡先生は、そうおっしゃっていましたから。私、かなりひどいことを言ってしまいましたが、許して頂けますか？」

明鏡は、あんぐりと口が開きそうになるのを寸前で堪《こら》えた。

自分を愚弄《ぐろう》するつもりで嘲《あざけ》っていたならば当然許せない。

だが、川島の言っていることが本当ならば、常軌を逸しているにもほどがある。

あゆみへの下心は別にして、川島を一刻も早く追い払いたかった。

こんな倒錯者と絡《から》んでいたら、厄介ごとの種になるのは火を見るより明らかだった。

「許すもなにも、私はただの一瞬もあなたに怒りの感情を持ってはいませんのでご安心ください」

京都人のしたたかさと東北人の辛抱強さ――明鏡は、川島に微笑みかけながら穏やかな口調で語りかけた。

「あんなにひどいことを言われたのに怒らないなんて、明鏡先生って寛容な方なんですね」

あゆみが、うっとりした表情で明鏡をみつめた。

怪我の功名……災い転じて福となす。

川島が絡んでくれたおかげで、あゆみの心を摑《つか》むことができた。

変態男との苦痛で悍《おぞ》ましいやり取りも、無駄ではなかったということだ。

「私には愛しかありません。怒りとは強欲が招く愚かな感情です。欲は人の瞳を曇らせ、良心の声を聞こえなくさせます。いつの時代の戦争も諍《いさか》いも、すべては欲から発しているのです。さて、そろそろ石原さんのカルマを滅失する作業に入らねばなりません。私達がこうしている一分、一秒の間も石原さんのカルマは増大し続けているのです。川島さん、とりあえず今日のところはお帰り下さい」

明鏡は、川島に退室を促した。

いつまでも、カマキリ中年の相手をしているわけにはいかない。

「あ、あの、一分、一秒の間にもカルマが増大しているのなら、私はどうなってしまうのでしょうか？　私のカルマは、あゆみ社長のカルマより遥かに大きいんですよね？　あゆみ社長のカルマを滅失している間に、どんどんどんどん私のカルマが膨れ上がるってことですよね？　私のカルマのほうが大きいのならば、あゆみ社長より先にやって頂けないでしょうか？」

川島が、悲壮感たっぷりの顔の前で両手を合わせた。

やはり、面倒な男だ。

川島はストーカーやクレーマーにいるような、靴底に貼りつく痰《たん》に塗《まみ》れたガムさながらの執拗《しつよう》で粘着タイプの男だった。

「その点は大丈夫です。石原さんのカルマを滅失している間は、川島さんのカルマが増大しないように私が毎朝『緊縛《きんばく》のマントラ』を唱えておきますので」

明鏡は適当な嘘を口にした。

「『緊縛のマントラ』とは、なんですか？」

川島が、顎《あご》に人差し指を当てて首を傾げた。

若い娘がやる仕草ならかわいいが、六十近いカマキリ中年がやるのは公害だ。

「読んで字の如く、カルマを縛りつけるマントラです。私が『緊縛のマントラ』を唱えれば、川島さんのカルマが増大することはありません。これで、安心して頂けましたか？」

でたらめのマントラにでたらめの理由をつけて、明鏡は川島を説得した。

「はい！　それなら、安心です。でも……」

川島が、伏し目がちになり拗《す》ねたように唇を尖《とが》らせた。

「なんでしょう？」

ため息を堪《こら》え、明鏡は鷹揚《おうよう》な物腰で促した。

「カルマが増大しないのは納得しましたけれど、どうして私が後なんでしょう？　医師も、大きな腫瘍《しゅよう》の患者と小さな腫瘍の患者がいたら前者の手術を先にやりますよね？　それなのに、私を後回しにするのはなぜですか？　神様も、若くて美しい女性と話しているほうが不細工な中年男を相手にするより愉しいからですか？」

図星——川島は屈折した変態だが、勘だけは鋭い。

「美人と不美人、善人と悪人……そういうふうにレッテルを貼るのは人間界だけです。神の世界では、美人も不美人も善人も悪人も区別しません。すべての人間は、愛すべき神の子なのです。だから、私は川島さんにも石原さんにも公平に接します。業の深い川島さんのカルマ滅失を後にしたのには、きちんとした理由があります。さきほどのたとえで言えば、腫瘍が大きければ大きいほど手術の際に体力が必要になります。川島さんには、カルマ滅失の前にやってほしいことがあります」

「やってほしいこと……ですか？」

明鏡は頷いた。

「今日から最低でも三ヶ月間、セックス、自慰、飲酒、喫煙、肉食の一切をやめて頂けますか？」

「えぇーっ！」

明鏡の言葉に、川島が昭和の漫画の登場人物さながらのベタなリアクションをした。

「なにか、問題でもありますか？」

「た、煙草はもともと吸わないので大丈夫です。セックスも、三十五年間彼女がいないので、どの道機会がありません。風俗さえ我慢すればなんとか守れます。酒もそんなに好きではないので、我慢できます。肉はかなりきついですが、ほかの食材でなんとかごまかします。ですが……オナニーだけは、自信がありません。自慢じゃないですが、私は、日に三回のオナニーを十三歳のときから四十四年間欠かしたことがないのです。ほかはすべて守りますから、オナニーだけは見逃してくれませんか!?　お願いします！」

川島が、半べそ顔の前で合掌《がっしょう》しながら頭を下げた。

「アルベルト・シュナイダー氏が作った強大なカルマを滅失するには、川島さんに精神的、肉体的に大きな負担がかかります。不浄な生活を送っている魂は弱っているので、へたをすれば命を落としかねません。川島さんのカルマ滅失をあゆみさんの後にしたのは、禁欲生活を送ることで魂を浄化するのが目的なのです」

でたらめと出任せのブレンド――無理難題を突きつけることで三ヶ月間、川島を遠ざける理由にしたかっただけだ。

恐らく川島は、禁欲を破ってしまうだろう。

そうなれば明鏡の思う壺で、さらに三ヶ月間の禁欲指令を出すつもりだった。

三ヶ月から半年もあれば、あゆみを洗脳して自分の性奴隷にできる自信があった。

「川島さんの命を守るためです」

「わかりました。私を後回しにするのは、明鏡先生があゆみ社長と二人きりになりたいからではなく、カルマを滅失する難業に耐えうる精神と肉体を得るために魂を浄化する目的なのですね？」

川島の言葉には、いちいち棘《とげ》が含まれていた。

「もちろんです。そろそろ石原さんのカルマ滅失に取りかかりたいので、ご理解頂けたのならお帰りになって結構ですよ」

明鏡がやんわりと促すと、川島が立ち上がり頭を下げ、拍子抜けするほど素直に啓示室をあとにした。

「さあ、これから、カルマ滅失業を始めます」

明鏡が言うと、あゆみが微塵の疑いもなく頷いた。

さあ、これから、カルマ滅失業を口実に、石原あゆみを自分の意のままにするための洗脳を開始する。

明鏡は、あゆみをみつめる神々《こうごう》しい表情とは裏腹に心で本音を語った。

半那の章　擬装《ぎそう》

「私は罪を犯しました」

「私は罪を犯しました」

「私は多くの魂を奪いました」
「私は多くの魂を奪いました」
「私は無垢《むく》なる魂を貪《むさぼ》った罪深きケダモノです」
「私は無垢なる魂を貪った罪深きケダモノです」
「私は人殺しです」
「私は人殺しです」
「私の罪は永遠に赦されることはありません」
「私の罪は永遠に赦されることはありません」

約二十坪の空間、四、五メートルはありそうな座禅を組んだ金箔《きんぱく》貼りの明鏡の銅像、銅像の周囲に揺らめく蠟燭《ろうそく》の炎——成人女性の身長ほどの高さのソファに座った明鏡の口にする言葉を、半那は復唱した。

川島に扮《ふん》する四方木が帰ってから、もう三十分近く同じようなセリフを繰り返していた。

明鏡が言うには、ホロコーストの時代、四方木の前世であるナチスの党員、アルベルト・シュナイダーは五万八千二百二十一人のユダヤ人を虐殺したらしい。

自分の前世は、アルベルトの妹のシャルロッテなる女性で、兄が過去世で犯したカルマの影響を受けているので災い続きだという。

――アルベルト・シュナイダー氏が作った強大なカルマを滅失するには、川島さんに精神的、肉体的に大きな負担がかかります。不浄な生活を送っている魂は弱っているので、へたをすれば命を落としかねません。川島さんのカルマ滅失をあゆみさんの後にしたのは、禁欲生活を送ることで魂を浄化するのが目的なのです。


明鏡のでたらめが、半那の脳裏に蘇《よみがえ》った。

たいそうな御託《ごたく》を並べていたが、ようするに四方木が邪魔だっただけの話だ。

無意味な言葉を繰り返す明鏡の魂胆はみえみえだった。

自分を洗脳し、「明光教」に入信させて愛人にするつもりなのだろう。

入信するのは、半那も望むところだ。

そのために、こんなくだらない儀式につき合っているのだ。

韓流スターさながらのマッシュヘア、涼しく切れ上がった眼尻、すっと通った鼻筋、デッサン画のような形のいい唇、透けるような白い肌――間近で見る明鏡は、かなりの美形だった。

いまで言う、中性的な顔立ちだ。

そこらの女優より、明鏡の顔は遥かに美しかった。

これだけの美貌の持ち主で口もうまければ、ミーハーな女や男に飢えている女は簡単に心を奪われ信者となるだろう。

「明光教」の信者の心理状態は、ホストに嵌《は》まる女性客と同じだ。

歯の浮くような甘い囁《ささや》きを信じ込み、一晩に数十万、場合によっては数百万の金を使う。

傍《はた》から見たら正気の沙汰《さた》でなくても、女性客からすれば至って正常な行動なのだ。

「私には朝日を見る資格がありません。私には笑顔になる資格がありません」

明鏡の言葉を、半那は繰り返した。

「私には生きる資格がありません。私には死ぬ資格もありません」

明鏡の言葉を、半那は繰り返した。

半那は、心でため息を吐いた。

いったい、いつまで続ける気だ？

情報屋の牧の話では、洗脳の初期段階には数時間に亘《わた》り同じような言葉を繰り返し言わせるらしい。

長いときには、「カルマ滅失の業」は三日三晩続くこともあるという。

食事もさせず、睡眠も取らせず、正常な思考能力を失わせて脳内が空っぽになったところに己《おのれ》に都合のいい情報を刷り込む……それが、明鏡のやりかただ。

——社長のママは、「明光教」の信者だったんだ!?

驚きに眼を見開くカルロの顔が、半那の脳裏に浮かんだ。

――「明光教」じゃなくて「神の郷」よ。

――社長のお母上は、明鏡にずっこんばっこんやられていたんですか？　バックですか？　騎乗位ですか？　対面座位ですか？　松葉崩しですか？　それとも……もしかして、駅弁ファックというやつですか？

四方木が、瞳をキラキラと輝かせ訊ねてきた。

――明鏡じゃなくて、当時の支部長よ。

――じゃあ、どうして、明鏡を目の敵《かたき》にするの？　その支部長に復讐すればいいじゃん。

憂が、率直な疑問を口にした。

――支部長は地獄に堕《お》ちたわ。教祖の神郷宝仙を始め、幹部信徒も準幹部信徒も死んだから警察に捕まって、「神の郷」の幹部クラスの残党でのうのうと暮らしているのは明鏡だけなの。のうのうと暮らしているだけならまだしも、私が許せないのは「神の郷」を復活させたことよ。

――それで、潜入してどうするわけ？　明鏡をぶっ殺すだけなら、わざわざ「明光教」に入らなくてもいいのにさ。

　カルロが肩を竦《すく》めた。

――あんた、わかってないわね。私達は鷹場先生の遺志を継ぐ復讐代行屋よ？

――でも、鷹場さんっつう人も、人を殺したことあるんだろ？

　カルロも四方木も、半那から聞く前に鷹場の存在は知っていた。

　鷹場英一は、ジェームズ・ディーンやエルヴィス・プレスリー同様に変態や倒錯者の間では知らぬ者はいないスーパースターなのだ。

――彼は、ターゲットの命を奪わなきゃならなくなったときも、普通に死ぬ何十倍もの苦しみを与えながら殺したわ。彼の中では、殺人は最大の慈悲よ。鷹場先生に狙われたターゲットは、誰もが殺されることを望んだの。

――鷹場さんという人は、物凄《ものすご》く偉大なサディストであり変態だったんですねぇ。死が魅力的に思えるほどの拷問……私も、お会いしたかったです。

四方木が、うっとりとした表情で言った。

――でも、「明光教」なんかに潜入してどんな復讐をするんだよ？　隙《すき》を見てとっ捕まえて、拷問でもするのか？　俺がケツの穴にぶち込んでやってもいいんだけどよ、明鏡ってまだ三十七歳なんだろ？　俺の好みにゃ十は若いんだよな。四十代半ばから五十代のおっさんが、最高に脂《あぶら》が乗って一番美味しいんだよな～。

カルロの股間《こかん》は、ズボンを突き破りそうなほどに勃起していた。

――半分ブラジル人君の発想は、相変わらず単純で低俗ですね。今度のターゲットは、社長の怨敵《おんてき》ですよ？　最高の復讐をしないと社長に申し訳ないですよ。たとえば、明鏡の背中に十字架に磔《はりつけ》にされたイエス・キリストのタトゥーを彫るとか、明鏡にうんこカレーを食べさせて食リポさせているところを録画してYouTubeにアップするとか……もっと、高尚な復讐法を思いつきませんか？

四方木の言葉には、カルロにたいする皮肉がたっぷりトッピングされていた。

——てめえは馬鹿か！　うんこカレーを食べさせることのどこが、高尚な復讐法だ!?　だいたいな、てめえの復讐法なんてガキの悪戯《いたずら》とそう変わらねえんだよっ。五十七歳の変態キモ顔おっさんは、女の下着でも盗んでろ！

——やめなさい。内輪揉めしている場合じゃないわ。それに、二人の復讐法は不採用よ。明鏡にとっての一番のダメージは、自分が神の化身でもなんでもなく、欲に塗《まみ》れた小心者の人間だと信徒達にバレて反乱が起こることよ。

——つまり、「明光教」の信徒達が謀反《むほん》に走るように仕向ける……そういうことですね？

——ムホンってなに？

四方木に、憂が訊ねた。

——馬鹿だな、お前は？　ムホンも知らねえのか？

カルロが、嘲《あざけ》る眼を憂に向けた。

——あんたは知ってるわけ!?

——あたりまえだろ。いいか？　馬鹿女。ムホンっつーのは、「iPhone」の新シリーズのことだ。信徒達を「iPhone」のゲームに夢中にさせて、明鏡をシカトさせるんだよ。信徒全員にシカトされたら、野郎のプライドはズタズタだろうからな。

——半分ブラジル人君は、原始人並みの知能ですね。謀反というのは国家や君主に反乱を起こすことです。

——おいっ、変態カマキリ顔！　てめえっ、調子に乗ってるとマジに許さねえぞ！

「私が許されることは永遠にありません」

記憶の中のカルロの声に、明鏡の声が重なった。

半那は明鏡の言葉を復唱した。

「ただ一つの例外を除いては」

明鏡の言葉を、半那は繰り返した。

いよいよ、本題に入ってきた。

「私を無窮《むきゅう》の闇から救えるのは、神の化身である明鏡飛翔ただ一人」

明鏡は核心に迫るセリフを口にした。

このセリフを口にするために明鏡は、ナチスのでたらめ前世話を長々と語り四方木を先に帰したのだ。

よくもまあ、恥ずかしげもなく自分のことを神の化身などと言えるものだ。

「私に転生の光を与えられるのは、唯一無二の至高神である明鏡飛翔ただ一人」

馬鹿げた言葉を、半那は復唱した。

「明鏡飛翔の口にする言葉は即《すなわ》ち神の言葉、明鏡飛翔に身も心も委《ゆだ》ねることは即ち神に身も心も委ねること、明鏡飛翔と一体になることは即ち神と一体になること」

口にするのも悍《おぞ》ましかったが、半那は明鏡の言葉を繰り返した。

半那は目力をなくし、虚《うつ》ろな瞳にしてみせた――思考力の低下を演じてみせた。

啓示室のドアが開き、スーツ姿の男が入ってくると半那の隣に座った。

ツーブロックの七三にノーフレイムの眼鏡……男は、幹部信徒の雨宮だ。

――雨宮実三十歳。信徒歴五年の最古参幹部です。雨宮は元進学塾のカリスマ講師と言われ、ドキュメント番組などで何度か紹介されたこともあります。冷静沈着で頭の回転が速く弁も立ちます。「明光教」では、明鏡に次ぐナンバー2です。

牧の報告を、半那は鼓膜にリプレイさせた。

明鏡も相当な美形だが、雨宮も端整な顔をしていた。

明鏡との違いは、雨宮の顔立ちにはどこか知性が感じられるところだった。

「私は多くの魂を奪った。私は多くの命を奪った。私の罪は幾世紀の時を超えても風化することはない」

いきなり、明鏡から雨宮の声へと変わった。

明鏡は胸前で合掌しつつ立ち上がると、なにかを唱えながらフロアの奥へと消えた。

身体がつらいので、体よく弟子にバトンタッチしたのだろう。

どこまでも、半端で俗な男だ。

インチキ宗教家であっても、十時間ぶっ通しででたらめを言い続けるのなら認めてもいい。

種蒔《ま》き、植え付け、収穫を信者にやらせて自分は楽して食べるだけ――神郷宝仙と同じだ。

だが、半那にはむしろ好都合だった。

側近中の側近の雨宮の影響力は、教団内でも大きい。

彼が異を唱えるなら、賛同する者も多いだろう。

雨宮に反旗を翻《ひるがえ》させ、「明光教」を混乱させる。

教団が明鏡派と雨宮派に割れれば、自然と第三派閥も生まれるはずだ。

絶対王権が絶対ではないと知れ渡った時点で、王座を狙いたくなるのが人間という生き物だ。

半那の目的は、最終的に「明光教」を戦国時代のような内乱状態にし、明鏡を失脚させる。

名誉も地位も金も奪い去り、無力で無一文になった明鏡を屈辱と抱擁させながら地獄に落とす。

新たな王となった者の処理は、明鏡を葬ってからじっくり行うつもりだ。

「私は、妻と子供の目の前で父親の頭を撃ち抜き殺した兄を、ただ傍観していた。私は、子供の目の前で母親をレイプしたのちに撲殺した兄を、ただ傍観していた。私は、目の前で両親を惨殺されて泣き喚く子供をガス室送りにした兄を、ただ傍観していた」

雨宮のよく通る声が、半那の鼓膜を震わせた。

明鏡の手先である女シャーマンの透視では、半那は前世でなにも知らなかったのに、ここでは現場にいたことになっている。粗《あら》っぽいつくり話だが、この調子で食事もせずに睡眠も取らずに五時間も十時間も続けさせられたら、並みの人間は洗脳されることだろう。

だが、半那は違う。

たとえ三日三晩この状態が続いても、洗脳されることはない。

——潜入するのはいいけど、社長が洗脳されたらどうするんだよ？　ほら、ミイラがミイラを捕まえるって言う諺《ことわざ》があるじゃん。

カルロの不安げな声が、記憶の扉を開けた。

——半分ブラジル人君、それを言うなら、ミイラ取りがミイラになる、でしょう？　学がないのに無理をすると、馬鹿さ加減が浮き立ちますよ。

すかさず、四方木が皮肉と嫌味で茶々を入れた。

——たいがいにしねえと、そのミイラみてえな痩《や》せ細った身体をへし折るぞ！

——いちいちいがみ合うのは、時間の無駄だからやめてちょうだい。カルロ、私がミイラになることはないから安心して。洗脳されるのは、欲求と依存性がある人間だけよ。

——欲求と依存性？

カルロが、怪訝《けげん》な顔で首を傾《かし》げた。

――そう、悩みから解放されたい、生まれ変わりたい、新しい人生を始めたい……強い欲求を持っていながら、一歩を踏み出すことができない。現状を打破したいけど、足を踏み出す勇気がない。そんな人間は心の扉をノックされたらすぐに開け、差し伸べられた手に縋《すが》る。受動的に洗脳されているんじゃなくて、能動的に洗脳されている……自ら、相手が用意した船に乗り込んでいるの。その点、私やあなた達が洗脳されることはないわ。

――どうしてですか？　私も半分ブラジル人君も社長も、欲求だらけじゃないですか？

四方木が、怪訝そうに訊ねてきた。

――たしかに、私達は欲求の塊みたいな人間だわ。でも、その欲求を実現するために誰かに依存しないのが、洗脳される人間との違いよ。たとえば四方木さんは、憂の頭を剃り上げて頭皮にペニスのタトゥーを彫りたいと思ったら、誰かに背を押してほしいとか誰かに導いてほしいとか考えずに、欲求をストレートに満たそうとするでしょう？

半那は、四方木に顔を向けた。

――ええ、自分で考え、行動しますね。誰かに相談して、彼女の頭皮にペニスのタトゥーを彫るチャンスを横取りされたくないですから。因《ちな》みに、私は彼女の前頭部のあたりに亀頭のタトゥーを彫ります。

うっとりした顔で妄想を語る四方木に、憂が無表情に中指を突き立てた。

——たとえばカルロが、明鏡を犯したいと思ったら、誰にも頼らず相談せずに欲求をストレートに満たそうとするでしょう？

半那は、カルロに視線を移した。

——もちろんさ。誰かに相談なんかして3Pとかになったら、たまったもんじゃねえからよ。でも、明鏡って女みてえな顔してるから、好みじゃねえけどな。俺はどっちかっつうと、岩みてえな男が一番勃起するぜ。

股間を弄《いじ》りながら言うカルロを、憂が軽蔑《けいべつ》した眼で眺めていた。

——私も同じよ。私は、この手で明鏡と「明光教」を破滅させたいの。どんなに大きな暴力団や公安が手を貸すと言ってきても断るわ。快楽を一ミリたりとも、一秒たりとも誰かと分かち合うなんて冗談じゃないわ。

「私の兄は悪魔です。悪魔に従っていた私も悪魔です。前世の呪縛《じゅばく》を解くために私は、明鏡飛翔に身も心も捧げます」

雨宮が、一点の曇りもない瞳でマントラを唱えた。

これほどの男が、本当に明鏡を神の化身だと思っているのだろうか？

だとすれば、雨宮を洗脳した明鏡は侮《あなど》れない男だ。

「私の兄は悪魔です。悪魔に従っていた私も……」

半那は気を引き締め、雨宮に続いた。

☆

「私は神の化身である明鏡飛翔に身も心も捧げます。私は唯一無二の至高神である明鏡飛翔と一体になります。私は神の化身である明鏡飛翔に身も心も捧げます。私は唯一無二の至高神である明鏡飛翔と一体になります。私は神の化身である明鏡飛翔に身も心も捧げます。私は唯一無二の至高神である明鏡飛翔と一体になります。私は神の化身である明鏡飛翔に身も心も捧げます」

雨宮と入れ替わってから五時間が過ぎていた。

明鏡のときの一時間を合わせると、六時間ぶっ通しで「カルマ滅失の業」を受けていることになる。

しかも、この一時間は同じセリフの繰り返しだ。

恐らく、かなり刷り込みが進んでいると判断したのだろう。

喉《のど》はヒリヒリと痛み、唾液《だえき》が干上がっているので口を開くたびに不快な口臭がした。

頭が朦朧《もうろう》とし呂律《ろれつ》も怪しくなっていた。

虚《うつ》ろな眼は、力なく宙の一点をみつめていた。

だが、洗脳はされていなかった。

空腹の状態で何時間も大声を出しているので頭が朦朧としているのは本当だったが、思考が曖昧《あいまい》になるほどではなかった。

「そこまで。君は、もう下がりなさい」

フロアの奥から明鏡が現れ雨宮に命じると、半那の背後に回った。

雨宮が恭《うやうや》しく頭を下げ、啓示室をあとにした。

頭頂に、明鏡が掌を載せた。

「そのまま、じっとしていてください。いま、あなたのカルマをチャクラから吸い取っています。サラマンダーブータゲッタヒマラヤリオックコーカサスパラワンヴェーダゲッダ……」

明鏡が物静かな口調で言うと、呪文を唱え始めた。

もちろん、めちゃめちゃなのは言うまでもない。

「気分は大丈夫ですか？」

「はい。明鏡先生」

半那は、意識して力のない無感情な声を出してみせた。

「いま、どんな感じですか？」

「なんだか、身体がふわっとして、ハンモックに揺られているみたいです……」

言葉通り、半那はふわっとした感じを意識してうわずった声で言った。

「身体がふわっと浮いたように感じるのは、あゆみさんの体内から前世の因果を抜き取っている最中だからです。今日は、このへんにしておきましょう」

半那の頭をポンポンと軽く叩き、明鏡は専用の特注のソファに座った。

「いま、前世のシャルロッテ嬢の作ったカルマは三分の一ほど抜けました」

「全部は抜けないんでしょうか？」

半那は不安げな表情を作り訊ねた。

「あまりにも業が深いので、一度に抜こうとすればあなたの肉体が先に壊れてしまいます。なので、続きは明日行いたいのですが、ウチの施設に泊まっていけませんか？」

「え……ここに、ですか？」

「ええ。女性信徒と相部屋になってしまいますがね。ご自宅に戻っても構いませんけれど、俗世間の邪悪な外気を浴びてしまうとせっかく軽減したカルマが増えてしまいます。わかりやすく言えば、三歩進んで二歩戻るみたいな感じです。その点、『明光教』の施設内の空気は私が浄化しているので、カルマが増大することはありません」

明鏡が、柔和に眼を細めた。

六時間かけて己に都合のいい情報を詰め込んだ半那が、家に帰れば冷静さを取り戻す恐れがあるので、どうしても引き留めたいのだろう。

しかも、半那が『明光教』に泊まれば、女性信徒を使って一晩中洗脳することができる。

「もし、お仕事に支障が出るのであれば無理にとは言いませんが……」

「大丈夫です。私も、今日は疲れたのでそうしたいです」

「それはよかった。あと、もう一つ。これは、ここに泊まってもご自宅に帰っても同じことを言うつもりでしたが、明日、『カルマ滅失業』を再開するまで、水以外は口にしないでほしいのです」

「えっ……どうしてですか？」

思考力を低下させるため――訊かなくても、わかっていた。

「消化しきれなかった食べ物が不浄なエネルギーとなってカルマを増大させてしまうので

す。空腹でしょうが、カルマを滅失するためです」

明鏡が、慈愛に満ちた微笑みを湛《たた》え半那をみつめた。

次から次に、よくもこれだけのでたらめを思いつくものだ。

だが、普通の女は、意識が朦朧とした状態で美形の男に優しく微笑みかけられたら、虜《とりこ》になってしまうのかもしれない。

「はい。大丈夫です。下着だけ、コンビニエンスストアに買いに行ってもいいですか？」

依存度が進んでいるふうを装い、半那はわざと伺《うかが》いを立てた。

下着なんかどうでもいい。

四方木に電話するのと、糖分を摂《と》るのが目的だった。

「もちろんです。では、女性信徒を呼んで案内をさせますので」

「あ、恥ずかしいから一人で大丈夫です。十分くらいしたら、ロビーに戻ってきますので」

半那は言うとソファから立ち上がり頭を下げ、出口へと向かった。

長時間座って急に立ち上がったので、眩暈《めまい》に襲われた。

「大丈夫ですか？」

心配そうな振りをしているが、内心、しめしめと思っているに違いない。

餌食《えじき》にしようとしているカモが精神的にも肉体的にも追い詰められているのだから。

実際、半那は精神的にも肉体的にも疲労が蓄積していた。

その上、今夜は女性幹部信徒が半那を寝かせずに洗脳攻撃を仕掛けてくるのは目に見えていた。

「ええ、大丈夫です。もともと貧血気味なので……ありがとうございます。じゃあ、行ってきます」

肉を切らせて骨を断つ――たとえどれだけ追い込まれようとも、明鏡を必ず破滅させてみせる。啓示室を出た半那は、明鏡に向けた笑顔とは裏腹に夜叉《やしゃ》の如き表情で誓った。

明鏡の章　悦楽

啓示室の最奥の部屋――天啓室は二十畳ほどのスクエアな洋間だった。
五百万をゆうに超える百インチのフルハイビジョンの特大液晶テレビ、一脚六百万のクロムハーツのソファセット、壁際のワインセラーに収められた一本二百万のロマネ・コンティをはじめとする高級ワイン、ショーケースに飾られた二千六百万のパテックフィリップ、一千八百万のフランク・ミュラー、一千二百万のロレックス、八百五十万のウブロ、一台七百万のプロアスリート用のルームランナー……信徒に天啓室と呼ばれている俗に塗《まみ》れたこの部屋には、明鏡以外は立ち入り禁止だった。

――天啓室は神が私に宿る崇高で厳粛な場所だ。もし、僅《わず》かでも俗世間に汚染された外気を持ち込んでしまうと私の神通力が損なわれてしまう。だから、何人《なんぴと》たりとも絶対に立ち入ってはならない。

建前上、明鏡は幹部信徒にそう説明しているが、これ以上俗に染まりようのない贅沢品《ぜいたくひん》に溢《あふ》れた部屋を見られたくないだけの話だ。

天啓室にある調度品、宝飾品、ワインの値段を合計すると数億はくだらない。

すべては、富裕層の信徒からの献納物だった。

――神《わたし》と一体になるために一番の障害物は、食欲、睡眠欲、性欲、金銭欲、権勢欲の五欲です。中でも食欲、睡眠欲、性欲は本能が関係しているので完全に滅失することは至難の業《わざ》ですが、金銭欲と権勢欲は考えかたを変えるだけで克服できます。まずは比較的容易なこと、金銭と贅沢品からの呪縛を解きましょう。

明鏡は富裕層の信徒にたいして尤《もっと》もらしいことを言っているが、ようするに金と高級品を「明光教」に差し出させるための口実《でたらめ》だった。

ほかにも明鏡は信徒から、ベンツやポルシェなどの高級車の献納も受けていた。

値は張っても興味のない品の場合は、専門の買取センターで換金していた。

『私は神の化身である明鏡飛翔に身も心も捧げます。私は唯一無二の至高神である明鏡飛翔と一体になります』

大画面には、隣室――啓示室で雨宮が引き継いで行っている「カルマ滅失の業」の様子が監視カメラから転送されていた。

フルハイビジョンテレビの前のクロムハーツのソファに下半身裸で座った明鏡は、右手に持った女性の唇を象《かたど》ったオナホールに性器を挿入していた。

ちょうど、フェラチオされているような気分になる。

最近のオナホールは、実に精巧にできていた。

素材のシリコンも肌触りといい温度感といい、本当の女性に性器をくわえられている感触が味わえる。

明鏡は、あゆみがマントラを唱える唇を、食い入るようにみつめた――洋服越しにもわかる豊満な乳房を、食い入るようにみつめた。

まさか、つい数分前まで目の前にいた神の化身が隣室で、自らのことを卑猥《ひわい》なオカズにしているとは夢にも思っていないだろう。

明鏡は、オナホールの震動力と吸引力を弱から中に上げた。

女性が頬を凹ませるような左右から陰茎を締めつけるような動きと、亀頭に当たる位置に埋め込まれたバイブレーターの震動で、そこらの女のへたくそなフェラチオの数倍は快楽を得られる。

本当は雨宮に引き継ぎたくなかったが中抜けしたのは、精子を出しておかなければあゆみの目の前で勃起してしまう危険性があったからだ。

幹部信徒の中で、ゴリラのような西城とチビデブハゲの三重苦の太田は心配ないが、雨宮は違う。

明鏡にヒケを取らないビジュアルと明晰《めいせき》な頭脳を持つ雨宮に、惹《ひ》かれる女が出てきても不思議ではない。

並みの女性信徒ならまだしも、人気女優の中谷由麻とあゆみだけは譲れない。

同時期に、数年に一人の逸材が入信したことは嬉《うれ》しい反面複雑だった。

二兎《にと》を追う者は一兎をも得ず――ターゲットを絞る必要があった。

アイドル系のルックスを持つ超絶美少女の由麻とハーフ的なモデル系美人のあゆみ――明鏡は、オナホールの快感に身を委《ゆだ》ねつつ二人を比較した。

結婚するなら由麻で、彼女にするならあゆみ。

調教しがいがあるのは由麻で、いろんなプレイを楽しめそうなのはあゆみ。

一生懸命にフェラや手コキをする姿がそそるのは由麻で、挑発的に攻めてくる姿がそそるのはあゆみ。

車でたとえるならフェラーリ対ポルシェ、花でたとえるならバラ対胡蝶蘭《こちょうらん》、シャンパンでたとえるならドン・ペリニヨン対アルマン・ド・ブリニャック――タイプは違っても、由麻もあゆみも甲乙つけ難《がた》いハイレベルだった。

だが、洗脳度で言えば、早くから入信している由麻のほうが進んでいる。

このまま順調に行けば由麻のほうが早く抱けそうだが、洗脳度のスピードには個人差があるのであゆみの逆転もあり得る。

それにしても、美し過ぎる……。

明鏡は、画面の中のあゆみに魅入《みい》られた。

このオナホールがあゆみの唇だったら……考えただけで、陰茎の硬度が増した。

どちらもトップレベルに違いはないが、売れっ子芸能人というブランドを取り去って純粋に女性としての性的魅力を比較するなら、僅差《きんさ》であゆみのほうに軍配が上がる。

由麻とあゆみのことを考えているうちに、オルガスムスの波が激しく打ち寄せてきた。

明鏡は、オナホールの震動とうねりを強にした。

陰茎が蕩《とろ》けるような快楽が、明鏡の下半身を襲った。

「うむふぉ……あ、あゆみ……」

背筋を這い上る甘美な電流――呻《うめ》き声を発する明鏡は、オナホールをペニスから外した。

その瞬間、監視カメラの映像が雨宮に切り替わった。

「おいおい……うぁっち……」

時既《すで》に遅し――明鏡は、雨宮の顔でオルガスムスを迎えてしまった。

尿道口から迸《ほとばし》った精子が、画面の中の雨宮に付着した。

「なんでこんなときに……」

明鏡は、精子塗れのペニスを放り出したまま舌打ちした。

「私は唯一無二の至高神である明鏡飛翔と一体になります。私は神の化身である明鏡飛翔に身も心も捧げます」

明鏡の気持ちも知らずに、涼しい顔で雨宮は「カルマ滅失のマントラ」を唱えていた。

まだ、「カルマ滅失の業」はあと数時間はかかる。

一眠りする時間は十分にあった。

だが、精子を放出したら小腹が減った。

明鏡は下着を穿《は》き、そこここに飛散した精子をティッシュで拭《ふ》き取り、冷凍庫を開けた。

中には、「ハーゲンダッツ」のクッキークリーム味、「白くま」、「チョコモナカジャンボ」、「ガリガリ君」のメロンパン味が詰まっていた。

冷凍庫の扉を閉め、次に冷蔵庫の扉を開けた。

「俺のプリン」、「プレミアムロールケーキ」、「宇治抹茶シュークリーム」、「もちぷよ」が並んでいた。

明鏡は大の甘党で、とりわけアイスクリームの類《たぐい》とコンビニスイーツに目がなかった。

明鏡はふたたび冷凍庫を開けると「ハーゲンダッツ」を手にし、ワインセラーからシャトーマルゴーを取り出した。

高級アイスクリームに高級ワインをかけて食べるのが、明鏡にとって至福の悦《よろこ》びだった。

とくに、セックスや自慰のあとはカロリーを消費しているので甘い物を身体が欲していた。

明鏡はワインボトルのコルクを抜き、「ハーゲンダッツ」をルビー色に浸《ひた》した。

僅か三口で「ハーゲンダッツ」を完食した明鏡は、スマートフォンでアラームを設定した。

神の化身がアラームなしでは目覚められないことを知ったら、雨宮やゆりあはどんな顔をするだろうか？

ベッドに移動した明鏡は、倒れ込むように仰向けになった。

明日からは、あゆみの「カルマ滅失の業」がよりハードになる。

大勝負に備えて、体力を温存しておく必要があった。

洗脳されるほうも体力を奪われるが、洗脳するほうも同じくらいのエネルギーを消費する。

「神の化身のこんな姿を見られたら……」

明鏡は、言葉の続きを呑み込んだ。

バレなければ嘘も真実となる——常套句《じょうとうく》を、明鏡は心で呟《つぶや》いた。

そう、騙《だま》し通せているうちは信徒にとって自分は神以外のなにものでもない。

半那の章　攪乱《かくらん》

半那は「明光教」から三百メートルほど離れたコンビニエンスストアの前で足を止めた。

周囲に首を巡らせ、勘に働くような人物がいないのを確認してから店内に入った。

本当は歩いて数十秒のところにもコンビニエンスストアがあったが、信徒の眼があるかもしれないので避けたのだ。

半那はチョコレートバーを二本、エネルギーチャージのゼリーパックを二個、あんぱんを二個、滋養強壮剤を三本、ミネラルウォーターのペットボトル三本を次々とカゴに放り込んだ。

明日からの「カルマ滅失の業」を正常な思考で乗り切るための、今夜のぶんと明朝のぶんの栄養源だ。

コンビニを出た半那は、人気《ひとけ》のない路地裏に行くとチョコレートバー、あんぱん、ゼリーパックを貪《むさぼ》るように食べ、五百ミリリットルのミネラルウォーターを一気に飲み干した。

朝にサンドイッチを食べたきりの空腹を満たした半那は、スマートフォンを取り出した。

『社長？　ご無事ですか？　明鏡に洗脳されてクンニされたり指マンされたりしてませんか？』

電話に出るなり、四方木が至って真面目な声で訊ねてきた。

「冗談のつもりなら、まったく笑えないからやめてちょうだい」

半那は、押し殺した声で言った。

『すみません。緊張の連続だったでしょうから、少しでも気をほぐそうと思いまして』

悪びれたふうもなく、四方木が言った。

驚いたことに、四方木は冗談のつもりではなかったようだ。

「そんなことより、よく聞いて。非常勤を二十人くらい集めてちょうだい」

「リベンジカンパニー」には、出社はしないが登録している非常勤メンバーが五百名ほどいる。

非常勤メンバーは日当払いで、人手がたりないときに招集をかけている。

四方木やカルロの任務を手伝うくらいの人間なので、ようするに変態フリーターだ。

『なにをやるんでしょうか？』

「明鏡のスキャンダルを取材する報道陣を演じさせて、教団に押しかけさせるのよ」

『明鏡のスキャンダル……ですか？』

「そう。明鏡にセクハラされた女性の訴えを取材するの」

『そんな協力者、いるんですか？』

「でっち上げればいいわ。目的は真実かどうかじゃなくて、明鏡をやり玉にあげることだから」

『なるほど！　報道陣に成りすまさせたメンバーを使ってでたらめを流し、「明光教」の信徒に不信感を抱かせるってわけですね？』

四方木が、声を弾ませた。

「女性はでっちあげるけど、セクハラ自体はでたらめじゃないわ。男女問わないから、報道陣に見えて弁の立つ非常勤メンバーを選抜して」

『かしこまりました。非常勤の中に痴漢や下着泥棒の前科のある奴らがいますので、飛び切りの変態達を選出します』

生き生きとした口調で、四方木が言った。

「私の話、聞いてなかったの？　痴漢や下着泥棒はいらないわ。弁の立つ人間って言ったでしょ?」

『かしこまりました。変態で弁の立つ人間を……』

「今回の任務に変態はいらないから!　私の言う通りに弁の立つ人間を集めなさい!」

半那は四方木を遮《さえぎ》り厳しい口調で再度命じると、一方的に電話を切った。

今回の任務は、両親の仇……神郷宝仙の遺志を継ごうとする明鏡飛翔を抹殺すること。

四方木やカルロの趣味と実益を兼ねた変態的制裁につき合っている暇はない。

ペテン師とオスカー俳優の間から生まれたような明鏡を侮《あなど》ってはいけない。

社会的地位のある財界人や芸術家、裕福な資産家、有名芸能人……「明光教」には錚々《そうそう》たる顔触れが信徒として名を連ねている。

人を騙《だま》すという行為は、頭の回転が速い者でなければできない。

人を騙し続けるという行為は、さらに頭の回転の速さと対応力が求められる。

しかも、明鏡が騙す人物は一筋縄ではいかない者ばかりだ。

地位が高くなればなるほど、金を持てば持つほど、人間は疑り深くなる生き物だ。

そんな海千山千の人間達を口先一つで転がし手玉に取る明鏡はかなりの兵《つわもの》……いつもの任務以上に、気を引き締めなければならない。

半那は、別の番号を呼び出してダイヤルボタンをタップした。

『もしもし……』

気怠《けだる》げな憂の声が、送話口から流れてきた。

「ずいぶん早寝ね」

『だって、退屈なんだもん』

「ちょうどよかった。任務よ」

『え!?　マジに？　なになに？　どんな任務!?』

任務と聞いた途端に、憂の声が弾《はず》んだ。

「この前話した『明光教』の開祖の明鏡飛翔に、前世を占うという名目でホテルに呼び出されたあなたはレイプされそうになった。あなたは、ウチらが用意した偽報道陣にレイプ被害を訴える。それが、今回の憂の任務よ」

『だけど、私、明鏡っておっさんに会ったことないよ？　もちろん、レイプもされてないし』

憂は怪訝《けげん》そうな声で言った。

「そんなの、どうだっていいのよ。大事なのは、明鏡にレイプされそうになったって事実を信徒に広めることだから」

『ふーん。そういうことか。で？　具体的に、憂はなにをすればいいの？』

「あとで、レイプされた状況をメールするから。それを暗記したら、『明光教』の前で報道陣にインタビューを受けて貰うわ。細かいことは、四方木さんの指示を受けて」

『え!? あの変態カマキリに指示なんて受けるの!? ありえないっしょ!?』

憂が頓狂《とんきょう》な声を上げた。

「あなたが思っているより、四方木さんは有能な男よ。じゃあ、頼んだわよ」

一方的に言うと、半那は電話を切った。

嘘ではなかった。

四方木はどうしようもない変態でカスでクズでゴミみたいな男だが、復讐を生業《なりわい》にする仕事においては天賦《てんぷ》の才を持っている。

ようするに、復讐代行屋は四方木にとって天職だ。

半那は、滋養強壮剤を飲みながら足を踏み出した。

☆

「明光教」のビルから、幹部信徒の証《あかし》である黄色の作務衣を纏《まと》ったプロレスラーさながらの大柄な男が出てきた。

短く刈り込んだ頭髪、鷹《たか》のように鋭い眼、筋肉の鎧《よろい》を纏った上半身……西城という男に違いない。

牧の調査では、西城は元総合格闘技の選手であり、教団一の武闘派として、そして警備部の部長として、ヤクザや右翼からの攻撃があった際などの荒事を一手に引き受けているらしい。

西城は、近くのコンビニエンスストアに入った。

夜食の買い出しにでもきたのだろうか？

半那は足を止めた。

ほどなくして現れた大柄な男に、半那は目を見張った。

ジーンズにスタジアムジャンパーというラフな出で立ち……キャップとサングラスで顔を隠しているが、その巨体はごまかしきれなかった。

西城は「明光教」のビルに戻らずに、駅の方向に向かって歩き出した。

半那は、西城のあとをつけた。

もしかしたら、雨宮よりも西城を攻略するのが近道なのかもしれない。

わざわざ作務衣から私服に着替え変装までしているのは、西城の行動が教団とは関係のないことかもしれないという可能性を示唆《しさ》していた。

西城は駅前の雑居ビルの前で立ち止まると、あたりを気にするように首を巡らせた。

顔は知られていないが、半那は電柱の陰に身を潜めた。

西城が雑居ビルのエントランスへと入った。

半那もあとを追った。

バー「シークレット」。

黒にブルーのLEDライトで浮かび上がった店名に、半那の期待感は高まった。

半那は地下へと続く階段を下り、ガラス扉越しに店内の様子を窺《うかが》った。

こぢんまりとしたフロアのカウンターに座っている西城の姿が、すぐに視界に入った。

キャップとサングラスは外し、素顔になっていた。

半那はガラス扉越しにスマートフォンで、グラスを手にする西城の写真を撮った。

右手の指に、煙草が挟まれていた。

「明光教」は飲酒も喫煙も禁止だ。

西城が変装して外出した意味がわかった。

雨宮から西城にターゲットを切り換えて正解だった。

半那はガラス扉を開けた。

「いらっしゃいませ」

カウンターの中のバーテンと西城の顔が、ほとんど同時に半那に向けられた。

西城は欲望を隠そうともせずに、眼をギラつかせ半那の全身に舐《な》めるような視線を這わせた。

半那は明鏡を挑発するために、身体のラインが浮き出たニットワンピースを着ていた。

ノーブラなので、八十八センチEカップの美巨乳の形もはっきりとわかった。

教義ではセックスも禁止されているはずだ。

獣のような西城の欲求不満は爆発寸前なのだろう。

半那は、西城に気づかれないように視線を落とした。

案の定、西城のジーンズの股間はファスナーが壊れるのではないかというほどにパンパンに膨れていた。

半那は西城の欲望の視線に気づかぬ振りをし、隣のスツールに座った。

「ジントニックをください」

半那はバーテンに告げ、西城に会釈《えしゃく》した。

西城が耳朶《みみたぶ》まで赤く染め、視線を逸《そ》らした。

見かけによらず、女性経験は少ないようだった。

牧の報告通り性格も単純馬鹿っぽく、扱いやすそうだ。

雨宮と同じ幹部信徒というのが信じられなかった。

恐らく格闘技仕込みの喧嘩の腕だけを買われて、幹部に任命されたに違いない。

西城は、ハイボールを飲んでいた。

「どうぞ」

バーテンが、半那の目の前にジントニックのグラスを置いた。

半那は、一気に飲み干しグラスを空けた。

「同じものをください」

西城の視線を感じながら、半那はバーテンに言った。

半那は、思考の車輪を目まぐるしく回転させた。

こんなところで酒を飲み煙草を吸っているくらいだから、教団にたいして不満を抱いているに違いない。

そうでなければ、意思の弱い男ということだ。

どちらにしても、つけ入る隙は十分だ。

この単純ゴリラをうまくコントロールすれば、意外に早く明鏡を追い込めるかもしれない。

新しいジントニックがくるなり、半那はふたたび一気飲みした。

もちろん、これもシナリオの一環だ。

「お代わり……ください」

半那は、わざとしゃっくりをしながら言った。

「あの、煙草を一本……貰ってもいいですか？」

半那は、西城に怪しい呂律《ろれつ》で言った。

酒豪の半那は、ワインをボトル二本空けても呂律が回らなくなることはない。

「え？　あ、ああ……」

少しだけ戸惑いながら西城が、セブンスターのパッケージを半那に差し出してきた。

「ありがとうございます」

半那は礼を述べ、パッケージから抜いた煙草をくわえた。

西城が、無言で使い捨てライターを半那の前に置いた。

「あ、どうも……」

半那は火をつけると、西城にライターを返した。

三杯目のジントニックも、半那は一気に飲み干した。

「お代わりをください」

四杯目をバーテンに注文する半那は、西城の視線を感じた。

「『明光教』って、知ってます？」

半那は、素知らぬ顔でバーテンに訊ねた。

「ええ、名前くらいは。すぐそこの、宗教団体ですよね？」

「はい。私、入信しようと思っているんです。今日、明鏡先生という方に会ってきました」

隣で、西城が緊張するのが伝わってきた。

「ああ、私はお会いしたことないんですけど、どういう方なんですか？」

バーテンが、好奇の表情で訊ねてきた。

「穏やかな方で、私の悩み事に親身に相談に乗ってくださいました。でも……」

半那は言い淀《よど》んでみせた。

「なにか、問題でもあるんですか？」

バーテンが質問を重ね、四杯目のジントニックを半那の前に置いた。

半那は、突然、両手で顔を覆い嗚咽《おえつ》を漏らし始めた。

「お客さん……どうしたんですか？」

「雨宮さんという方に、無理やり身体を触られたんです……」

半那は泣きじゃくりながら、横目で西城を盗み見た。

西城は顔を強張らせ、口もとに運ぼうとしていたハイボールのグラスを宙で止めていた。

「無理やり身体を触られた!?」

バーテンが、声を裏返しつつ繰り返した。

「『明光教』の最上階の部屋で……明鏡先生に『カルマ滅失の業』というのをやって頂いたんです。途中から明鏡先生から雨宮さんという方に代わったんですが、二人きりになったときに……」

半那は言葉を切り、唇を震わせた。

最初から明鏡をレイプ犯扱いしてしまえば、さすがに西城の反発を買ってしまう。

西城は雨宮にも心酔しているが、明鏡にたいしてほどではない。

それに、視点を変えれば西城にとって雨宮は出世の最大の障害物だ。

明鏡の寵愛《ちょうあい》を一番受けているのは、情事が絡《から》んでいる女性幹部信徒のゆりあは別として、雨宮であるのは間違いない。

信徒である以上、誰よりも「神」に近づきたいと願うのは当然の感情だ。

警察であれ学校であれ病院であれ、人が集まるところには欲が渦巻いている。

それは、宗教団体でも変わらない。

西城の出世欲を利用して雨宮と対立させ、教団内に亀裂を入れる。

亀裂が大きくなり土台が崩れれば、どんなに強大な建物でも倒壊してしまうものだ。

「私が過去世で犯したカルマを滅失するための儀式だといって……服を脱がせ……胸を揉んだり性器に指を入れてきたり……私……怖くて……。明日も早朝から……『カルマ滅失の業』があるんですけど、どうしたらいいのかわからなくて……下着を買うといって抜け出してきたんです……」

半那はしゃくり上げ、カウンターに突っ伏し号泣してみせた。

カウンターにグラスの底が打ちつけられる音に、半那は弾かれたように顔を上げた。

こめかみに太い血管を浮かせた西城の、ハイボールのグラスを握り締める手が震えていた。

「その話、もう少し聞かせて貰ってもいいか？」

西城が鬼の形相《ぎょうそう》を半那に向け、押し殺した声で言った。

☆

「遅いじゃねえか？ いつまで待たせるんだよ。もう、一時間も経ってるぜ」

半那がドアを開けると、白く立ち込める紫煙の中で西城が不機嫌そうな顔で言った。

――ごめんなさい。私、戸締りを忘れてきたかもしれないので、一度マンションに戻ります。三十分くらいで戻りますから、先に行っててください。

人目につかない個室を求め、「シークレット」から歩いて五分ほどのカラオケボックスに移動する途中に半那は西城に言った。

嘘――任務変更の作戦会議をするために、「リベンジカンパニー」に戻る口実だった。

最初は偽被害者と偽報道陣を引き連れ明鏡を糾弾《きゅうだん》するために「明光教」に乗り込むつもりだったが、西城のメシアへの帰依心の深さを考えてターゲットを雨宮に変更することにしたのだ。

「すみません。しばらくの間家を空けるので掃除とかしていたら遅くなってしまいました」

半那は、用意していた言い訳を口にして頭を下げた。

「もういい。それより、さっきの続きを聞かせろや」

西城が、焦《じ》れたように促《うなが》した。

「カルマ滅失の業」で雨宮に、前世で犯したカルマを滅失するという理由で服を脱がされ、胸を揉まれ、性器に指を入れられた——半那は、「シークレット」で話した作り話《でたらめ》を繰り返した。

西城は、コーラを飲みながら半那の話に耳を傾けていた。

衝撃の事実に酔いも冷めたのだろう、酒ではなくソフトドリンクを注文していた。

「雨宮さんに限って、ありえねえ！」

半那の話が終わった途端に、西城が熱《いき》り立った口調で言った。

「私が……嘘を吐《つ》いていると言うんですか？」

半那は、涙目を西城に向けた。

たしかに、真実ではない。

それは雨宮が自分に……だったらの話だ。

明鏡が女性信徒に、と置き換えれば立派な実話だ。

「そうは言ってねえよ。ただ、なにかの間違いじゃねえかって言ってるんだ。雨宮さんは幹部信徒の中でも最古参で、明鏡先生が最も信頼を置かれている方だ。こうみえて俺も幹部だが、雨宮さんは別格だ。身内だから、庇《かば》っているわけじゃねえ。幹部でも、なんでこんな奴が？　って馬鹿もいる。あ！　もしかして、あんたにセクハラしたのは雨宮さんじゃなくて、太田っておっさんじゃねえか？　チビ、デブ、ハゲの三重苦で漫画みてえな幹部信徒だよ。あのクズなら、納得だぜ」

西城が、侮蔑《ぶべつ》の口調で吐き捨てた。

――太田は「明光教」に入信する前はチャットビジネスを成功させたＩＴ長者で、僅か数ヶ月で二億近い大金を献納しています。たまたまアダルトサイトは当たりましたが、ほかになんの取柄もない太田を明鏡が幹部信徒にしたのは金蔓《かねづる》にするためです。

調査報告する牧の声が脳内に蘇った。

「いえ、そういう体型の人ではありません。ツーブロックにわけたきれいな七三分けの髪で、ノーフレイムの眼鏡をかけたスマートな感じの人です。それに、雨宮さんだと本人が名乗っていましたし……」

「明光教」を内部から揺るがすには、みなに馬鹿にされ信望も人望もない太田がターゲットでは弱い。

信徒から絶大な信頼を受け尊敬の対象になっている雨宮を、女性信徒の肉体を貪《むさぼ》る卑劣漢に仕立て上げれば「明光教」の根幹を揺るがすことができる。

明鏡という大木を倒すには、支えている根っこを刈り取るのが効果的だ。

雨宮を地に堕とすことで、信徒達に教団にたいしての不信感を抱かせ、その不信感を明鏡に向けさせる。

任務を変更しターゲットを明鏡から雨宮に変えたのは、西城の帰依心《きえしん》の深さばかりが理由ではない。

いきなり明鏡を糾弾《きゅうだん》しても、洗脳されている信徒達を信用させることはできないからだ。

洗脳されている信徒の忠誠心は強固だ。

だが、永遠ではない。

周到に事を進めて心理操作をすれば、迷える子羊達を従順な家畜にすることができる。

「ありえねえ……太田ならまだしも、よりによって雨宮さんが……ありえねえ！」

西城が、握り締めた拳をテーブルに叩きつけた。

「西城さんが雨宮さんを信じたい気持ちはわかりますけど、私には嘘を吐《つ》いて得することはなにもありません」

半那はきっぱりした口調で言うと、西城の鷹のように鋭い眼を見据えた。

この手の単細胞に半那が嘘を吐いていないということを信じさせるには、明確にわかりやすく伝えるのがポイントだった。

「それはそうだが……さっきも言ったように、雨宮さんは明鏡先生に最も近い位置にいる方だ。俺から見ても、雨宮さんの言動は尊敬できるものだし……」

「いい加減にしてください！　私は、明鏡先生の指導を受けて『明光教』に入信するために『カルマ滅失の業』を受けていたんです！」

突然の半那の絶叫に、西城が眼を見開き絶句した。

「これからだって、本部ビルに戻らなければならないんですっ。教団に縋《すが》り、入信しようとしている私が……教団にも雨宮さんにもなんの恨みもない私が、どうして作り話をする必要がありますか!?　明鏡先生のことは信頼していますので、いまでも入信しようという気持ちに変わりはありません。それなのに、自分の立場が悪くなるようなでたらめを言うわけないじゃないですか！」

半那は、涙声で強く訴えた。

たとえ嘘でも明鏡のことを信頼しているなど言いたくはなかったが、戦略上、仕方がなかった。

いまは、まず西城の心を支配する雨宮への尊敬の念や信頼を打ち壊さなければならない。

神の化身と信じて疑わない明鏡をいきなり非難すれば、激しく反発されてコントロールするどころの話ではなくなってしまう。

メ、イ、ン、ディッシュは、最後にゆっくりと味わうものだ。

「わ、わかったから……落ち着けよ。お、俺だって、と、突然、そんなことを言われて……わけがわからなくなっちまってるんだ……」

西城が、コーラのグラスを鷲掴《わしづか》みにしてガブ飲みした。

丸太のように太い両足で刻む貧乏揺すりのリズムが、テーブルの上の半那のウーロン茶をグラスの中で波打たせた。

落ち着けと言っている西城自身が、一番、動転しているようだった。

「つまり……その……雨宮さんが、『カルマ滅失の業』をやっている最中に、あんたの肉体を触った……そういうことだな？」

己の心の整理をするとでもいうように、西城が一言一言確認しながら訊ねてきた。

半那は頷《うなず》いた。

「こ、このことは、誰かに話したのか？」

半那は、首を横に振った。

「で……あんた、これから、どうする気なんだ？」

西城が、恐る恐る訊ねてきた。

「え……どうする気って、どういう意味ですか？」

半那は、わざと怪訝《けげん》な表情を作ってみせた。

西城を従順な犬にするために……革命戦士にするために、ここからが重要だ。

「いや……だから、警察に訴えるとか、そういうことを考えているんじゃねえかと思って……」

西城が、歯切れ悪く言った。

無理もない。

身も心も捧げている「明光教」が、マスコミの非難の矢面《やおもて》に立たされたらと心配でならないのだろう。

見上げた忠誠心と言いたいところだが、つけ入る隙はある。

教団で禁じられている飲酒と喫煙を隠れてしていることから察して、その忠誠心も完璧ではない。

西城の不満の種がどこにあるのか探ることが、明鏡を闇に葬る近道となる。

「そんなこと、するわけないじゃないですか!? 私は、明鏡先生に心酔して『明光教』に入信すると決めたのですから。ただ……」

半那は、言い淀《よど》んで眼を伏せた。

「ただ……?」

西城がいかつい顔を近づけてきた。

「雨宮さんのことは許せません。明鏡先生の教えに背《そむ》くとしても、喫煙や飲酒のほうが遥かにましです」

「え……」

さりげなく棘《とげ》を含ませた半那の言葉に、西城が表情を失った。

「さっき、お酒を飲んでいましたよね？　ここでも、煙草を吸っていたようですし」

半那は涼しい顔で訊ねつつ、灰皿に転がる吸いさしの煙草に視線を向けた。

「あ、いや……それは……違うんだ……」

滑稽《こっけい》なほどに動揺した西城が、思わず上着のポケットから取り出した煙草を慌ててもとに戻した。

喫煙を隠そうとしているのに動転して無意識に煙草を取り出すなど、心の有様が言動に直結する男だ。

「いまの、煙草ですよね？」

「いや、いまのは、その……」

「いいんです。私、誰にも言うつもりはありません。幹部信徒と言っても、神の化身である明鏡先生とは違って生身の人間です。間違いの一つや二つ、仕方のないことだと思います。大事なことは、その間違いを繰り返さないよう努力できるかどうかです。ですが……許されぬ罪もあります。雨宮さんのやったことは、間違いなどではなく神への冒瀆《ぼうとく》……明鏡先生への冒瀆です！」

「明鏡先生への冒瀆!?」

西城が、素頓狂《すっとんきょう》な声を上げた。

「はい。私達信徒は神の子供……つまり、雨宮さんは、五欲滅失を唱えながらその裏で、明鏡先生の子供を情欲の対象にしたのです。これは、冒瀆以外のなにものでもありません！」

半那は、強い口調で言い切った。

「ま、まあ、その話が本当なら、たしかにそうなるが……」

「西城さんに、お願いがあります」

半那は、西城の瞳を射貫くようにみつめた。

半那は、第一関門の扉を開けた。

「ん？　俺に？　なにを頼みたいんだ？」

「私は、今日見た西城さんの小さな罪は忘れます。その代わり、私を大きな罪から守ってください」

「大きな罪から守る？　そ、それは……どういう意味だ？」

西城が、不安そうに訊ねてきた。

「雨宮さんの魔手から、私を守ってください」

半那の言葉に、西城が絶句した。

——内紛を起こさせるって言っても、西城ってゴリラは雨宮を尊敬してるんじゃないのか？

作戦会議の際の、カルロの怪訝そうな顔が頭に浮かんだ。

——たしかに、西城は雨宮に一目も二目も置いているわ。でも、それに負けないくらいの対抗心も持っているはずよ。ただ、西城はそれに気づいていないけどね。

——対抗心とは、どういう意味でしょう？　雨宮に顔は劣るけどちんぽのでかさは負けないとか、クンニの舌使いでは負けないとか、そういったことでしょうか？

——そんなわけねえだろ？　いい年して、その腐った脳みそにはくだらねえことしか浮かばないのか。

四方木にたいし、カルロが馬鹿にしたように吐き捨てた。

——半分ブラジル人君、私の予想が当たっていたら、君の天然パーマをツルツルに剃り上げて、脳天に尿道口のタトゥーを彫ってもいいですか？

——出世欲よ。

挑むようにカルロに詰め寄る四方木を無視し、半那は言った。

——おい、変態、外れたな？　てめえの七三髪を剃り上げて肛門のタトゥーを彫ってやろうか？

カルロが、報復の高笑いを四方木に浴びせた。

——信徒達の夢は、神である明鏡に少しでも近づくことよ。西城は雨宮と同じ幹部信徒だけど、明鏡の信頼度は圧倒的な差があるわ。教団の実質的なナンバー2は雨宮で、ナンバー3がゆりあ、大きく差がついた次が西城、それからさらに大きく差がついて太田……幹部信徒の序列はこんな感じよ。雨宮より認められたい、雨宮より頼りにされたい、雨宮より上に行きたい……無意識にそう願っているはずだわ。新興宗教団体こそ、欲の皮の突っ張った人間の吹き溜まりなんだから。

「雨宮さんの魔手!?」

西城の裏返った声が、半那の回想の扉を閉めた。

「はい。明日からも、『カルマ滅失の業』は続きます。明鏡先生なら安心なのですが、今日みたいに雨宮さんに代わって二人きりになったらと思うと……」

半那は唇を噛み、不安そうに泳がせた瞳で西城をみつめた。

「そんなこと言われても、証拠もないのに雨宮さんにどうのこうの言えねえし……」

西城が、困惑の表情で言葉を濁《にご》した。

「実は、西城さんに相談する前に、以前、『明光教』の合宿に参加した知人の女性にも話したんですけど、彼女も雨宮さんに同じような被害を受けたと言ってました」

「あんたの知り合いの女も雨宮さんに、その……なんだ、身体を触られたって言うのか!?」

「もっと、ひどいです」

意味深に、半那は言った。

「もっとひどいって……そりゃ、どういう意味だよ!?　まさか……」

強張った顔で言葉の続きを呑み込む西城に、半那は力強く頷いた。

「彼女は、雨宮さんにレイプされたと言ってました」

「レ、レ、レイプ!?」

「しかも、その女性は十七歳の女子高生です」

驚愕に眼を見開く西城を、半那はダメ押しした。

「女子高……」

西城が絶句した。

――任務変更よ。あなたには、「明光教」の山梨合宿で幹部信徒の雨宮にレイプされた女子高生を演じて貰うわ。ネットライター役のカルロと一緒に教団に乗り込み、雨宮から受けた被害を糾弾するの。

半那は、カラオケボックスにくる前の作戦会議での会話を脳裏に呼び起こした。

シナリオを変更したのは、いきなり明鏡に反旗を翻《ひるがえ》させるのは危険だと悟ったからだ。

雨宮には隠れた対抗心や嫉妬《しっと》心があるので利用できるが、明鏡は西城にとって唯一無二の至高神なのだ。

急がば回れ――本丸を落とすには、外堀を埋めなければならない。

――え!? 私、合宿なんて行ってないから、嘘だってバレちゃうよ?

――たとえ合宿に行っていたとしても、雨宮はあなたがでたらめを言っていると主張するから同じことよ。重要なのは合宿に行った行かないを争うんじゃなくて、あなたが雨宮にレイプされたということを具体的に生々しく言い続けることよ。ほかの記者役も十数人連れて行って雨宮を質問攻めにあわせるから、教団はパニックになるでしょうね。目的は雨宮を言い負かすことじゃなくて、信徒に騒ぎを見せつけることよ。

半那は、憂に言ったあとに四方木とカルロに視線を移した。

――でもよ、奴らはみんな洗脳されてるから、そんなことしても雨宮を疑ったりしねえだろ？

カルロに言われなくても、半那にはわかっていた。

――みんなに質問するわ。アリの巣にいるアリを全滅させるには、どうしたらいいと思う？

半那は、三人の顔を見渡した。

――踏み潰せばいいじゃねえか。

カルロが言った。

——焼き払えばよくない？

憂が言った。

——もっと強いアリの大群を侵入させればいいんですよ。

四方木が言った。

——どの方法もアリの巣にダメージを与えることは可能だけど、アリを全滅させることはできない。異変を察知した働きアリは、命懸けで女王アリを逃そうとするわ。でも、働きアリに仲間と女王アリを殺させる方法があるの。働きアリにホウ酸団子を運ばせれば、巣内のアリは次々と死に、その死骸《しがい》に触れたり食べたりしたアリも死ぬ……女王アリを守るのが役目の働きアリが主君を殺し、巣穴の兵士を全滅させるのよ。

半那は、酷薄な笑みを浮かべた。

――つまり、西城という頭も顔も悪い幹部信徒に、ホウケイ団子を運ばせて最終的に女王アリを殺すんですね？

――ホウケイって……おっさん、馬鹿じゃん？

憂が、蔑視を四方木に向けた。

――そういうこと。そして、雨宮を糾弾するあなた達がホウ酸団子よ。

半那は、憂、四方木、カルロに順番に視線を移した。

――憂ちゃんが雨宮にクンニされたり指マンされたりレイプされた被害者役で、半分ブラジル人君が雨宮の悪事を暴き立てる姑息《こそく》で下劣で卑しいネットライター役で、因《ちな》みに私の役目はなんでしょう？

四方木がさりげなくカルロと憂に毒を吐きながら伺いを立ててきた。

――四方木さんには、被害者の会の会長役をやってもらうわ。ただし、明鏡に顔を知られているから変装が必要ね。

――でもさ、「明光教」を潰したいなら、なんで本物のマスコミを使わないわけ？　私ら偽者と違って、テレビとか週刊誌でバンバン叩いてくれるのにさ。そっちのほうが早くない？


憂が、怪訝に思うのも無理はない。

たしかに、マスコミを使えば世間に「明光教」の悪事を広めることができる。

だが、半那の目的はそこにはない。

明鏡の悪事を知るのは信徒だけで十分――反旗を翻した飼い犬達に嚙み殺させるのが狙いだった。


――テレビや週刊誌が大々的に取り上げるのはせいぜい一ヶ月よ。鮮度が悪くなれば視聴率も販売部数も下がるばかりで、あとは報道も尻すぼみ……それじゃ困るのよ。私の目的は、明鏡を抹殺することだから。

「明日、その女子高生と被害者の会がマスコミを連れて教団に乗り込むようなことを言ってました」

　記憶の中の半那の声に、現在の半那の声が重なった。

「被害者の会とマスコミが乗り込んでくるだと!?」

　西城が血相を変え、大声を張り上げた。

「西城さんにお願いしたいのは、そのときに雨宮さんを問い詰めてほしいんです」

「俺が雨宮さんを問い詰める!?　明鏡先生に弓を引くようなこと、できるわけねえだろうが！」

　西城が、グローブのような拳をテーブルに叩きつけた。

「雨宮さんの罪を黙殺することのほうが、明鏡先生に弓を引くことになりませんか？」

「そりゃ、どういう意味だ!?」

「明鏡先生の一番弟子が女性信徒に卑猥《ひわい》な行為をしたとなれば……」

「おい、ちょっと待て！　別に、雨宮さんが一番弟子ってわけじゃねえ。たしかに信徒としてのキャリアも長く優秀な人で明鏡先生の信頼も厚いのは認めるが、俺ら幹部信徒の立場は横一線だ」

　建前を突き破る本音――西城が半那を遮《さえぎ》り、憮然《ぶぜん》とした表情で言った。

　予想通り、半那がわざと口にした、一番弟子、という言葉に西城は過剰反応した。

　彼の憮然とした言動が、雨宮に抱いているのが尊敬の念だけでないことを証明していた。

これで、西城の不満の種がはっきりと見えた。

「でも、雨宮さんが『明光教』にとって重要な信徒であることには変わりありません。このまま見過ごしたら、マスコミは教団ぐるみでそういうことをやっているんじゃないかと疑います」

「きょ、教団ぐるみだと!?」

気色《けしき》ばむ西城に、半那は深刻な顔で頷《うなず》いた。

「話では、私の知人以外にも雨宮さんに性的被害を受けた女性が五人以上、教団に押しかけるみたいです。信徒達は、当然、雨宮さんを信じるでしょう。マスコミのいる前で一方的に雨宮さんを庇《かば》ったら、教団で容認していると思われても仕方ありません。それが、どういう意味かわかりますか？　マスコミはおもしろおかしくするために、明鏡先生を取材のターゲットにするはずです」

「明鏡先生を取材のターゲットに……」

西城が言葉と表情を失った。

「そうならないためにも、教団で影響力のある人間が被害者側の話に耳を傾けて雨宮さんを聴取する必要があるんです。幹部信徒の西城さんが雨宮さんを追及すれば、少なくとも教団ぐるみの犯行とは思われません。明鏡先生に被害が及ばないようにするために……明鏡先生の名誉を守るために、雨宮さんの罪を問い質《ただ》さなければならないんですっ。さっき、私を守ってくださいとお願いしましたけど、西城さんは明鏡先生と『明光教』を守ることにもなるんです！」

半那は、力強い声で訴えた。

「俺が、明鏡先生を守る……？」

生唾《なまつば》を呑《の》み込む西城の突き出た喉仏《のどぼとけ》が上下した。

「ええ。そうです。今回の窮地を乗り越えれば西城さんは名実ともに明鏡先生の一番弟子になります。つまり、雨宮さんに罪を贖《あがな》わせることで西城さんは救世主になるんです」

「俺が一番弟子……俺が救世主……」

西城の顔がみるみる紅潮し、眼に力が漲《みなぎ》った。

「西城さんが雨宮さんに情けをかけて躊躇《ちゅうちょ》すれば、『明光教』は崩壊します。『明光教』を、いいえ、明鏡先生を救えるのは西城さんしかいません！」

半那の声を、衝撃音が遮った――西城がテーブルに拳を打ちつける音だった。

カラオケボックスに入ってからの短い時間に西城は、五発以上はテーブルを殴りつけていた。

「明鏡先生は、俺が守る！」

西城が血の滲《にじ》む拳を顔の前で握り締め、雄叫びを上げた。

やはり、ターゲットを単純で直情的な西城にしたのは正解だった。

雨宮やゆりあなら、こんなに単純に事は運ばない。

まずはいろんな根回しをし、半那のことも調査するはずだ。

「ありがとうございます……西城さんは、私のヒーローです」

半那は瞳を潤ませ、感極まった声で言った。

「俺がヒーロー!?」

西城が、己の鼻を指差し瞳を輝かせた。

「はい。私、どうしたらいいかわからなかったんです。でも……」

半那は故意に、顔を曇らせた。

「なんだ?」

面白いほど、計算通りに西城が食いついてきた。

「ほかの信徒さんが西城さんに猛反発してきたら、折れてしまうんじゃないかと不安で……」

半那は言葉を切り、俯《うつむ》いて見せた。

「俺を見くびるんじゃねえぞ。これでも、四人しかいない幹部信徒の一人なんだからよ」

西城が、得意げに分厚い胸板を張った。

「ほかの幹部信徒から止められたら、どうするんですか?」

半那は純粋に質問するふりをしながら、西城の逃げ道を一つずつ塞《ふさ》いだ。

「は？　ほかの幹部信徒？　チビデブハゲの馬鹿と口うるさい女なんか、どうってことねえよ」

西城が吐き捨てた。

やはり、ほかの幹部信徒に相当に鬱積《うっせき》を溜め込んでいたに違いない。

「安心しました。これからも、今日みたいに外で会って貰《もら》えますか？」

尊敬と信頼の宿る瞳で、半那は西城をみつめた。

「おう、俺でよけりゃいろいろ相談に乗ってやるよ」

「でも、やめとこうかな……」

「なんでだよ？」

西城が、怪訝《けげん》な顔になった。

「だって……『明光教』は信徒同士の恋愛は禁止ですよね？」

半那は頬を赤らめ、はにかんで見せた。

「え……それは……」

西城が動揺し、しどろもどろに言った。

「ごめんなさい……冗談ですから！」

半那は一転して弾ける笑顔で明るく言った。

「あ、いや……」

「私、そろそろ戻りますね」

口を開こうとする西城を遮り、半那は席を立った。

「じゃあ、俺も」

「まだ、ここにいてください」

腰を上げようとする西城の隆起した肩を、半那はそっと押さえた。

「なんでだよ？」

「まだ、お酒の匂いがします。それに、入信すると決めたばかりの私と幹部信徒の西城さんがこんな時間に一緒に戻れば、二人の仲を疑われてしまいます」

「なるほど。たしかに、そりゃそうだ」

単純に納得した西城がソファに腰を戻した。

「明日、被害者の会は八時くらいに乗り込んでくるようなことを言ってました」

半那は、西城に情報を流すことで心の準備をする時間を与えた。

第一関門を突破できるかどうか──明鏡飛翔抹殺計画のファーストステージをクリアできるかどうかは、明日からの西城の立ち回りにかかっている。

「私の仇を討ってくれるって……雨宮さんから私を守ってくれるって、信じてもいいですよね？」

不安に揺れる瞳で、半那は西城をみつめた。

「おう、任せとけっ。あんたを守ることが明鏡先生を守ることになるんなら、俺は命懸けで雨宮さんに立ち向かうぜ！」

西城が勢いよく立ち上がり、ゴリラの威嚇さながらに拳で胸を叩いた。

「嬉《うれ》しい！」

半那は背伸びして西城の頰にキスをした。

「な……」

絶句した西城の顔が、数秒後に茹《ゆ》でダコさながらに朱に染まった。

「この関係は、明鏡先生にも秘密ですよ」

頰肉を弛緩《しかん》させ放心状態の西城の耳もとで囁《ささや》いた半那は、個室をあとにした。

喫煙、飲酒、信徒同士の恋愛……明鏡にたいしての秘密が増えるほどに西城は半那に支配される。

そして、気づいた頃に西城は、半那のために身も心も捧《ささ》げていたはずの唯、一、無、二、の、至高神に牙を剝《む》いていることだろう。

「待ってなさい」

自分が創った子供達に葬られる気分を味わわせてあげる。

半那は、言葉の続きを復讐《ふくしゅう》の炎で燃え盛る心で紡《つむ》いだ。

明鏡の章　急襲

五十坪の空間に結跏趺坐《けっかふざ》を組む、Tシャツにスエットパンツ姿の男女五十人の準信徒が明鏡の唇が開くのを待っていた。

地下一階の転生室。ここにいる五十人は、一般人と信徒の中間……洗脳途中の者達だ。

明鏡は神座と呼んでいる特大の紫の座布団に結跏趺坐を組み、薄目を開けていた。明鏡を手にかなりの訓練を積んだおかげで、明鏡の薄目は眼を閉じているようにしか見えなかった。

薄く開いた視界――明鏡は準信徒達を物色した。

医師、弁護士、モデル、グラビアタレント、男優、スポーツ選手、株で巨万の富を手にした男……彼らは「シャーマンハウス」で眼をつけた極上な子羊ばかりだ。

子羊達が敬虔《けいけん》な信徒になる素養があるかどうかに興味はない。

明鏡が彼らをピックアップする基準は、いかに毟《むし》り取れるだけの財産があるか？　いかに広告塔としての知名度があるか？　いかに利用できる知識と技術があるか？　いかに明鏡を勃起させる魅力があるか？

明鏡と「明光教」の利益になる者を優先的に選んでいた。

ここにいる準信徒達の一人を除く四十九人は、セミナーに参加したあとに山梨にある教団所有の別荘で三泊四日の合宿を行っていた。

これから始まる「解脱業《げだつ》」にたいしての免疫をつけるためだ。

セミナーにも合宿にも参加させずに明鏡自ら「カルマ滅失の業」を行い、「解脱業」に参加させた特例の女——明鏡は、前列中央にいるあゆみを舐《な》め回すようにみつめた。

あゆみからは、眼を閉じているようにしか見えない。

昨日会ったばかりだが、彼女を前にすると圧倒的な美しさと完璧《かんぺき》なボディラインに鼓動が激しく高鳴った。

あゆみを見て勃起がバレないように明鏡は、Sサイズのブリーフを穿《は》いていた。

セミナーや合宿に参加させる時間がもったいなかった——一日でも、いや、一時間でも早くあゆみを洗脳し、そのパーフェクトボディを貪《むさぼ》りたかった。

飛び級しているぶんほかの準信徒に比べて洗脳度が弱いかもしれないが、「解脱業」と並行して自分と雨宮が「カルマ滅失の業」を行うので心配はない。

新雪のような白肌、茶色がかった瞳に切れ長の目尻、扇情的な濡《ぬ》れた唇、細く長い手足に括《くび》れたウエスト、華奢《きゃしゃ》な身体つきとアンバランスな豊満な乳房……いい女は腐るほど眼にしてきたが、あゆみは別格だった。

「解脱業」には二十二歳のモデルと二十四歳のグラビアタレントもいるが、あゆみの前では彼女達の魅力も色褪《いろあ》せた。

五人十列で並ばせているが、男はほとんど後ろの列にしていた。

必然的に明鏡の視界に入りやすい前列は、女ばかりだった。

明鏡が口を開くのを待っているのは、準信徒ばかりではなかった。

左右の壁際に並ぶ四人……雨宮、ゆりあ、西城、太田の幹部信徒も同じだった。

「みなさんは、今日、自らの手で神の扉を開きます」

おもむろに眼を開けた明鏡は、みなの顔を見渡しつつ言った。

口を開くまでに時間をかけたのは、天啓を受けているふうに見せるためだ。

「しかし、神の扉を開けることができても、私のもとへ辿《たど》り着くのは容易ではありません。十分後の午前八時から明日の午前八時まで、あなたがたは立ちっ放しで『解脱のマントラ』を唱えます。その間、食事も摂れず、トイレにも行けません」

明鏡の言葉に、微《かす》かなざわめきが起こった。

準信徒は三泊四日の山梨合宿を経ているとはいえ、完全な洗脳状態ではないので一般人的な反応をしてしまう者もいる。

「たしかにつらい修行ですが、永遠の至福を手に入れるための膿《うみ》を出す過程だと悟り耐えてください。もし、『解脱業』に自信のない方がいたらいまなら大丈夫ですから、お帰りください。一分間だけお待ちしますから、不参加希望の方は部屋から出てください」

明鏡はふたたび眼を閉じた——ふたたび薄目を開けた。

十秒、二十秒、三十秒……誰も、出て行く気配はない。

四十秒、五十秒、六十秒……明鏡は眼を開けた。

結局、退出者は一人もいなかった。

「では、『解脱業』に入る前に……雨宮君」

明鏡に促された雨宮が歩み出て、準信徒の前に立った。

「幹部信徒を任されている雨宮です。今日からみなさん、宜《よろ》しくお願いします。いくつか注意事項があるので、よく聞いてください。まず、第一に修行中のアクシデントにおいて教団側は一切の責任は取れませんので、体調の異変を感じたら自己申告してください」

洗脳されるのは意思の弱い人間だと勘違いされがちだが、その逆だ。

意思が強いからこそ、家族に止められても非難されても軟禁されても、教団に残るのだ。

意思だけではない。体力も強くなければ、飲まず食わずで睡眠も取らずぶっ通しで行う「解脱業」を乗り切ることはできない。

途中で棄権するような弱い人間は、どの道洗脳にまで至らないので切り捨ててもなんの後悔もなかった。

むしろ、中途半端な洗脳で教団に入れて後々問題を起こされたほうが厄介だ。

「第二に、『解脱業』が終わるまで私語は一切禁止です。参加者同士はもちろん、私達信徒にたいしても話しかけないようにお願いします。耐え切れないほどの体調の変化を感じた場合のみ、挙手してそのまま静かに退室してください。第三に、失禁、脱糞をした場合にはマントラを中断せずにそのまま続行してください。私のほうからは以上です。質問のある方はどうぞ」

雨宮が言うと、最後列の左端の男が挙手した。

「並川さんでしたよね？　質問をどうぞ」

雨宮が促した並川は、プロ野球チーム「アマゾンパワーズ」の二軍選手だ。

といっても、三年前まではセリーグの人気球団「東京ジャンボ」の不動のエース投手だった。

並川と言えば完投勝利が代名詞になるほど、毎試合、一人で投げ切った。

チームにとってはほかの投手を温存できるので、並川の働きは大きかった。

だが、並川が驚異的な完投勝利の記録を続けるほどに酷使された肩はボロボロになっていた。

結局、並川は完投どころか二、三回でノックアウトされるようになり、選手登録を抹消されてアメリカに渡り球界で有名な医師のもとで肩にメスを入れた。

手術は無事に成功したが、以前のような球速は戻らず、何球団か渡り歩いているうちに弱小球団の二軍にまで落ちぶれてしまった。

絶望の底で身悶《みもだ》えていた並川は、藁《わら》にも縋《すが》る思いで「シャーマンハウス」の門を叩いたのだった。

「『解脱業』を克服して『明光教』に入信すれば、僕は昔みたいに一軍で活躍できますか？」

並川が、縋る瞳で雨宮に訊《たず》ねた。

「明鏡先生のもとで修行を積めば、不可能はありません」

雨宮が自信満々に即答した。

彼には騙《だま》している罪悪感も疚《やま》しさもなく、心の底からそう信じているのだ。

雨宮だけでなく、ゆりあも西城も太田も大きく頷いていた。

いや、西城だけは頷かずに怪訝《けげん》な眼で雨宮を見据えていた。

気になったが、いまはスルーした。

西城の胸の内を知ることよりも、目の前の準信徒を従順な奴隷にすることのほうが優先事項だった。

「ありがとうございます！　もう一度マウンドに立てるのなら、どんな苦難でも乗り越えてみせます！」

情熱的に訴える並川の熱量とは対照的に、明鏡の心は冷めていた。

たとえ一年間ぶっ通しでマントラを唱えたところで、並川の復活はありえない。

落ちぶれた元スター選手を入信させる理由——腐っても鯛《たい》。

いまの並川は球界ではお荷物でも、「明光教」では過去の栄光だけで十分に利用価値がある。

明鏡はゴッドスマイル……神の微笑みを湛《たた》え並川にゆっくりと頷いた。

「ほかに、質問のある方は……」

雨宮の声を、ドアの開閉音が遮った。

切迫した表情で入ってきたのは、筋肉質の身体に準幹部の証である緑の作務衣《さむえ》を纏《まと》った谷だった。

腕には警備部の腕章が巻かれていた。

「どうした？『解脱業』が終わるまでは転生室には立ち入ってはならないことを知ってるだろう？」

雨宮が、谷に苦言を呈した。

「すみません、ちょっと、失礼します」

谷が明鏡と雨宮に頭を下げ、警備部の長である西城のもとに駆け寄り耳打ちした。

「なんだって⁉」

西城の血相が変わるのを見て、明鏡は不吉な胸騒ぎに襲われた。

明鏡は動揺を悟られぬように、黙想するふりをしていた。

「明鏡先生、失礼します」

明鏡の傍《かたわ》らに立った西城が深々と頭を下げ、耳に唇を近づけた。

「ロビーに、記者や被害者の会の女達が大勢で押しかけてきているようです」

なっ!!

心の叫びを、寸前のところで明鏡は留《とど》めた。

「記者や被害者の会がなぜ押しかけるんです？」

平常心を装い明鏡は、腹話術師のようにほとんど唇を動かさずに訊ねた。

「さあ、いま、報告を受けたばかりなのでわかりません」

「もちろん、全知全能の私がその気になれば容易にわかりますが、いまは『解脱業』の参加者にたいして全エネルギーを集中しているので西城さんに訊ねたまでです。考えさせるのは、西城さんの修行のためでもあります。我が子に答えを教えるばかりが愛ではありませんからね」

明鏡は、己が神の化身であることを正当化するために長々しく言い訳をした。

「申し訳ありません。とりあえず、警備部で対応に当たります」

西城は言うと、転生室を出た。

「なにかあったんですか？」

雨宮が、冷静な顔で歩み寄ってきた。

この男が取り乱したところを、見たことがなかった。

それにしても、記者がなんの用だ⁉

被害者の会とは……いったい、なんの被害者だ⁉

騙された馬鹿どもが弁護士事務所にでも駆け込んだのか⁉

明鏡飛翔は神の化身でもなんでもないペテン師だと訴え出ようとしているのか⁉

焦燥感《しょうそうかん》と不安感に、肛門がムズムズした——居ても立ってもいられなかった。

「なにかトラブルが起きたようなので、私は様子をみてきます。君は気にせずに、『解脱業』を進めてください」

本当はあゆみを舐め回すようにみつめて妄想に耽《ふけ》りたかったが、そんな気分ではなくなった。

「承知しました」

雨宮は眉《まゆ》一つ動かさずに言うと、準信徒の前に戻った。

「ほかに質問がないのなら、『解脱業』を開始致します。いまのうちに、トイレや水分補給をする方は済ませてください。明日の午前八時までトイレに行くことも水分補給もできなくなりますので。トイレは、部屋を出て通路を左に曲がった突き当たりにあります」

雨宮が言い終わらないうちに、準信徒が競うように部屋を出た。

心で舌打ち——準信徒が上の騒ぎに気づいたら、厄介なことになる。

そもそも、排泄《はいせつ》や喉《のど》の渇きを我慢させて精神的に追い詰め、思考回路を乱し平常心を奪うのが目的なのに、トイレや水分補給を促すとは……。

しかし、それも無理はなかった。

雨宮は自分と違いペテンをやっているつもりはなく、明鏡飛翔《神の化身》のマントラで迷える子羊達を神の世界に導けると信じて疑わないのだから。

「君達二人、私とともにきてください」

明鏡はゆりあと太田に命じると、転生室を出た。

一歩出た瞬間に、階上からざわめきが聞こえた。

明鏡は平静なふりを続け、通路の奥の専用エレベータに向かった。

専用エレベータは明鏡が一緒のとき以外に、ほかの信徒が使ってはならないことになっている。

「なにがあったんですか？」

エレベータに乗りながら、ゆりあが不安げな表情で訊ねてきた。

「マスコミと被害者の会がきているそうだ」

「そうだ……って、明鏡先生にもわからないことがあるんですか!?」

太田の素頓狂《すっとんきょう》な声が、明鏡の神経を逆撫《さかな》でした。

学歴もなく顔も頭も悪いくせに、無意識に人の痛いところを衝《つ》いてくる太田を殴りそうになったことは両手両足の指では数えきれないほどある。

「あなた方の思考力を退化させないために私は、わかっていてもわからないふりをすることがあると何度も言いましたよね？」

明鏡は、冷え冷えとした眼で太田を見据えた。

「そうよ！　いつもいつも、馬鹿みたいな質問をするのやめてちょうだいっ。あなたが同じ幹部信徒だなんて恥ずかしいわっ」

ゆりあが、痴漢か下着泥棒を見るような蔑視《べっし》を太田に向けつつ吐き捨てた。

西城も、同じようなことを言っていた。

「す、すみませんでした……」

太田がうなだれると、エレベータの扉が開いた。

約二十メートル先の受付ロビーで、二十数人の男女と警備部の信徒が揉《も》み合っていた。

「雨宮を出しなさいっ、雨宮を！」

ニットキャップを被《かぶ》り眼鏡をかけた小柄で痩《や》せた男が、金切り声で騒ぎ立てていた。

なぜ、雨宮を？　雨宮が、なにか問題を起こしたのか？

明鏡の胸騒ぎに拍車がかかった。

「あなた方、勝手に押しかけてきてなんなんですか!?　カメラを回すのはやめてくださ
い！」

「幹部信徒の雨宮さんが合宿中に参加者の女子高生をレイプしたという訴えについて、お
伺いしたいんですが!?」

ＩＣレコーダーを差し出す女性記者の質問に、明鏡は耳を疑った。

明鏡の隣でゆりあと太田が絶句していた。

「そんな根も葉もないでたらめに答えるわけにはいきません！　さあ、帰ってください！」

警備部の信徒が、女性記者のＩＣレコーダーを手で払った。

「でたらめじゃありません！　私……雨宮って人に無理やり……」

十代と思《おぼ》しき少女が、声を詰まらせ泣きじゃくった。

雨宮が合宿中に女子高生をレイプ!?

太田ならまだしも、雨宮にかぎってありえない。

「我々被害者の会には、ほかにも雨宮から性的虐待を受けた女性がわかっているだけで五
人はいます！　その五人は、ここにいます！」

被害者の会会長を名乗るカマキリ顔のニットキャップの男が、脳天から突き抜けるよう
な癇《かん》に障る声で訴えた。

あのカマキリ顔をどこかで見たような気がしたが、思い出せなかった。

「あんたら、出て行かないと警察を呼ぶぞ！」

「望むところです！　警察の前で、逆に被害を訴えますよ！　君達、雨宮に受けた虐待を言いなさい！」

カマキリ顔が促すと、五人の女性が列から歩み出た。

警察の前で被害を訴えるだと!?

明鏡のブリーフの中で、陰嚢《いんのう》が縮み上がった。

あゆみを前に勃起しないために小さめのサイズのブリーフを穿いてきたのだが、まさか、こんな展開になるとは思ってもみなかった。

記者が競うようにシャッターを切り、女性たちにICレコーダーを差し出した。

「私はセミナーに参加した帰りに雨宮さんに呼び止められ、色情霊が憑《つ》いているからとホテルに呼び出されました。『色欲解放の儀式』を行うと言われ、身体中を触られ、あそこに指を入れられ……」

茶髪の水商売風の女性が、嗚咽《おえつ》交じりに言った。

「私は合宿中に、夜、雨宮さんの部屋に呼び出されて、エネルギーが淀《よど》みチャクラが塞《ふさ》がっていると言われました。チャクラの気道を開くために私の性器を喉奥深くにくわえなさいって……」

今度は、ロングの黒髪の清楚《せいそ》系な女性が涙ながらに告白した。

人気女子アナのイトパンのような美女に、雨宮はフェラチオさせたというのか!?

それも、イラマチオだ。羨《うらや》まし過ぎるにも程がある……いや、そんなことを考えている場合ではない。

彼女達の訴えが事実なら、大変なことになる。

「私も山梨の合宿の最終日の夜に、雨宮さんに雑木林に呼び出されこう言われました。子宮内に不浄なエネルギーが充満している。放置したままだと三年以内に子宮癌《がん》になってしまうから、私が浄化してあげると言われ木に手をついた格好をさせられ後ろから……」

ワンピースのボタンを弾き飛ばしてしまいそうな巨乳の女性が、震える語尾を呑み込んだ。

立ちバックで推定Fカップ巨乳を後ろから揉みしだき……いや、そんなことを考えている場合ではない。

これがすべて本当なら……「明光教」は崩壊の危機を迎えることになる。

たとえ嘘であっても、マスコミが報じるだけで世間の教団にたいしてのイメージダウンは免《まぬが》れることはできない。

女性信徒を次々とレイプする危険な宗教団体のイメージが独り歩きし、入信者がいなくなってしまう。

それだけではない。

苦労して入信させた信徒達が、脱会する恐れがある。

なにはともあれ、マスコミの口を封じるのが先決だ。

だが、どうすればいい？

雨宮が絶対にやっていないという保証はない。

もしやっていたなら、記者と被害者の会とやらにいくらか摑《つか》ませてでも口止めをする必要があった。

「雨宮さんを、呼んできますか？」

ゆりあが、強張った顔で伺いを立ててきた。

雨宮を呼ぶべきか？　呼んだら、余計に混乱しないか？　だが、当人を呼ばずにこの騒ぎをおさめることができるのか？

いや、雨宮云々の前に、自分が出て行くべきかどうか？

パニックになる脳内に、様々な選択肢が飛び交った。

被害者の会とマスコミと揉み合う警備部の信徒を見ながら、明鏡は焦燥感に襲われていた。

選択を一歩誤れば、「明光教」も自分も破滅してしまう。

「雨宮君には『解脱業』に集中して貰います」

明鏡は、声が震えぬよう気をつけながら言った。

「でも、彼らは雨宮さんが出てこないと納得しないんじゃないんですか？」

「雨宮君が出て行けば、火に油を注ぐことになるだけです。ここは、西城君に任せてみましょう」

明鏡は泰然自若を装った。

神の化身が、うろたえてはならない。

「無実だというのなら、なぜ雨宮さんと会わせてくれないんですか!?」

「雨宮さんが出てきて、身の潔白を訴えるべきでしょう!?」

「この建物にいるんでしょう!?　いますぐ、呼んできてくださいよ！」

「あなた方も魂の救済を標榜《ひょうぼう》する宗教団体なら、絶望している彼女達の心も救うべきじゃないんですか!?」

記者達が競うように警備部の信徒達に詰め寄った。

「わけのわからない言いがかりをつけてくるお前らに、雨宮さんを会わせるわけにはいかねえんだよ！　事実関係を調査して、こっちから連絡を入れるまでおとなしく待ってろ！」

警備部ナンバー2の主任である佐山《さやま》が、スキンヘッドのコワモテの容貌《ようぼう》そのままに声を荒らげ記者達を威嚇した。

「ついに、本性を現しましたね!?　つまりあなた方は、幹部信徒が宗教の儀式にかこつけて次々と女性をレイプしていることを知っていながら庇《かば》おうとしているわけですね!? それともしかして、雨宮さん個人の犯行ではなくて、教団ぐるみで女性信徒をレイプしてるんですか!?」

被害者の会のカマキリ顔の男が、臆《おく》することなく佐山に詰め寄った。

「てめえ、おとなしくしてりゃ調子に乗りやがって……」

「やめねえか!」

西城が、佐山を一喝した。

どうして止める? とりあえず力ずくで追い払うしかないだろう?

この状態で「解脱業」を行っている転生室に踏み込まれてしまったら……魔の手が自分にまで伸びてきてしまったら……。

考えただけで、明鏡の全身の皮膚を鳥肌が埋め尽くした。

「なんで止めるんですか!?」

「雨宮さんに会いたいって言ってるんだから、会わせようじゃねえか」

なっ……。

明鏡は、唇を割って出そうな叫びを寸前のところで飲み下した。

「部長……なにを言ってるんですか!? こんな奴ら雨宮さんに会わせたら、大変なことになりますよ!」

そうだっ、佐山の言う通りだ！

筋肉だけでは飽き足らず、脳みそにまでドーピングをしたのか!?

雨宮は「明光教」の実質ナンバー2だ。

本当に雨宮が女性参加者をレイプしたかどうかはさておき、血に飢えた獣の生贄《いけにえ》にするわけにはいかない。

獣は雨宮の肉を喰らったら、次は自分をターゲットにするだろう。

「なんで大変なことになるんだ!?　雨宮さんはなにもやってねえんだから、堂々としてりゃいいだろう！」

ふたたび佐山を一喝する西城に、明鏡は信じられない思いだった。

いったい、なにを考えている!?

西城は「明光教」を……自分を、潰す気なのか？

「そうです！　この人の言う通りです！　疚《やま》しいことがなければ、我々と会ってはっきりと潔白を証明すればいいじゃないですか！　ねえ、みなさん！」

カマキリ顔の男が西城に同調し、記者と被害者女性を煽《あお》った。

「西城を専用エレベータに呼んできてください」

明鏡はゆりあに言い残し、踵《きびす》を返した。

記者や被害者の会に見つかったら、厄介なことになる。

信徒の前でさらし者になるのはごめんだ。

明鏡が専用エレベータに乗り込んですぐに、強張った顔で西城が駆け寄ってきた。

「お呼びでしょうか!?」

「乗りなさい」

「失礼します！」

エレベータに西城が乗り込むと、明鏡は扉を閉めた。

これで、会話を記者や被害者の会に聞かれることはない。

「なぜ、彼らを雨宮君のところに連れて行こうとするのです？ 私にはその理由がわかっていますが、魂の成長を促すために敢えて君の口から訊《き》きたいのです」

「そうしなければ、騒ぎが大きくなるからです」

「彼らを雨宮君に会わせたら、騒ぎが収まると思いますか？」

明鏡は、感情を顔に出さないように物静かな口調で訊ねた。

「はい。雨宮さんがなにもしていないことを証明すれば、奴らもそれ以上騒ぎ立てることはできません」

「もし、雨宮君が潔白でなければどうします？」

「え……？」

「万が一、彼らの言うようなことを雨宮君が女性信者にやっていたら、どうすると訊いているのです。私には、雨宮君が犯人かどうかはわかっています。その上で、西城君に訊いているのです」

雨宮が女性参加者をレイプしたか否か――寝耳に水で動転している自分に、わかるわけがなかった。

一つだけはっきりしているのは、対処を間違えば「明光教」が創設以来最大の危機を迎えるということだ。

「万が一、雨宮さんが彼らの言うようなことをやっていたとしたら、なおさら突き出すべきだと思います」

「では訊きますが、神の化身である私が、たった一度の過ちで我が子を見捨てると思いますか？」

明鏡は、建前を口にした。

本音――雨宮を見捨てるのに罪悪感など微塵もないが、記者や被害者の会にきっかけを与えたくなかった。

巨大なビルが倒壊するのも、最初は小さな罅《ひび》が原因だ。

雨宮を守るのは、自分のためにほかならない。

「いいえ。存在自体が愛の明鏡先生が、俺達を見捨てるなどありえません」

西城が、愚直なまでにまっすぐな瞳で明鏡をみつめた。

「そこまでわかっているのなら、なぜ、雨宮君を彼らに突き出すなどというのです？」

突然、西城が跪《ひざまず》いた。

「いきなり、どうしたんですか？」

動揺を押し隠し、明鏡は西城に訊ねた。

「明鏡先生に被害が及ばないようにするためです！」

西城が、床に額《ひたい》を擦《こす》りつけつつ切実な声で言った。

「私のため？　それは、どういう意味ですか？　西城君、顔を上げて説明してください」

明鏡は、声がうわずらないように質問を重ねた。

「……彼らと雨宮さんを会わせなければ、教団ぐるみで庇っていると思われます。つまり、『明光教』は雨宮さんの犯罪を隠蔽《いんぺい》しようとしていると。いえ、それだけではありません。下手をすれば、『明光教』自体が女性参加者にたいして集団レイプをしていると週刊誌やスポーツ新聞に書き立てられる恐れがあります」

「隠蔽？　集団レイプ？」

明鏡は、押し殺した声で繰り返した。

「はい。重要なことは、雨宮さんが白か黒かということより、教団がグルだと思われないことです。雨宮さんを彼らに会わせたほうがいいと言ったのは、白であったとしても庇うこと自体で火の粉が明鏡先生に飛び火する可能性があるからです。雨宮さんが潔白なら彼らも引き下がるでしょうし、黒なら……教団をやめてもらうしかありません」

西城が、悲痛な声を絞り出した。

自分は、西城を甘く見過ぎていたのかもしれない。

脳みそまで筋肉でできた単細胞馬鹿だと思っていたが、どうやら違ったようだ。

たしかに、西城の言うことは一理あった。

雨宮が百パーセント白だという確証がないかぎり、彼を庇うことで火の粉が自分にまで降り懸かる可能性があった。

ここは西城の言う通り、彼らと雨宮を会わせたほうが賢明だ。

「よくぞ、言いました。私は、西城君がそう進言してくるのを待っていたのです」

明鏡は、穏やかな微笑みを湛《たた》えつつ言った。

「え……?」

西城が、驚いた顔で明鏡を見上げた。

「さあ、いつまでも跪いてないで彼らを来客フロアに通してください。私は、雨宮君を呼んできます」

明鏡は西城に命じるとエレベータの扉を開けた。

「承知しました!」

西城は立ち上がり、勢いよくエレベータを飛び出した。

なにかが、引っ掛かった。

左右の靴下を逆に履いたような違和感……その違和感が、どこからくるのかがわからなかった。

釈然としないもやもやを胸に抱えたまま、明鏡は「解脱業」が行われている転生室に続くB1のボタンを押した。

半那の章　応酬

「みなさん、雨宮君に急用ができましたので、『解脱業』のマントラはゆりあ君に引き継ぎます。気にせずに修行に没頭してください」

転生室に現れた明鏡が、平静を装った顔で言った。

いま頃、被害者の会の会長を演じる四方木やレイプ被害にあった女子高生を演じる憂達が乗り込み、受付フロアは大騒ぎになっていることだろう。

明鏡が雨宮を呼びにきたということは、西城が順調に任務を遂行している証《あかし》だ。

「では、ゆりあ君、あとは頼みましたよ」

穏やかな微笑みをゆりあに残し、明鏡は雨宮を促し転生室を出た。

「あの……すみません」

半那は、力のない声でゆりあに呼びかけた。

「あゆみさん、どうしましたか？」

「頭痛と吐き気がひどいので、しばらく休ませてください」

半那は、生気のない顔で申し出た。

「あら、明鏡先生のお言葉を聞いてなかったんですか？　午前八時から明日の午前八時まで、『解脱のマントラ』を唱え、その間、食事も摂れずトイレにも行けないとのご説明がありましたよね？　もし、『解脱業』に自信のない方がいたらお帰りくださいとも言いましたよね？」

言葉こそ穏やかだが、ゆりあの瞳はぞっとするほど冷たかった。

「すみません……急に、具合が悪くなってしまって……。このままだと、とても二十四時間の修行に耐えられる自信がなくて……」

半那は、消え入る声で言った。

本当の自分は究極のドSだが、これは任務だ。

「それは、リタイアするということですか？」

「いえ……三十分くらい横になれば大丈夫です」

「繰り返しになりますが、二十四時間はこの部屋から出ることは許されません。もっと言えば、このような私語も許されていません。私語に関しては特例で不問にしますが、『解脱業』を抜けることは許可できません」

ゆりあが、判で押したような推測通りの言葉を口にした。

「お願いします……私、どうしても……『解脱業』に参加したいんです」

半那は、シナリオ通りに悲痛な顔で懇願《こんがん》した。

「だったら、ルールを守ってください。あなただけ特別扱いにしたら、ほかの参加者に示しがつかないですから」

ゆりあは、取り付く島がなかった。

これから洗脳しようという参加者の手前、彼女の反応は予想通りのものだった。

だが、半那にはわかっていた。

明鏡の教えがすべてのゆりあには、半那を切ることはできない。

自分は明鏡にとって、誰よりも入信させたいVIP中のVIPなのだから。

「そうですか……みなさんに迷惑をかけるわけにはいきませんよね……」

半那はうなだれてみせた。

「参加するか不参加になるか……どうしますか？」

ゆりあが二者択一を迫ってきた。

半那にはわかっていた。

彼女が、第三の選択肢を認めるしかないことを。

「短い間でしたけど、ありがとうございました……」

半那は深々と頭を下げると、出口に向かった。
十、九、八、七、六……。
半那は、歩きながら心でカウントを始めた。
五、四、三……。
「あゆみさん、待ってください」

予定より早く、ゆりあが声をかけてきた。

「はい……なんでしょう？」

ドアノブに手をかけた半那は、覇気《はき》のない声で訊ねた。

「仕方がありません。急病ということで、特別に遅れての参加を認めます。ただし、ほかの参加者の解脱業が終わっても、あゆみさんは遅れたぶんだけ居残りで修行を続けることになります。それで、大丈夫ですか？」

ゆりあが、抑揚《よくよう》のない口調で言った。

同じ幹部信徒でも、直情的な西城に比べてゆりあは見事に感情をコントロールできていた。

いや、洗脳度が進むうちに感情自体が消失したのかもしれない。

やはり、「明光教」壊滅の先兵隊として西城を選んだのは正解だった。

「もちろんです。ありがとうございます」

深々と頭を下げ転生室を出た半那は、階段を使い割り当てられた自室のある二階に向かった。

受付フロアの騒ぎが聞こえてきた。

すぐに駆けつけたかったが、素顔のままではまずい。

部屋に戻った半那は、ポーチを手にするとすぐに廊下に出た。

トイレに入り、ポーチから取り出した大きめのグッチのサングラスとマスクをつけた。

ロングの髪も印象が変わるようにアップにまとめた。

鏡の中の自分は、「解脱業」を受けていたあゆみとは別人だった。

トイレを出た半那は階段を下り、受付フロアに向かった。

フロアでは、偽マスコミと偽被害者と偽被害者の会の人間と警備部の信徒で溢《あふ》れ返っていた。

「どうして雨宮を連れてこないんですか!? 潔白なら、我々の前に出てきて潔白を証明するべきでしょう!」

被害者の会の会長に扮する四方木が、頭皮を突き破るような金切り声で抗議していた。

ニットキャップを被《かぶ》り眼鏡をかけているので、明鏡が見ても四方木のことを自分と一緒の席にいた相談者とはわからないだろう。

「そうだよ！　雨宮さん、疚《やま》しいことがないのなら彼女達の前に出てきなよ！」

ネットライター役のカルロが、ＩＣレコーダーを突き出しながら訴えた。

カルロの隣には、レイプされた女子高生役の憂が涙に濡れた眼で警備部の信徒を睨《にら》みつけていた。

憂の背後には、憎悪と悲痛に顔を歪ませた五人の女性達がいた。

五人とも、憂と同じに雨宮に性的暴行を受けた者ばかりだ。

「雨宮さんを出せない理由があるんですか!?」

「『明光教』は神の道を教える宗教団体でしょう!?　身も心も傷ついた女性達の叫びに耳を傾けてくれないんですか!?」

「もしかして、教団は雨宮さんの犯した罪を知っていたんじゃないでしょうね!?」

「教団ぐるみで犯罪を隠蔽する気か！」

周囲で騒いでいるマスコミ役と被害者の会役も、四方木やカルロが招集した「リベンジカンパニー」の非常勤メンバーだ。

「あんたら勝手に人の敷地内に乗り込んできて騒ぐなよ！　不法侵入だぞ！」

スキンヘッドの警備部の信徒が、四方木の胸を押した。

「あ！　いま、あなた、暴力を振るいましたね!?」

四方木が、己の薄い胸板を指差しながらヒステリックな声で言った。

「なにが暴力だ！　胸を押しただけだろうが！」

「押したというのはあなたの認識で、私の認識では拳で胸を殴られましたよ!?」

「ふ……ふざけるんじゃない！　不法侵入したあんたらが悪いんだろうが!?　これがアメリカなら、銃殺されても文句を言えないんだぞ！」

スキンヘッドの信徒が、血相を変えて四方木に詰め寄った。

「あ！　あ！　いま、銃で撃ち殺すって言いましたね！　神に仕《つか》える者が、そんなことを言ってもいいんですか！」

四方木が人差し指をスキンヘッドの信徒につきつけ、大声で喚《わめ》き立てた。

いつの間にか、受付ロビーは信徒達が黒山の人だかりを作っていた。

「なんの騒ぎ？」

「雨宮さんが、山梨合宿に参加した女性をレイプしたそうだ。彼らは、被害者、被害者の会、マスコミだってさ」

「レイプ!?　雨宮さんが、そんなことするわけないだろう！」

「僕に怒るなよ。僕だって、そんなでたらめを信じちゃいないよ」

半那は、男性信徒のひそひそ話に耳を傾けた。

「嘘でしょう？　雨宮さんが、そんな卑劣なことをするわけがないわ！　太田さんの間違いじゃないの!?」

「私もそう思う。太田さんなら驚かないけど」

女性信徒のひそひそ話からも、雨宮が信徒達に絶大な支持を受けていることがわかった。

「で、でたらめだ！　誰が撃ち殺すなんて言った!?　俺は、これがアメリカなら銃殺されても文句を言えないと……」

「みなさーん、お聞きになりましたかー!?　『明光教』の信徒は、言うことをきかないのなら我々を銃で撃ち殺すと脅してきましたよー！　彼らは、本当に宗教団体の信徒なのでしょうか!?　私には、ヤクザとかマフィアにしか思えませーん！　あ〜恐ろしい〜恐ろしい〜」

スキンヘッドの信徒を遮《さえぎ》り、四方木が偽記者、偽被害者、偽被害者の会を煽《あお》りながら大《おお》袈《げ》裟《さ》に身震いしてみせた。

目的は、野次馬と化した信徒達に雨宮の犯した罪を知らせるためだ。

こういう執拗《しつよう》で病的な揚げ足取りをやらせたら、四方木の右に出る者はいない。

「なんだ？　あのカマキリみたいな顔の男は？」

「被害者の会の会長だそうだ」

「あのカマキリ男、雨宮さんがレイプ犯だなんて本気で思ってるのか？　警察のスパイじゃないのか?」

「あんな変質者みたいな男が、警察のスパイなわけがないだろう?」

四方木の変態性は、変装していても隠せないようだ。

「いい加減にしないと、本当に不法侵入で警察を呼ぶぞ! 逮捕されたくないのなら、さっさと出て行け!」

別の警備部の信徒が、四方木に怒声を浴びせながらエントランスを指差した。

「警察!? 望むところです! 呼んで貰おうじゃないですか! 逆に、訴えてあげますよ! 新興宗教の合宿に参加した女性達が、幹部信徒に次々とレイプされたって! 幹部信徒に会わせてほしいと『明光教』の本部ビルに出向いたら、信徒に銃で撃ち殺すぞと脅迫されたって! ほら、早く警察を呼んでくださいよ! ほら! スマートフォンを貸してあげるから、110を押してくださいよ! ほら! ほら! ほぉうら~!」

四方木が、人を食ったような顔で信徒の鼻先にスマートフォンをつきつけた。

野次馬の信徒達は、固唾《かたず》を呑んで事の成り行きを見守っていた。

どの顔からも、混乱が窺《うかが》えた。

無理もなかった。

雨宮は明鏡に次いで信徒達からの信頼が厚い。

誰もが、雨宮がレイプなどするはずがないと思っている。

だからこそ、雨宮をターゲットにしたのだ。

同じ幹部信徒であっても、チビ、ハゲ、デブの太田や単純馬鹿の西城ならレイプ犯人の濡れ衣を着せてもインパクトが弱い。

だが、雨宮は違う。

彼が入信希望者の女性に手をつけていたとなれば、信徒達に走る衝撃は計り知れない。

「雨宮さん出てきますかね？」

「いま『解脱業』の最中だから、無理じゃないの？」

「でも、このままだとマスコミが騒ぎ出して雨宮さんが濡れ衣を着せられてしまいますっ」

「大丈夫。いざというときは、明鏡先生が救ってくれるさ」

「そうですね！　私達には、全知全能のメシアがついてくれてますものね」

信徒達の会話に、マスクの下の半那の口角が吊り上がった。

その全知全能のメシアが、単なる俗物だと暴かれたときに彼らはどんな顔をするんだろうか？

「警察沙汰は勘弁《かんべん》してやるから、早く出て行くんだ……」

四方木に圧倒された警備部の信徒が、弱々しい口調で言った。

「だから、呼んでいいですって！　１１０を押してくださいよ！　早くぅ、早くぅ～、は

〜や〜くぅ〜！」

スマートフォンを掲げつつ、四方木が警備部の信徒に粘着的に迫った。

「待ってくれ！」

野次馬の信徒の黒山を掻《か》き分けた西城が、四方木の前に立ちはだかった。

「力ずくで追い出そうっていうんですか!?」

「雨宮さんが会ってくださるそうだから、会議室にきてくれ」

「密室に連れ込んでうやむやにしようって魂胆《こんたん》ですか？」

四方木が、皮肉っぽい笑みを浮かべつつ訊ねた。

――個室で話そうと言ってきたら、絶対に拒否してちょうだい。

――信徒の前で雨宮をつるし上げるってわけですね？

――信徒に不信感を与えるのが目的だから。

――了解しました。雨宮の名誉をズタズタにしてやりますよ。

半那の鼓膜に、四方木との打ち合わせが蘇《よみがえ》った。

「疚《やま》しいことがないのなら、みんなが見ているここに呼んでくださいよ！　ねえ、みなさん！」

四方木が、偽マスコミを振り返って同意を求めた。

「それとも雨宮さんは、みんなの前じゃ都合の悪いことでもあるんですか!?」

ネットライター役のカルロが、西城に詰め寄った。

「あんたら、雨宮さんが出てきてくれるって言ってるのに、いい加減にしろよ！」

スキンヘッドの信徒が、カルロの肩を小突いた。

「痛っ……」

カルロが左肩を押さえて大袈裟に尻餅《しりもち》をついた。

「だ……大丈夫ですか!?」

血相を変えた四方木が駆け寄り、カルロを抱き起こした。

「銃で撃ち殺すと脅してきたり私やライターさんに暴力振るったり……あなたは、ヤクザなんですか!?」

四方木が、声を震わせ訴えた。

普段は犬猿の仲の二人だが、任務となれば阿吽《あうん》の呼吸だった。

「さっきから、ふざけたことばかり言いやがって……」

「佐山、やめなさい」

四方木に詰め寄ろうとするスキンヘッド——佐山の足が止まった。

「雨宮さん……」

声の主を認めた佐山が息を呑んだ。

「ようやく主役のおでましですね」

四方木が、皮肉っぽく言いながら雨宮の前に歩み出た。

「『明光教』幹部信徒の雨宮です。早速ですが、修行中に私に性的暴行を受けたと訴え出ている女性がいるそうですね？　どちらの方々ですか？」

「全部で六人で……」

「あなたに訊いていません。その六人の方々、前に出てきて貰えますか？」

説明しようとする四方木を制し、雨宮が呼びかけた。

この状況の中で動揺するどころか泰然自若としている様は、さすがに「明光教」ナンバー２だけのことはあった。

「私は、被害者の会の会長、須藤ですっ。被害者の代表として……」

「あなた方の一方的な要求に応じて出てきているんです。そちらも、被害を訴えている当事者を出してください。さあ、早く、出てきてください」

ふたたび四方木を遮った雨宮が、被害者達に視線を巡らせた。

出鼻を挫《くじ》かれた四方木が、下唇を嚙んだ。

ある程度の予測はしていたが、雨宮は想像以上のやり手だ。

「私にあんなことをしておいて、ずいぶん、偉そうなんですね」

雨宮に向きかけた流れを引き戻すとでもいうように、憂が歩み出た。

「君が、私にレイプされたと訴えている女性か？」

「みんなも、出ておいでよ」

雨宮の問いかけに頷《うなず》いた憂が、被害者女性を促した。

「私は君と初対面だから、レイプしたなどありえない」

雨宮が、憂を直視しながら断言した。

「私は山梨の合宿に参加していました。合宿最終日に、あなたは私を雑木林に呼び出して言いました。『色情霊が憑《つ》いているから、色欲解放の儀式をしなければならない』……そう言って、私に下着を脱がせて指を……そして、それ以上のことも……」

憂が声を詰まらせ、小刻みに肩を震わせた。

なかなかの名演技だ。

「それは、本当ですか!?　雨宮さんは幹部信徒の中でも、とくに明鏡先生の信頼の厚い片腕的存在ですよね!?」

すかさずカルロが、ＩＣレコーダーを雨宮に突き出した。

「合宿最終日の夜、私は自室にいたので誰とも会っていない」

雨宮は憂から視線を逸らさずに、表情一つ変えずに言った。

明鏡が片腕にしているだけあり、肚《はら》の据わった男だ。

「嘘を吐かないでください！　逃げようとしたら、私に果物ナイフを突きつけて……木に手をつかせて後ろから……」

　憂の声が、嗚咽に呑み込まれた。

「雨宮さんっ、いまの彼女の発言もでたらめだと言うんですか⁉」

　カルロが、血相を変えて雨宮に詰め寄った。

「彼女を雑木林に呼び出したというのは、本当ですか⁉」

「色情霊が憑《つ》いていると言ったのは、十七歳の少女の肉体を自由にするためですか⁉」

「山梨の合宿セミナーというのは、女漁《あさ》りをするための口実ですか⁉」

「あなたは、神の教えを説く立場でありながらでたらめで女性を脅迫してレイプするなんて、恥ずかしいとは思わないんですか⁉」

　カルロの言動を合図に、偽記者達が競い合うように雨宮を非難した。

「証拠はあるんですか？　彼女達の一方的な証言だけで犯罪者にされるなら、私だってあなた方を犯罪者にできるということですよ？」

　雨宮は動じたふうもなく、涼しい顔で言った。

「では、あなたには証拠はあるんですか？　自室にいたというアリバイを証言してくれる人がいますか？」

　カルロが、矢継ぎ早に訊ねた。

「私は独身なので、夜自室にいるときは一人でいる確率が高いので証人はいません。ですが、それだけで私をレイプ犯だと決めつけるのは言いがかり以外のなにものでもありません。どうしても私を犯人にしたいのなら、彼女達の診断書を取ってきてください。普通、レイプされたのなら医師に診《み》て貰うものでしょう？」

雨宮が余裕の表情で、カルロと四方木を交互に見据えた。

いくら潔白とはいえ、肝の据わった男だ。

「ええ、もちろん、医師の診断書はあります。彼女達の膣内を調べれば、あなたのＤＮＡが検出されるはずです」

すかさずカルロが言った。

嘘――レイプされてもいないのに、診断書が取れるわけがない。

だが、それでよかった。

目的は裁判で争うことではなく、信徒達の心に疑惑の種を植え付けることだ。

「そこで、是非、あなたに協力してほしいことがあるんです」

四方木が、加虐的な光を帯びた瞳を雨宮に向けた。

「なんですか？」

「雨宮さんの精子のサンプルを提出してください」

四方木の言葉に、信徒達がざわついた。

雨宮さんに向かって、なんて失礼なことを言う奴らだ。

大部分の信徒がざわめいた理由は、四方木達にたいしての憤りに違いない。

だが、全員が同じ思いとはかぎらない。

中には、雨宮への疑心を芽生えさせる者もいるはずだ。

もしかしたら……の心の声が過《よぎ》る回数が増えるほどに雨宮にたいしての信頼が揺らいでくる。

理屈では雨宮のことを信じていても、一度心に芽生えてしまった疑惑はそう簡単に消えはしない。

洗脳されるということは、裏を返せば洗脳されやすいということだ。

そう、半那の目的は「明光教」の信徒の謀反《むほん》と離脱……逆洗脳だ。

それは、洗脳することで信徒を食い物にし富と権力を手にしてきた明鏡にとっては最大の屈辱のはずだ。

ただ抹殺するだけでは物足りない。

考えられるあらゆる苦痛を与え、醜く無様な姿を衆目に晒《さら》してから闇に葬るつもりだった。

「断ります。言いがかりをつけられた上に、どうしてそんな屈辱的な要求に応えなければならないんですか？」

　雨宮が、にべもなく拒絶した。

「なぜサンプルを出せないんですか!?　あなたの無実が証明されるんですよ!?」

「それとも、精子サンプルを出せない理由でもあるんですか!?」

「雨宮さんの犯罪がバレたらほかに困る人でもいるんですか!?」

　記者達が、獲物に襲いかかるハイエナさながらに雨宮を攻撃した。

　半那は混乱に乗じて西城に接近した。

「このままでは、明鏡先生に矛先《ほこさき》が向きますよ」

　背伸びをし、半那は西城の耳もとで囁《ささや》いた。

「どうしてここに!?　解脱業は!?」

「体調が悪いので、三十分だけ休憩を頂きました」

「だったら、部屋に……」

「心配で様子を覗《のぞ》きにきたんです。予想通り、まずい展開になってますね。西城さんが動かなければ、明鏡先生が攻撃の矢面に立たされてしまいます」

　西城を遮り、半那は焚《た》きつけた。

「まあまあまあ、みなさん、雨宮さんがこういう非協力的な態度ならば仕方ありません。彼の上司であり教団のトップである明鏡さんと話をしましょう」

　四方木の言葉に、雨宮の眉尻が微《かす》かに上がった。

「明鏡先生は無関係です」

「いいえ、部下が説明責任を果たさないときに上司が対応するのは一般社会の常識です。ということで、明鏡せんせ〜い！　いらっしゃいますかぁ〜。明鏡せんせ〜い！　あなたの部下の雨宮さんにレイプされた女性達を連れてきているので、話を聞いてくださ〜い！」

シナリオ通り――四方木が、両手でメガホンを作りフロア中に響き渡る大声で叫んだ。

「ほら、言った通りになりました……急いでください！」

半那に背を押されるように、西城が雨宮のもとに駆け寄った。

「なぜ無実を証明しようとしないんですか!?」

西城が、雨宮に食ってかかった。

「さっきから、やってないと否定しているだろう？」

雨宮が、冷え冷えとした眼で西城を見据えた。

「いいや、雨宮さんはきちんと無実を証明しようとしていません！　幹部信徒のあなたが若い女性達をレイプしたって疑惑をかけられるだけでも、『明光教』にとってはダメージなんですよ!?」

西城は退くどころか、逆に厳しい口調でダメ出しした。

「君は、どの立場から物を言ってるんだ？」

雨宮が、剣呑《けんのん》な声音で言った。

「明鏡先生をお守りする、幹部信徒の立場としてですよ！」

西城に怯《ひる》む気配はなかった。

「私が、明鏡先生をお守りしていないと言いたいのか？」

雨宮の眉間に、険しい縦皺が刻まれた。

「現実に、いま、『明光教』の名誉を傷つけるようなことになっているじゃないですか!?」

想像以上に、西城はいい働きをしていた。

半那に言われたから渋々というよりも、むしろ、生き生きとしていた。

明鏡に火の粉が降り懸からないようにという帰依心が原動力になっているのは間違いないが、それだけではないはずだ。

この機を利用して、雨宮との立場逆転を狙っているのだろう。

「とにかく、君の出る幕じゃない。それに、こんな嘘吐《つ》き達の言いなりになったら、つけ入る隙《すき》を与えるだけだ」

「嘘吐きなんて……ひどい……」

雨宮の声に、女性の嗚咽が重なった。

両手で顔を覆った憂が、膝《ひざ》をつき泣き崩れた。

「肉体だけでなく、心まで傷つける気なのか!?」

「ひどいじゃないか！　レイプした上に嘘吐き扱いする気か!?」

「彼女達に謝れ！」

「なにが神の使いだ！　単なるレイプ魔じゃないか！」

偽マスコミと偽被害者の会の人間が、一斉に雨宮を罵倒《ばとう》した。

「明鏡先生ーっ、神の化身なら聞こえてますよねー!?　神の僕《しもべ》がレイプされて傷ついている女性を嘘吐き呼ばわりしましたよー！　出てきてくださいよー！」

四方木が、より大きな金切り声で明鏡に挑発的な言葉を浴びせた。

「そうだそうだ！　神の化身ならきちんと対応に出てこい！」

「逃げる気か！」

「もしかして、教団ぐるみの犯罪なのか!?」

「『明光教』が導くのは天国じゃなくて地獄なのか！」

傷ついた子羊達が、四方木の先導で雨宮から明鏡に攻撃の的《まと》を切り換えた。

慌てなさい、怯《おび》えなさい、震えなさい……私と父が受けた屈辱と絶望は、まだまだこんなものじゃ晴れないわ。

半那は心で明鏡に語りかけつつ、シナリオ第二章のページを脳内で開いた。

明鏡の章　動揺

「まあまあまあ、みなさん、雨宮さんがこういう非協力的な態度ならば仕方ありません。彼の上司であり教団のトップである明鏡さんと話をしましょう」

カマキリ顔の被害者の会会長の言葉に、専用エレベータの前で耳を傾けていた明鏡の陰嚢は縮み上がった。

危惧《きぐ》していた通りになった。

こうなる展開を恐れて、雨宮を被害者の会やマスコミに会わせたくなかったのだ。

雨宮の血の味を知ったハイエナ達は、その牙を自分に向けてくるに違いない。

「明鏡先生は無関係です」

雨宮が、冷静な声で言った。

誰のせいでこんな危機に陥《おちい》っていると思っている!?

すべては、未成年の少女に淫《みだ》らな行為をしたとよからぬ噂《うわさ》を立てられた雨宮の脇の甘さが招いた結果だ。

いや、本当に噂なのか？

もしかしたら雨宮は、立場を利用して若く瑞々《みずみず》しい肉体を貪《むさぼ》ったのではないのか？

さっき被害者の少女を見たが、芸能人に負けないかわいい顔をしているあんな子を抱くなど羨《うらや》ましいにも……。

明鏡は、慌《あわ》てて思考を止めた。

いまは「明光教」始まって以来の絶体絶命の窮地なのだ。

そんなことを考えている場合ではない。

それに、雨宮が白か黒かが問題ではなかった。

西城も言ったように、雨宮を庇《かば》うことで組織ぐるみの犯罪なのではないかと疑われることだけは避けなければならない。

雨宮が罪を犯していようがいまいが、教団から切り捨てなければならないのかもしれない。

「いいえ、部下が説明責任を果たさないときに上司が対応するのは一般社会の常識です。ということで、明鏡せんせ〜い！　いらっしゃいますかぁ〜。明鏡せんせ〜い！　あなたの部下の雨宮さんにレイプされた女性達を連れてきているので、話を聞いてくださ〜い！」

カマキリ顔の会長が、両手を口に当ててフロア中に響き渡る大声で叫んだ。

明鏡は、耳を塞《ふさ》ぎたい気持ちを懸命に堪《こら》えた。

自室ならそうしているが、そんな姿を誰かに見られたら洒落《しゃれ》にならない。

自分は、全知全能唯一無二の神の化身……ということになっているのだから。

「なぜ無実を証明しようとしないんですか!?」

雨宮に食ってかかる西城の声が聞こえた。

「さっきから、やってないと否定しているだろう?」

憎らしいほどに冷静な雨宮の声も聞こえた。

「いいや、雨宮さんはきちんと無実を証明しようとしていません！　幹部信徒のあなたが未成年の少女をレイプしたって疑惑をかけられるだけでも、『明光教』にとってはダメージなんですよ!?」

西城は、厳しい口調でダメ出しした。

そうだそうだ！　お前のせいで、ダメージもダメージ……大ダメージだ――明鏡は、心で西城に加勢した。

「明鏡先生ーっ、神の化身なら聞こえてますよねー!?　神の僕《しもべ》がレイプされて傷ついている少女を嘘吐き呼ばわりしましたよー！　出てきてくださいよー！」

カマキリ顔の会長のヒステリックボイスが、明鏡の焦燥感を煽《あお》り立てた。

「そうだそうだ！　神の化身ならきちんと対応に出てこい！」

「逃げる気か！」

「もしかして、教団ぐるみの犯罪なのか!?」

「『明光教』が導くのは天国じゃなくて地獄なのか!」

マスコミらしきハイエナ達の声が、約二十メートルほど離れた死角で聞き耳を立てる明鏡のガラスの心臓に突き刺さった。

フランス革命時に反乱を起こした民衆に追い詰められたマリー・アントワネットの気持ちが、痛いほどわかる——収賄容疑で逮捕され国民に大バッシングを受けた前韓国大統領のパク・クネの気持ちが、痛いほどわかる。

このままでは、権力の座から引き摺《ず》り下ろされてしまう。

顔でも金でも権力でも遥かに下のクズどもに、ここぞとばかりに復讐されてしまう。

明鏡は、深呼吸を繰り返し気を静めた。

「西城を……西城を……西城を……」

周囲に聞こえないようなボリュームで、明鏡は声の震えがおさまるのを待った。

「西城を……西城を……西城を……西城を……」

何度も囁いているうちに、ようやく震えがおさまった。

「西城を呼んできなさい」

近くにいた警備部の信徒に、明鏡は落ち着いた声で命じた。

「かしこまりました」

踵《きびす》を返す信徒の背中をみつめ、明鏡はめまぐるしく思考を回転させた。

落ち着け、落ち着くんだ……。

謀反者を出さないように、まずは身内の結束を固めなければならない。

どんな作戦を立てるにしても、一枚岩でなければ乗り切ることはできない。

「会議室じゃなかったんですか!?　こんなところにいらっしゃったら、みつかってしまいますよ！」

西城が駆け寄り、強張った顔で言った。

そんなことは、言われなくても百も承知だ。

だが、晒《さら》し物になるかもしれないというこの状況で、会議室におとなしく座っていられるわけがない。

「忘れたんですか？　私は神の化身です。この世で起こる出来事は、すべて私が起こしたことです。そして、一見、敵に見える被害者、被害者の会、マスコミも私の子供達なんです。君は、子犬にみつかってしまうと恐れる親犬がいると思いますか？」

明鏡は、ありったけの平常心を掻《か》き集めて冷静を装った。

「そうでした……出過ぎたまねをして、すみません」

西城が、膝《ひざ》に額《ひたい》がつくほどに頭を下げた。

「それより、彼らに伝えてきてください。明日、みなさんの前で私が事情を説明しますとね」

「え!? だめっすよ! あんな奴らにあったら、明鏡先生が……」

「彼らも、私の子供達だと言ったでしょう? 心配はいりませんよ。親が子供に諭《さと》し聞かせる場を持つだけの話ですから。では、子供達が帰ったら幹部会議を開きますので啓示室に招集をかけてください」

明鏡は、内心の焦燥感を押し隠し穏やかな笑みを浮かべつつ専用エレベータに乗り込んだ。

深々と頭を下げる西城の姿がドアに遮られると、明鏡は深いため息を吐きながら壁に背を預けた。

大丈夫……私にはメシア《神郷》がついている……私はフェイク《偽者》でも、リアル《正真正銘》な神の化身が守ってくれる。

ガクガクと震える両膝を手で押さえつつ、明鏡は心で繰り返した。

☆

「ハラペーニョ・オーディンモニカヴェルッチ・ブッダタイコウチシヴァメリルストリープブラフマーリオックキングバブーン……」

四メートルの明鏡飛翔の金箔《きんぱく》の銅像、敷き詰められた紫の絨毯《じゅうたん》——高さ一メートル五十の特注ソファで結跏趺坐《けっかふざ》を組んだ明鏡は、眼を閉じマントラを唱えていた。

正面のソファには、十分前から雨宮、ゆりあ、西城、太田の幹部信徒四人が座っている。

もちろん、マントラはでたらめな言葉……香辛料、神話の神々の名前、海外の女優名、昆虫の名前を適当に連ねているだけだ。

マントラを唱えているのは、この後の自分の言葉に説得力を持たせるためだ。

大宇宙神からのお告げということにすれば、どんなに荒唐無稽《こうとうむけい》な指令でも疑いを持たれることはない。

「チャイマサラゴライアスバードイーターハーヴェイカイテルバビロニアカメハメハ……」

もうそろそろ、頃合いだ。

明鏡はゆっくりと眼を開け、雨宮、ゆりあ、西城、太田の順番に視線を移し、雨宮に戻して止めた。

「雨宮君。私は訊かずともすべてを見通していますが、君の修行のために敢えて質問します。彼らが言っていることは事実なんですか？」

明鏡は、お決まりの言い訳を並べ立てた。

「いいえ。事実無根です」

雨宮が、冷静に即答した。

「ですが、大事な『カルマ滅失の業』を中断しなければならなくなったことには責任を感じています。明鏡先生、申し訳ございませんでした」

雨宮が立ち上がり、深々と頭を下げた。

「君が無実であれば、謝る必要はありません。問題は、無実ならばあの女子高生達は何者なのか？　なんの目的で、誰に指示されて根も葉もない嘘を吐いているのか？　被害者の会と女子高生とどんな関係なのか？　女子高生と被害者の会は『明光教』もしくは雨宮君に恨みがあるのか？　君が無実ならば、マスコミがなぜ行動をともにしているのか？　女子高生や被害者の会に騙されているのか？　それとも、でたらめだとわかっていながら『明光教』もしくは雨宮君を貶《おとし》めるために協力しているのか？　これらの原因を解明しなければなりません。もちろん、私にはすべての答えはわかっています」

嘘——雨宮が無実なら、なにがどうなっているかわからなかった。

誰が、なんのために、こんな大掛かりな嘘を吐いて雨宮を糾弾するのかが……。

「私の予想では、これは神への謀反《むほん》……悪意に満ちた組織の巧妙な罠《わな》の可能性があります」

「罠ですか？　私に答えはわかっていますが、続けてください」

明鏡は、澄まし顔で雨宮を促した。

「『明光教』と敵対する他の宗教法人、または、『明光教』の信徒か信徒だった人間の逆恨みの線が考えられます」

雨宮が、淡々とした声音で言った。

「雨宮さん、なに他人事《ひとごと》みたいに言ってるんですか!?」

西城が、物凄い勢いで食ってかかった。

「実際、他人事だからね」

雨宮が、にべもなく言った。

「は!?　あんた、自分が明鏡先生に迷惑をかけていることがわからないんですか!?」

「西城君、落ち着いて」

気色《けしき》ばむ西城を、ゆりあがやんわりと諭した。

「『明光教』が大変なことになっているのは事実だけど、それを雨宮さんのせいにするのは間違っているわ」

「どうしてですか!?　雨宮さんが女子高生をレイプしたと……しかも、六人も被害を訴え出ているんですよ!?」

西城はゆりあにたいして一歩も退かなかった。

明鏡は、西城に心でエールを送った。

本当は、自分が追及したかったが雨宮には苦手意識があった。

なにより、雨宮が罪を犯したという証拠がないのだ。

真相がわからない現状、ここは、西城に切り込み隊長の役割を担《にな》って貰うしかない。

「それは、私も知ってるわ。だけど、雨宮さんは否定しているでしょ？　なのにあなたは、身内の言うことより俗世間に染まった悪の僕《しもべ》の言葉を信用するというの⁉　あなたは、それでも『明光教』の幹部信徒なの⁉　唯一無二の神の化身である明鏡先生に仕《つか》える身なの⁉」

ゆりあが、ヒステリックに西城を叱責《しっせき》した。

「もちろん、わかってますよ！　わかってるから、言ってるんじゃないんですか！　悪の僕《しもべ》がデマを流したとしても、国民が信じればそれは真実になるんですよ！　奴ら被害者の会やマスコミがこれ以上騒ぎ立てれば、国民は雨宮さんだけじゃなくて『明光教』に疑いの眼を向けるようになりますっ。そうなったら、明鏡先生にまで魔の手が伸びる可能性が出てくるんですよ！」

西城が、自らの太腿《ふともも》に拳を叩きつけながら大声で訴えた。

「明鏡先生に魔の手が伸びるわけないでしょう⁉　明鏡先生は、私達のような無知で無力な人間じゃないのよ⁉　全知全能の明鏡先生なら、邪悪な輩《やから》の動きなんてお見通しに決まっているじゃない！　いい？　西城君っ。あなたが明鏡先生を心配すればするほど、それは神の化身にたいする冒瀆《ぼうとく》になるんだからね！」

ゆりあの言葉に、西城が息を呑んだ。

そうきたか……。

明鏡は、心で舌を鳴らした。

全知全能の唯一神に不可能はないという自分の言葉が首を絞める結果になろうとは……。

邪悪な輩の動き――お見通しのはずがない。

本当は俗物に過ぎない自分を傷つけることくらい、そのへんの中学生にでもできる。

自らが作り上げた幻想と現実のギャップを、なんとか埋めなければならない。

「ゆりあ君。君の言うことは正しい。たしかに神の化身である私を傷つけることは何人《なんぴと》たりともできはしない。しかし、ときとして私は、人間《わがこ》の成長を促すためにわざと無力なふりをする。通り魔に刺された罪なき夫、変質者にレイプされて殺された少女、酒酔い運転の車に撥《は》ねられて死んだ妊婦……私がその気になれば、すべてを未然に防ぐこともできました。でも、私がそれをしないのは、真の意味の救いにならないことがわかっているからです。私は人間《わがこ》の成長のために、自分達の心で善悪を判断させる力をつけさせねばならないのです。神の力を以てすれば、一瞬で悪を滅ぼすことはできるでしょう。ですが、また、すぐに別の悪が生まれます。悪の芽を刈り取るのではなく、悪の芽が根付かない土壌にするためには、人間《わがこ》の意志で気づかせなければならないのです」

明鏡は言葉を切り、四人の顔を見渡した。

「神の愛は、ときに非情に見えることもあります。神の愛は、ときに背を向けなければならないこともあります。神の愛は、困った人間《わが子》にすぐに手を差し伸べずに見守り、彼らの足で正しい道を歩けるように導いてあげることです。だから私は今回の騒ぎも、あえて無力な存在として君達に託します。君達が自らの考えと行動で、『明光教』に火の粉がかからないようにするにはどうすればいいのかを各々の意見を出し合ってみなさい。あなた方の選択した道によっては、私は攻撃の的《まと》にさらされ傷つくかもしれませんが、甘んじて受け入れます。それが、我が子の成長のためになるのであれば、たとえ象の牙に攻撃されても傷つかない身体から、アリの牙によって血を流しても構いません。あなた方が致命的に道を踏み外さないように導きはしますが、私が答えを出すことはしません。さあ、我が子達よ。『明光教』に降り懸かる試練にどう立ち向かうのか、私に見せてください」

明鏡は鷹揚《おうよう》な態度でゆっくりと眼を閉じ、ゴッドスマイルを浮かべた。

さあ、役立たずどもっ、さっさと手立てを考えろ！

このままでは、俺がマスコミに叩かれるじゃないか！

マスコミに狙われたら、いままで立場に任せて若い女達の肉体を貪《むさぼ》り食っていた悪事が暴かれてしまう！

マスコミに狙われたら、でたらめのオンパレードを並べてカモどもに恐怖と不安を与えて金品を騙し取っていた悪事が暴かれてしまう！

マスコミに狙われたら、自分が神の化身でも全知全能でもない、ただの俗に塗《まみ》れた詐欺師だということが信徒達に……。

寛容な言動とは裏腹に、明鏡の胸内にはパニックの声が渦巻いていた。

「聞きましたか？　明鏡先生は俺達の魂の成長のために、全知全能のお力を使わないとおっしゃいました。ってことは、やっぱり俺が言っているように、火の粉が明鏡先生に飛び火しないように雨宮さんで止めなければなりません」

早速、西城が口火を切った。

「で、でも、西城君、メシアは明日、被害者の会やマスコミとお会いになると約束しちゃったんだよ？」

遠慮がちに、太田が口を挟んだ。

太田は年齢的にも幹部信徒としても先輩だが、西城を恐れている。

「約束しちゃったじゃねえんだよ！　この、チビデブハゲが！　俺が言ってるのは、そういうことじゃねえっ。雨宮さんの段階で火に油が注がれた状態になったから、明鏡先生に出て行って貰わねえとおさまりつかなくなったんだよ！」

「西城君。太田君を怒らないでくれ。悪いのは、この僕だ。身に覚えのないこととはいえ、今回の騒ぎで明鏡先生に迷惑をかけたのは事実だ」

雨宮が、熱《いき》り立つ西城を制した。

迷惑をかけたで済む話だと思っているのか!?

本当に悪いと思っているなら、濡れ衣だろうがなんだろうがお前が罪を被《かぶ》って騒ぎを鎮火しろ！

瞑想《めいそう》をしているふうを装いながら明鏡は、心で雨宮を罵倒した。

「だったら、どう責任を取るんです？　明日、明鏡先生は悪魔の手先につるし上げられるんですよ!?」

西城が、怒りの矛先《ほこさき》を雨宮に向けた。

そうだ！　もっと言ってやれ！　人を巻き込んでいながら落ち着き払っている雨宮の責任を徹底的に追及してやれ！

明鏡は、心で西城を叱咤《しった》激励した。

「西城君、気持ちはわかるけど、雨宮さんの責任を追及するのも違うと思うわ」

ゆりあが、西城を窘《たしな》めた。

なぜ庇う？　もしかして、雨宮のことが好きなのか？

いや、もしかして……自分の知らないところで、男女の関係になっているのか？

自分は、雨宮を買い被り過ぎていたのかもしれない。

たしかに雨宮は優秀で、幹部信徒の中でも能力が図抜けていた。

だが、自分への忠誠度に関してはどうだろうか？

太田はさておき、西城やゆりあ以上に自分に忠誠を誓っていると言い切れるのか？

雨宮が謀反を企《くわだ》てているとしたら、頭が切れるぶん厄介なことになる。

今回の騒ぎも、グルかもしれない。

女子高生も被害者の会もマスコミも、雨宮が陰で操っているとしたら……雨宮の自作自演だとしたら……。

際限なく広がる妄想が、明鏡を疑心暗鬼にさせた。

「疑いをかけられた時点で雨宮さんの責任だっていうのが、ゆりあさんにはわからないんですか!?」

西城は一貫して、強気の姿勢を崩さなかった。

雨宮とは対照的に、西城のことは低く見過ぎていたようだ。

「明光教」が窮地に陥ってからの西城の忠誠心は、目を見張るものがあった。

単純でまっすぐの気性の西城なら、ナンバー2の位置にいてもクーデターを起こされる心配はなかった。

もちろん、雨宮が被害者の会やマスコミと繋《つな》がっているという確証があるわけではない。

疑わしきは罰せず……ではなく、疑わしきは罰するだ。

雨宮が疑いをかけられたせいで、自分は明日、ハイエナどもの攻撃にさらされてしまうことになった事実は消えないのだ。

その意味でも、雨宮の犯した罪は大きい。

今回の騒動は、虎の子が大きくなる前に処分しろという神のお告げに違いない。

「わかった。明日は、明鏡先生ではなくもう一度僕が彼らと会って誤解を解いてくる。明鏡先生、僕に任せて頂けますでしょうか？」

雨宮が、西城から自分に視線を移した。

任せたいのは山々だが、自分が出て行かずに雨宮だけを出席させれば彼らの怒りの炎に油を注ぐようなものだ。

「私はどうするべきかわかっていますが、あえて君達に訊きます。雨宮君の申し出を、どうするべきだと思いますか？」

明鏡は悠然とした口調で言うと、ゆりあ、太田、西城に顔を向けた。

「私は、もう一度、雨宮さんに任せたほうがいいと思います。いくら彼らが俗に塗れた人間であっても、真実を話せば伝わるはずです」

ゆりあが信頼に満ちた眼で雨宮をみつめながら言った。

「ぼ、僕も、雨宮さんに任せたほうが……」

「チビデブハゲは黙ってろ！」

西城に罵声で遮られた太田が眼をきつく閉じ、恥辱に顔を赤らめた。

「俺は、反対の意見です。明日は明鏡先生と一緒に被害者の会やマスコミと会って、雨宮さんは責任を取るべきだと思います」

西城の言葉に、雨宮の眉尻が吊り上がった。

「ほう、どういう責任ですか？」

明鏡は、西城を促した。

すべてをお見通しの振りをしているが、西城の言う責任がなんであるか皆目見当がつかなかった。

「雨宮さんは、今回の騒動の責任を取り『明光教』をやめるべきです」

のあっ！

明鏡は、心の叫びを呑み込み冷静な表情を保った。

「ちょっと、西城君、あなた、なに言ってんのよ!?　どうして、無実の雨宮さんが『明光教』をやめなきゃならないのよ!?」

ゆりあが血相を変えて、西城に食ってかかってきた。

「君は、自分でなにを言ってるのかわかっているのか？　僕が責任を取って『明光教』をやめるということは、罪を認めたことになる。そうなれば、明鏡先生に迷惑をかけることになるのがわからないのか？」

雨宮が冷え冷えとした眼で西城を見据え、怒りを押し殺した声で言った。

まったくだ。

幹部信徒が未成年へのレイプを認めて教団をやめたら、「明光教」はワイドショーや週刊誌の餌食《えじき》になり、教祖である自分は魔女裁判のように吊るし上げられ抹殺されるに違いない。

見直しかけていたが、やっぱり西城は脳みそまで筋肉でできた単細胞の霊長類だ。

「私には君の考えはわかっているが、そんなことをしたら『明光教』が窮地に追い込まれるというふうに彼らが思うのも無理はない。どういうことか、二人に説明してあげなさい」

西城を怒鳴りつけたい衝動を堪《こら》え、明鏡は泰然自若として促した。

万に一つの奇跡を信じて……西城が単純馬鹿な霊長類ではないという僅《わず》かな可能性に賭《か》けて。

明日のことを考えただけで、生きた心地がしなかった。

明鏡は、切に思った。

自分が、正真正銘の神の化身ならどんなによかっただろうか……と。

半那の章　内紛

出家した女性信徒の部屋がある二階フロアのトイレ——四つある個室の最奥の便座に腰を下ろした半那は、スマートフォンを操作した。

今日は、「明光教」の幹部が未成年淫行の罪に問われた話し合いが地下の会議室で行われ、教祖である明鏡も参加するということで、ほとんどの信徒は大広間で祈りを捧げている。

入信して間もない自分の姿が、二、三時間見えなくても気づく者はいない。

ディスプレイには、楕円《だえん》形のテーブルに座る男女が映し出されていた。

右側の席の手前から、太田、西城、空席、空席、ゆりあ、左側の席の手前から、被害者役の女性A、女性B、憂、被害者の会代表役の四方木が座っていた。

それぞれの椅子の背後には、警備部の信徒と被害者の会役とマスコミ役のエキストラが立っていた。

二つの空席は、主役二人のものだろう。

半那のスマートフォンに転送されている映像は、ピンホールカメラを眼鏡に仕込んで盗撮しているネットライター役のカルロから送られてきたものだ。

——あなたは、会議室の全体が写るようなポジションにいてちょうだい。

半那の電話での指示通り、カルロは室内の全体を見渡せる壁際に立っているようだ。

『約束の時間を、もう十分も過ぎてます。明鏡さんも雨宮さんも、被害者を待たせるなんて、反省の色が見えませんね』

四方木が、皮肉っぽい口調で言った。

『明鏡先生は、まもなくお越しになります。それに、雨宮さんが罪を犯したと決まったわけではないので、そういう言いかたはやめて貰えますか？　あなた達、侮辱罪にあたりますよ』

ゆりあが、ヘビでも見るような嫌悪の色を宿した瞳で四方木を見据え抗議した。

『侮辱罪？　神の僕《しもべ》を騙《かた》り女子高生に淫《みだ》らなことをした雨宮さんが、被害者を十分も待たせているのを注意しただけで、侮辱罪に当たるんですか？　それなら、家に土足で上がり込み勝手に冷蔵庫を漁《あさ》った男を叱るのも、万引きした女や下着泥棒に警察に突き出すぞと言うのも、ぜーんぶ侮辱罪なんですか？』

四方木が、生き生きとした顔でいちゃもんをつけ始めた。

どうやら、彼の粘着スイッチが入ってしまったようだ。

四方木の変質的な執拗さは、ヘビ以上だ。

『あなた、失礼じゃないですか！　そういう発言が、侮辱罪に当たると言ってるんですっ』

ゆりあが、目尻を吊り上げヒステリックに言った。

『あれぇ？「明光教」の役目は、神の教えを諭《さと》し広めることですよね？　あなたは、幹部信徒ですよね？　それなのに、証拠がないからといって、勇気を出して被害を訴える女性達の目の前で感情的に声を荒らげ、しかも、彼女達の代弁者である私を嘘吐き呼ばわりするんですか？　私を嘘吐き呼ばわりするということは、彼女達を嘘吐き呼ばわりしていることと同じです。神様って、俗物な私達人間と違って達観してるから、たとえ相手がどんな態度を取っても怒ったりしないんじゃないんですか？　入信したばかりの新人なら間違いはあるでしょうが、あなたは信徒の中でも神の化身である明鏡飛翔の最も近くにいる一人ですよね？』

四方木が、不用意に蹴《け》りを繰り出してきたキックボクサーの足を摑《つか》んだ柔術家のように、ゆりあを皮肉地獄に引き摺り込んだ。

『君、しっかりメモを取ってくれよ』

四方木が、カメラに顔を向けた——ライター役のカルロに命じた。

『怒ってなんかいません。叱っているんです。あなたは神というものを勘違いしているようですから、教えてあげます。神は、人間を正しい道へと導くためにときには厳しく接することもあるんです』

ゆりあが、必死に冷静さを取り戻そうとしているのがディスプレイ越しにも伝わってきた。

「明光教」唯一の女性幹部信徒といっても、そこらのヒステリックな女となにも変わらない。

教祖の明鏡がペテン師なので、それも無理はない。

『わかりました。つまりあなたは、「明光教」の実質的ナンバー2の幹部信徒がセミナーに参加した十代の少女に性的暴行を加えたのも、人間を正しい道に導くためにやったと言いたいわけですね？』

四方木が揚げ足を取り、ゆりあに詰め寄った。

味方ながら、虫唾《むしず》が走る男だ。

『誰がそんなことを……』

ゆりあの言葉を、ドアの開閉音が遮った。

濃紺のスーツを着た雨宮に続き、紫のスーツ姿の明鏡が現れた。

明鏡をはじめとして幹部信徒全員が作務衣を着ていないのは、マスコミ対策に違いない。「明光教」は怪しげなカルト教団ではないというイメージを世間に広めたいのだろう。

『そのままで』

慌てて席を立とうとする幹部信徒達を制しながら、明鏡が四方木達と向き合った。

『お待たせして申し訳ございません。「明光教」教祖の明鏡飛翔です。今回の騒動に関して、皆様に納得の行く説明ができますように天啓を受けておりました』

明鏡が物静かな口調で切り出した。

『天啓を受けるって、神の声を聞くとか神のお告げを受けるという意味ですよね？　明鏡さんは自らを神の化身と公言しています。おかしくないですか？　だって、あなたが神自身なのに、どうして神からお告げを受けなければならないんですか？』

四方木が早速揚げ足を取り、皮肉を浴びせた。

『私が代わりにお答えしましょう』

雨宮が、横から口を挟んだ。

『淫行幹部さんには、あとでたっぷりとお話しして貰いますので』

四方木の侮辱的な言葉に、雨宮の眉尻が微かに吊り上がった。

『あの……僕、思うんですけど、は、犯人と決まったわけでもないのに、そ、その言いかたは雨宮さんに失礼なんじゃないですか？』

太田が、怖々《こわごわ》と四方木を非難した。

『間違って幹部信徒になった人は黙っててください』

太田に眼もくれずに、四方木が加虐的な口調で一蹴《いっしゅう》した。

『あなたは、被害者の会の会長ですよね？』

雨宮が冷え冷えとした眼を四方木に向けた。

『そうですが、それがなにか？』

『初対面の人間を冒瀆するようなあなたに、被害者の代弁をする資格があるんですか？

尤《もっと》も、私は潔白なので彼女達は被害者でもありませんがね』

『ひどい！　私にあんなことをしたくせに……いまの言葉、取り消してくださいっ』

憂が、怒りと哀しみに震える声で言いながら涙目で雨宮を睨みつけた。

『私をレイプしたじゃないですか！』

『騙して私にエロいこと一杯したくせに……謝ってください！』

被害者役女性Aと女性Bが憂に続き雨宮を非難した。

『君達は、若い女性というだけでなにを言っても許されるとでも……』

『雨宮君。とりあえず、座りましょう』

事が大きくなるのを危惧したのだろう、雨宮を窘《たしな》めた明鏡が席に着いた。

『まず、会長さんのご質問にお答えします。私は公言している通りに神の化身です。私にとっての天啓を受けるとは、つまり自問自答ということです。皆さんも、大事な物事を考えているときに自問自答することがあるでしょう？』

明鏡が、柔和な表情で優しく諭した。

『と、神の化身様が言ってますが、記者さんのほうから質問はありませんか？』

四方木が、明鏡の言葉をおちょくりながらライター役のカルロ達を促した。

『では、早速お訊ねしますが、明鏡さんが神の化身であるなら、雨宮さんがシロかクロかわかりますよね？　雨宮さんは罪を犯したんですか？　それとも濡れ衣ですか？』

質問したライターは、カルロの声だった。

『あなた方人間は、すべてにレッテルを貼りたがります。善か悪か？　愛情か憎悪か？　正しいか誤りか？　得か損か？　しかし、なにを以てそれを善とするか悪とするか？　たとえば、感染症に罹《かか》ったウサギを安楽死させることを感染を防ぐために最善の判断だと言う人もいれば、命を奪うのは許される行為ではないと言う人もいます。人間は、私の言うことが正しく、あなたは間違っているという。では、どっちが正しくてどっちが間違ってるのか？　答えは、どっちも善でありどっちも悪です。時代や国によって、善と悪の定義はころころと変わります。シンガポールでは、大麻を五百グラム以上所持、密輸したら死刑になります。日本では、若者が煙草感覚で大麻を吸っていますが、初犯であれば執行猶予がついて実刑にさえなりません。これは、なにを意味しているのか？　善と悪の定義は人間が作っているということなのです。つまり……』

『つまり、なにが言いたいんですか？　明鏡さん、話を逸《そ》らさないで答えてください。雨宮さんは、女子高生に猥褻《わいせつ》行為をしたんですか？　それとも、彼女達が嘘を吐いているんですか？』

カルロが、明鏡の戯言《ざれごと》を断ち切り詰め寄った。

『記者さんは、私の言葉の意味を理解して頂けてないようですね？　神の見地では、雨宮君も彼女達も嘘を吐いていません。双方とも、それぞれの真実を語っているのです』

やはり、予想した通り明鏡は保身に回っている。

雨宮が猥褻《わいせつ》行為をしたと認めるわけにはいかないし、かといって被害を訴える少女達を嘘吐き呼ばわりしたらマスコミに袋叩きにあってしまう。

明鏡の立場からすれば、どっちを悪者にするわけにもいかないのだ。

だが、逃しはしない。

ハイエナの群れに囲まれたシマウマのように、皮膚を裂き、内臓を引き摺り出し、骨を咬《か》み砕いてやるつもりだった。

『明鏡さんのほうこそ、僕の言ったこと聞いてましたか？　僕は神様の見地とやらを聞いているんじゃありません。雨宮さんが女子高生に猥褻行為をしたかしていないか、明鏡先生はどっちだと思っているのかを端的に答えてください』

カルロが、呆《あき》れた声で詰め寄った。

もちろん、カルロも四方木も憂も明鏡がのらりくらりと躱《かわ》して事件をうやむやにして逃げ切ろうと考えていることは想定済みだ。

――明鏡は、詭弁《きべん》を使って乗り切ろうとするはずよ。いい？　今回の任務は雨宮を犯人に仕立て上げることじゃなくて、「明光教」を内部崩壊させることよ。だから、議論の勝ち負けでなくて、いかに大騒ぎにするかを優先してちょうだい。


半那の意図を、三人は十分に理解していた。

宗教団体を壊滅させるには、ホテルと芸能人と同じ……噂は、刃物や銃弾よりも威力を発揮する。

ホテルや芸能人と違うのは、噂を広めるのはマスコミにではなく信徒にということだ。

『君、私への侮辱はまだしも明鏡先生への侮辱は許せません。訊きたいことがあるなら私がすべてお答えしますので』

雨宮がカルロを見据え、押し殺した声で言った。

『淫行をした本人に訊いてもしようがないでしょう。変態ロリコン幹部さんは口を出さないで貰えますか？』

四方木が、クスクスと笑いつつ小馬鹿にしたように言った。

『なんだと!? 私は彼女達に淫らな行為はしてないと言ってるでしょう!』

雨宮が、珍しく気色《けしき》ばんだ。

『あんた、いい加減にしろよ!』

西城がテーブルに掌《てのひら》を叩きつけ、初めて口を開いた。

『西城君っ、その言葉遣いはなに!? 雨宮さんは信徒歴でも年齢でもあなたより先輩よ!』

ゆりあが、厳しい口調で西城を窘《たしな》めた。

『明鏡先生にこれだけ迷惑をかけてるのに、先輩もなにもねえだろ! 雨宮さん! 彼女達は、あんたにレイプされたって被害を訴えにきてるんだよっ。あんたがいくらやってないって言っても証拠がないんだから、騒ぎは収まらないだろうが!? だから、明鏡先生まで巻き込む大事になったんじゃねえのか!? やっていないの一点張りじゃなくて、この人達が納得するような説明をするべきだろう!?』

西城が、掌でテーブルを叩きながら雨宮にダメ出しした。

思ったより、西城は使える男だった。

彼の言動を見聞きしていると、心の奥底で雨宮にたいしての鬱憤《うっぷん》が溜まっていたことが窺《うかが》える。

半那の申し出は、西城にとって渡りに船だったのかもしれない。

『そうですよ。彼の言う通りです。やってないというのなら、証拠を見せてくださいよ、証拠を！』

カルロが、ここぞとばかりに雨宮に畳みかけた。

『お言葉ですが、そちらには私にレイプされたという証拠はあるんですか？』

雨宮が冷静さを取り戻し、視線を四方木に移した。

この状況で、逆に証拠を要求するとは雨宮は相当に肚が据わった男だ。

『みなさん、聞きましたか!?　雨宮さんは、十七の少女やほかの女性にたいしてレイプされた証拠はあるのかと訊ねてきましたっ。自分の精子が陰部に残っているという証拠を出せ……つまりは、そういうことを言ってるんですか!?』

四方木が、偽記者達を見渡しながら言うと雨宮に質問を返した。

偽記者にたいしてではなく、明鏡達の背後にいる警備部の信徒……そして西城に聞かせるのが四方木の狙いだ。

『そちらが私をレイプ犯だというのなら、それを証明して貰うしかないでしょうね』

雨宮は、臆することなく即答した。

『雨宮さん。彼女達がレイプされたと訴えているのは、山梨セミナー合宿のときです。何ヶ月も前の精子が残っていないことくらい、わかりますよね？』

カルロが、雨宮に確認を入れるように訊ねた。

『もちろんです。だから、本当にレイプされたのなら、合宿後にすぐに産婦人科に行くべきでしたね』

雨宮が、淡々とした口調で言った。

『だって、コンドームをつけたじゃないですか！』

憂が、羞恥《しゅうち》と怒りで紅潮した顔で雨宮を指差し叫んだ。

――雨宮は必ず、陰部に自分の精子の残滓《ざんし》があるかどうかを争点にしてくるわ。

憂へ指示する自分の声が、半那の脳内に蘇った。

『君は、恐ろしい女の子だね。誰に指示された？』

雨宮が、冷眼を憂に向けて訊ねた。

『え!?　指示なんてされていません……どうして、私が嘘を吐いているみたいに言うんですか!?　私は、真実を言ってるんです！』

憂が涙声で訴えた。

『おじさんっ、あたしらを襲ってエロいことしたじゃん！』

『精子がどうのこうのって、なにそれ!?　認めてよ！　私達をレイプしたって！』

被害者役の女性Aと女性Bが、憂に続いて熱演した。

警備部の信徒達の顔に、困惑の色が浮かんだのを半那は見逃さなかった。

西城は顔を紅潮させ、雨宮を鷹のように鋭い眼で睨みつけていた。

警備部の信徒は、雨宮よりも部長である西城に心酔している。

「明光教」を内部崩壊に導けるかどうかは、警備部の信徒を切り崩せるかどうかにかかっている。

西城と雨宮を対立させれば、それも不可能ではない。

『ほらっ、見てみろよ!?　あんた、騒ぎを大きくしてばかりじゃねえか！』

西城が、熱《いき》り立つ憂達を指差しながら雨宮を責め立てた。

『君が心の中で僕を快《こころよ》く思っていないことは薄々感じていたが、こういうやりかたで蹴落とそうとするのは感心しない。君は僕が「明光教」を窮地に陥れているようなことを言ってるが、それは違う。西城君のその弱腰な言動が、明鏡先生の顔に泥を塗ることになるのがわからないのか？』

雨宮が、厳しい眼で西城を見据えた。

『はぁ!?　弱腰だと!?　俺が明鏡先生の顔に泥を塗るって、どういうことだよ!?』

西城が気色ばみ雨宮に食ってかかった。

『わからないのか？　僕らが仲間割れすれば彼らの思う壺だ。そうですよね？』

雨宮が、西城から視線を四方木に移した。

さすがは雨宮だ。

もう既《すで》に、今回の騒ぎの目的を見抜いていた。

『ブラボーブラボーブラボー。雨宮さん、あなたは話を逸《そ》らす天才ですね』

四方木が、拍手をしながら雨宮を小馬鹿にした。

『西城さんを巻き込んで本質の問題をすり替えるのはやめてください。後ろの信徒さん達も、よく聞いてください。今回、私達が抗議にきた目的は、彼女達をレイプし卑猥な行為を強要した雨宮さんの責任を問うことであって、西城さんは無関係です。むしろ、西城さんもあなた方信徒さんも被害者と言えます。せっかく真面目に修行しているのに、雨宮さんの卑劣な性犯罪によってマスコミ沙汰になっているわけですから。このままだと、裁判にまで発展するでしょうね。そうなると、「明光教」全体が叩かれます。薄汚い欲望で十代の少女を手にかけた雨宮さんと、日々、ひたすら修行に励むあなた方が同じ罪人として連日マスコミや世論から非難されるのです。そうならないように、西城さんは雨宮さんに責任ある態度で被害者と向き合ってほしいと言っているのです』

四方木の言葉に、西城と警備部の信徒達が頷《うなず》いていた。

対照的に雨宮の表情はみるみる険しくなった。

明鏡は、泰然自若と眼を閉じていた。

内心動揺しているに違いないが、神の化身を演じている以上、慌てふためく姿を見せるわけにはいかないのだろう。

――西城と信徒を取り込んで、雨宮を孤立させるのよ。

半那の指示通り、四方木は西城と警備部の信徒達の心を摑《つか》みかけていた。

――雨宮の次は、明鏡よ。片翼を捥《も》ぎ取られた鳥を撃ち落とすのは、そう難しいことではないわ。「明光教」の精神的支柱であり明鏡飛翔の片腕的存在の雨宮が、レイプ犯としての責《せめ》を負い失脚すれば、信徒達の信仰も揺らぐはずよ。

半那は、作戦会議での自らの発言を思い起こした。

「気を抜かないで。ここからが勝負よ」

ディスプレイ越しに、半那は四方木に活《かっ》を入れた。

唐突に、雨宮が立ち上がった。

『みんな、騙されちゃだめです。彼らは、僕に濡れ衣を着せて「明光教」を分裂させるのが狙いなんだ。西城君は、彼らの企《たくら》みにまんまと乗せられて……』

『君には、「明光教」を退会して貰います』

明鏡が眼を開け、唐突に雨宮に告げた。

『えっ……』

雨宮が絶句し、表情を失った。

四方木、カルロ、西城、ゆりあ、太田、警備部の信徒達も驚愕《きょうがく》していた。

予期せぬ展開――絶句したのは、半那も同じだった。

明鏡の章　反転

明鏡の言葉に、会議室の空気が凍《い》てついた。

被害者の会会長の須藤も、記者達も、西城、ゆりあ、太田の幹部信徒も警備部の信徒も、言葉を失っていた。

無理もない。

全信徒の中で最も尊敬され、最も頭が切れ、明鏡に次ぐナンバー2の片腕中の片腕の雨宮に退会を命じたのだから。

当の雨宮は、無表情だった。

「いま……なんて言ったんですか？」

須藤が、明らかに動揺した声で訊ねてきた。

「雨宮君に、『明光教』を退会して貰うと言ったのです」

明鏡は、必死に平常心を掻《か》き集めた。

動転しているのは、自分も同じだ。

最初は、すぐに収まる騒ぎだと思っていた。

違った。

明鏡が思っている以上に、事態は深刻だった。

自分と雨宮が出て行けば、味噌糞に非難されても最終的にはなんとかなると高を括《くく》っていた。

だが、事態は収束するどころか火に油をそそぐ結果となった。

神の化身でもなんでもない生身の人間の自分には、いまだに、雨宮がシロかクロかの判断がつかなかった。

わかっているのは、雨宮がシロでもそれを明確に証明できないかぎり火種は消えないということだ。

西城の言う通り、雨宮を庇《かば》えば庇うほど火力は増し、下手をすれば「明光教」に飛び火してしまう。

「そんな言葉、信じられませんねぇ。退会させるとか言っても、裏ではどうだかわからないじゃないですか？　ねえ、みなさん」

須藤が粘《ねば》っこい視線で明鏡を見据え、皮肉っぽい言い回しで記者と被害者の会の会員に同意を求めた。

厄介な男だった。

須藤という男は、靴底に貼りつくガムのように……悪臭にたかるコバエのように執拗《しつよう》だった。

「私は嘘は吐きませんが、どのようにしたら信じて頂けますか？」

明鏡は、物静かな口調で須藤に訊ねた。

この男を刺激してはならない。

「あれあれあれぇ、明鏡先生は、神の化身なのに創造物であるちっぽけな人間の私の心も読めないんですかぁ？」

須藤の挑発的な言動に、明鏡の血液が沸騰《ふっとう》した。

激憤と羞恥《しゅうち》から意識を逸らすために、明鏡は入信したばかりのあゆみの日本人離れしたモデルさながらの肢体と、二十四時間みつめ続けても飽きることのない美し過ぎる顔を思い浮かべた。

頭に昇るはずの血液が下半身に流れ込み、ブリーフの中でペニスが自己主張した。

こんなことがなければ今夜あたり、自我滅失の業を理由にあゆみを天上の間に呼び出し、極上のボディを堪能《たんのう》するはずだった。

天国を地獄にした雨宮の罪は大きい。

「おいっ、てめえ！　メシアを冒瀆《ぼうとく》するんじゃねえ！」

西城が、ごつい拳をテーブルに叩きつけた。

馬鹿！　刺激するんじゃないっ。根に持たれたらどうする！

心で、西城を叱責《しっせき》した。

「明鏡先生は、すべてをわかった上で、愚かな私達人間の魂の成長を促すために敢えて、知らないふりをして訊ねていらっしゃるのよ！　その明鏡先生の慈悲が、あなたにはわからないの!?」

ゆりあが、髪を振り乱し須藤を指差し非難した。

馬鹿！　そんなふうに見下すと、逆襲されてしまうだろ！

心で、ゆりあを叱責した。

「そ、そうですよ！　め、明鏡先生は、ゆ、唯一無視の司教神ですよ！」

太田が、しどろもどろになりながらも西城とゆりあに続いた。

「それって、唯一無視じゃなくて唯一無二、司教神じゃなく至高神でしょう？」

壁際に立っている彫り深い顔立ちをしているハーフ記者が、太田にツッコミを入れた。

明鏡は、心でため息を吐いた。

やはり太田は、怒る気にもなれない救いようのない馬鹿だ。

「みんな、そういう言いかたはいけませんよ。須藤さんは、幼子《おさなご》が母親にそうするように素朴な疑問をぶつけているだけです」

明鏡は、場を取りなすように言った。

「それは失礼しました。明鏡先生が、私達の魂の成長を促すために、知っているのに敢えて質問してくれたんですね？」

相変わらず皮肉っぽい須藤の物言いを受け流し、明鏡は寛容な微笑みを湛《たた》えて頷《うなず》いた。

「どうしたら、明鏡先生が雨宮さんを『明光教』から退会させるということを信用するのか？ というご質問でしたよね？」

ふたたび、明鏡は頷いた。

この男は揚げ足取りの名人だ。余計なことは言わないにかぎる。

「でも、私は魂の成長よりも下種《げす》な好奇心のほうが勝ってしまうんですよねぇ。こんな出来の悪い息子のために、一つだけわがままを聞いて頂けますか？」

「なんでしょう？」

嫌な予感に苛《さいな》まれながら、明鏡は促した。

下手に断り、これ以上、絡《から》まれるのはごめんだった。

「少し、待ってください」

須藤は言うと、メモを取り出しなにかを書き始めた。

「いま、このメモに私の好きな動物の名前を書きました。当てて貰ってもいいですか？　明鏡先生は神の化身だから、簡単なことですよね？　それとも、これも私の魂の成長の妨《さまた》げになりますか？」

人を食ったような顔で、須藤が言った。

なんという男だ……。

左心室から吐き出された大量の血液が、物凄い勢いで体内を流れた。

まずい……まず過ぎる。

須藤の好きな動物など、わかるわけがない。

せめて三択ならマグレで当たる可能性もあったが、ヒントをくれとも言えない。

なにか、言い訳を考えなければ……。

焦燥感が、背筋を這い上がった。

「貴様っ、いい加減にしろ！　メシアを、馬鹿にしてるのか！　そんなの、わかるに決まってるだろうが！　だからといって、そんなナゾナゾみたいなクイズをメシアに出すなんて失礼にも程がある！」

気色《けしき》ばんだ西城が、須藤を一喝《いっかつ》した。

よし、これはいいぞ！　もっと、言ってやれ！

明鏡は、西城に心で都合のいいエールを送った。

「百メートル走の金メダリストに、素人相手なら間違いなく勝てますよね？　だったら、それを証明するために私と走って貰えますか？　と言っているようなものよ！　失礼過ぎるでしょう！」

ゆりあが、ベストなたとえで須藤に詰め寄った。

さすが、唯一の女性幹部！　よく言った！

明鏡は、心でゆりあを褒《ほ》め称《たた》えた。

「落ち着きなさい。苦言は自らの魂を成長させる天啓です。この人達の一言一句は、あなた方にとってなにものにも代えられない素晴らしい御言葉だということを」

明鏡は、心にもない言葉で西城とゆりあを諭《さと》した。

本当はもっと味噌糞に罵倒してほしかったが、彼らと対立するのは得策ではない。

ここは、神の化身らしく鷹揚《おうよう》な態度を見せながら須藤達を味方に引き込むのが最善の道だ。

人心掌握は、明鏡の得意分野だ。

「須藤さん。未熟な彼らを大目に見てあげてください。私のほうから、よく諭しておきますので。ところで、須藤さんの好きな動物を当てるというお話ですが、彼らの言うことにも一理あります。私は一向に構わないのですが、我が子達はそうはいきません。神の化身と崇《あが》める私が見世物にされているようで我慢ならないのでしょう」

「ほう、ならば明鏡先生は、私の申し出をお断りになるということなのですね？」

須藤の銀縁《ぎんぶち》眼鏡の奥の瞳が、加虐的な光を帯びた。

「私は構わないのですが、我が子達の心を考えるとそうなります」

胸腔で心臓が跳ね回っていたが、明鏡は不安をおくびにも出さずに泰然自若の表情で言った。

「記者さんに、クイズを出しまーす」

唐突に、須藤がおどけた口調で言った。

「全知全能で神様のはずの明鏡先生が、私が好きな動物を当てることを断りました。それは、なぜでしょう？　一、我が子につらい思いをさせないため、二、神の化身というのが嘘であることがバレてしまうため……さあ、どちらでしょうか？」

須藤が、歌うような浮き浮きとした口調でクイズを出した。

「はい」

壁際に立つハーフ記者が、真っ先に挙手した。

「色の浅黒い君、どうぞ」

須藤が、ハーフ記者を促した。

「二番です」

「ほう、どうしてですか？」

マッチポンプ——二人の、わざとらしいやり取りが始まった。

「簡単なことです。明鏡さんは須藤会長の好きな動物を当てることはできません。なぜなら、私達と変わらないただの平凡な人間だからです。答えを間違ってしまうと、自分を神の化身と信じ崇拝する信徒達の前で大恥をかいてしまいます。だから、須藤会長の申し出をどうしても受けるわけにはいかないのです」

ハーフ記者の発言にマスコミと被害者の会の会員がどよめき、信徒達の血相が変わった。

「ピンポーン！　ですか？　それとも、ピンポーン！　じゃありませんか？　私の好きな動物当てクイズをやらない理由は、彼が言うようにあなたが神の化身などではないことがバレてしまうからですか？　信徒の前で、大恥をかいてしまうからですか？」

須藤が、眼を三日月形に細め嬉々《きき》とした表情で質問の波状攻撃を浴びせてきた。

「残念ながら、外れです。私は、唯一無二の神の化身であり、あなた方の父であり、母であり、師であり、兄弟であり、友であり、すべての者です」

明鏡は、マザー・テレサがハンセン病患者に向けるような慈愛に満ちた瞳で須藤とハーフ記者を交互にみつめながら言った。

当たっていた。図星だった。

クイズに外れ、須藤に味噌糞に馬鹿にされ、神の化身ならなぜわからないのかと詰め寄られ、信徒の前で吊るし上げられてしまう。

敢えて答えを当てなかった理由をでっち上げるくらいは、お手の物だった。

並みの相手なら、舌先三寸で丸め込むことはわけないだろう。

だが、須藤は違う。

この男は、明鏡のどんな正当化やでたらめにたいしても揚げ足を取り、執拗に食らいついてくる。

だからといって、須藤の話術が自分と互角というわけではない。

語彙《ごい》も知識も頭の回転も、自分のほうが遥かに上だ。

ただし、須藤には尋常ではない執念深さと加虐嗜好《かぎゃくしこう》があった。

そう、須藤は、でたらめと出任せの芸術で人を欺《あざむ》き心を支配する人心掌握術のスペシャリストの自分と同じレベルの武器を持つ男……変態のスペシャリストだった。

かつて、これほどまでに自分を苦しめた人間はいない。

変態だからと、甘くみてはならない。

どんな分野でも、頂点を極めている男は一筋縄でいかない者ばかりだ。

だが、須藤がどんなに手強《てごわ》く厄介な存在であろうと、してやられるわけにはいかない。

自分は、正真正銘の神の化身……神郷宝仙《メシア》の遺伝子を継ぐ者なのだ。

たしかに、自分は神郷と違い平凡な人間だ。

神郷のように、人の過去も未来も視《み》えはしない。

神郷のように、大豆と水で生きてはゆけない。

神郷のように、排泄しないわけにはいかない。

神郷のように、睡眠を取らないわけにはいかない。

神郷のように、金銭欲と性欲を滅失させることはできない。

明鏡は、明日の自分がどうなっているかさえわからない。

明鏡は、たらふく肉を食い酒を呷《あお》る。

明鏡は、頻尿で日に二十回はトイレに行き、八時間は睡眠を取る。

明鏡は、金と女が好きで好きで堪《たま》らない。

自分は、俗に塗《まみ》れ欲に溺《おぼ》れた野卑な男だ。

神の化身どころか、普通の人間よりも遥かに低俗であるという自信があった。

それでも、自分は神郷宝仙の弟子だ――「神の郷」の準幹部以上で唯一の生き残りだ。

たかが十代少女の淫行問題で、神郷の遺志を潰《つい》えさせるわけにはいかない――突然、目の前に現れた変態に、明鏡の築いた楽園を崩壊させられるわけにはいかない。

もはや、少女達の訴えが真実か否かはどうでもよかった。

たとえ雨宮がシロであっても、濡れ衣を着せられた時点で……「明光教」を窮地に立たせるきっかけを作った時点で、幹部信徒失格だ。

雨宮には、己の蒔《ま》いた種を刈り取って貰わなければならない――雨宮を生贄《いけにえ》にすることで、燃え盛る炎を鎮火させなければならない。

「私はどんなに非難され、侮辱されようとも、あなた方にたいして怒りも失望も感じません。なぜなら、あなた方は私の分身だからです。あなた方の言動はすべて、私が魂の成長のためにさせていることです。つまり、私自身が私の意思で私の分身の肉体を通して私を責めているのです。だから、あなた方に不快感も嫌悪感も覚えるわけがないのです」

我ながら、秀逸なでたらめだ――催眠術と同じで、かかりやすいタイプとかかりにくいタイプがいるのはもちろん知っている。

端《はな》から須藤を始めとする被害者の会やマスコミなど眼中にない。

明鏡の言葉の一言一句に至るまで、信徒達に向けられていた。

「はいはい、わかりました。それで、私の好きな動物は？」

須藤が、明鏡の言葉を挑発的に受け流し質問を繰り返した。

煮えくり返る腸《はらわた》――激憤に吊り上がりそうな目尻を無理やり下げ、明鏡は須藤に微笑んで見せた。

挑発に乗ったら、須藤の思う壺だ。

なんとしてでも自分にクイズを答えさせ、恥をかかせるつもりなのだ。

「そうやってキリストやガンジーを気取って寛容な笑みを浮かべても、ごまかされませんよ。あなたに洗脳され正常な思考力を失っている信徒のみなさんは騙せても、私達のことは欺《あざむ》けませんから。私達に必要なのは魂の成長なんかではなく、謝罪と真実です。私達に必要なのは、雨宮さんが少女達に手を出したことを認め素直に詫《わ》びることと、明鏡先生がクイズに答えて心を読めると証明することです」

ヒステリックな中年女さながらの金切り声も、レンズ越しのサディスティックな眼も、鼻尖《びぜん》が上唇につきそうな鷲鼻《わしばな》も……須藤のすべてが癪《しゃく》に障った。

「てめえっ、マジにそのへんにしとけ！　メシアへの侮辱をこれ以上続けることは俺が許さねえ！」

「ひぃっ……」

ヤクザさながらの風貌で巻き舌を飛ばす西城と大袈裟に怯《おび》えてみせる須藤に、一斉にフラッシュが焚《た》かれた。

「私……いま……脅迫されてます……」

須藤が、撮ってくれ、と言わんばかりに記者達に下瞼《したまぶた》を痙攣《けいれん》させ奥歯をガタガタと鳴らしてみせた。

「てめえっ、へたな芝居を……」

「卑怯《ひきょう》じゃないですか！　記事になるように、わざと怖がるのはやめてください！」

さらに熱《いき》り立つ西城の怒りを、ゆりあの怒声が遮った。

待ち構えていたように、今度はフラッシュの嵐がゆりあを青白く染めた。

「いやいや……驚きましたね。ヤクザまがいの幹部にヒステリーを起こす女性幹部。『明光教』は、本当に救われない人を神の道へと導く宗教団体なんですかぁ!?」

須藤が、会議室中に響く大声で言った。

「あなたは、そうやって揚げ足を取って『明光教』がイメージダウンするように印象操作をしているだけでしょう!?」

「そうだっ。雨宮さんを糾弾するのはまだしも、メシアにたいしてさっきからその態度はなんだ！」

ゆりあと西城が、競い合うように須藤に食ってかかった。

「君達、いい加減にしなさい。そんな発言を、明鏡先生が望んでいると思うのか？　それに、君達の言葉であっても明鏡先生の印象が悪くなるのがわからないのか？」

それまで黙っていた雨宮が、ゆりあと西城にダメ出しした。

さすがは雨宮だ。

やはり、ほかの幹部信徒とは一味違う。

だが、その優秀さが明鏡にとっては鬱陶《うっとう》しく、また脅威になっていた。

脅威――雨宮に、「明光教」を乗っ取られてしまうのではないかと。

こういう騒ぎがなくても、いつの日か理由をつけて雨宮を追放する気だった。

明確な意思というよりも、無意識にそう思っていたというほうが正しい。

「明光教」がここまで大きくなったのは、間違いなく雨宮の貢献があったからだ。

最大の功労者を追い出そうと考えている自分がひどく卑小な人間に思えて、雨宮にたいしての恐怖心から眼を逸らしていた。

それでも潜在意識で、雨宮が問題を起こしてくれないかと願っている自分がいた。

そう、十代少女淫行騒ぎは、明鏡にとって渡りに船だった。

「騒ぎの張本人のあんたに、言われたくはねえよ!」

西城は謝るどころか、激しく雨宮に反発した。

この機に乗じて、どうあっても雨宮からナンバー2の座を奪うつもりなのだろう。

もっとも、西城の野心は明鏡には好都合だ。

「そうやって私に盾突《たてつ》くことが、彼らのつけ入る隙になると何度言えば……」

「もういいから、やめなさい。お見苦しいところを見せて、申し訳ありません」

明鏡は雨宮を遮り、須藤に顔を向けた。

「須藤さんのおっしゃりたいことは、わかります」

須藤への嫌悪感を柔和な仮面で隠し、明鏡は切り出した。

柔術家がボクサーを寝技に持ち込むように、話術の戦いに引き込めれば明鏡のものだ。

「で、私の好きな動物は？」

須藤が、明鏡を無視して質問を繰り返した。

「私にとって、あなたのクイズの正解を口にすることは容易です。しかし、私がそれをしない理由は、答えを外してしまうかもしれないという恐れからではありません」

「で、私の好きな動物は？」

須藤が、質問を繰り返した。

神の化身を演じていなければ……自分の腕力に自信があれば、須藤の顔の判別がつかなくなるくらいに殴打してやりたかった。

「たしかに、答えればあなたは満足するでしょう。ですが、神の愛は我が子を満足させることだけではありません。魂の成長に必要であれば、ときには我が子の願いに背を向けることもあるのです。いまのあなたは、私にクイズの答えを言わせたいことに心が支配され、人を信じようとしていません。神の化身というのは嘘に違いない、嘘を暴いてやろう……私にたいして、疑いの気持ちで一杯になっています。私は神の化身ですし、須藤さんの好きな動物ももちろんわかっています。私が答えることによって須藤さんは満足するでしょうが、そうしないのは、あなたに人を思いやる気持ちを教えたいからです。わかって、頂けますよね？」

明鏡は気息奄々《きそくえんえん》の忍耐力を掻《か》き集め、優しく寛容な物言いで諭《さと》し聞かせた。

「なるほど……そういうことでしたか……」

須藤が、バツが悪そうに呟《つぶや》いた。

てこずったが、なんとか論破できた。

悪態を吐いていたので、すぐに素直に認めるわけにはいかないのだろう。

畳みかけるつもりはなかった。

須藤が態度を軟化させたからといって、焦《あせ》って攻略しようとするのは危険だ。

時速百五十キロの剛速球も、立て続けに投げれば打者の眼が慣れて打たれてしまう。

百三十キロ台のスローボールや変化球を織り交ぜることで、百五十キロが百六十キロにも思えてしまう。

緩急をつけるのは、なにも野球にかぎったことではない。

「ですが、信徒でもないあなた方にそれが理解しづらいということもわかります。ゆっくりで構いません。私の言葉を時間をかけて……」

「なーんて、言うわけないじゃないですかぁ～」

須藤が、馬鹿にしたような口調で言うと空気を劈《つんざ》くようなけたたましい声で笑った。

「ユーモアは必要ですが、茶化すのはあまり褒《ほ》められたことではありません」

明鏡は、喉もとまで込み上げた怒声を飲み込み穏やかな口調で言った。

神を演じるのも、楽ではない。

「それより、早く答えてくださいよ。私の好きな動物はなんですか？」

なっ……。

思わず、声に出そうになった。

なんという男だ……。

執拗だとはわかっていたが、ここまでの執念深さとは思わなかった。

気は進まないが、もう、奥の手を出すしかないようだ。

「あなたがクイズに答えてほしいと言ったのは、私が雨宮君を退会させるという言葉を信じられないという理由から始まったことですよね？」

明鏡は須藤に訊ねた。

「たしかにそうですが、それがなにか？」

須藤が怪訝《けげん》な顔で訊ね返してきた。

「雨宮君の退会を百パーセント信じられることを証明すれば、クイズはなしでいいですね？　先ほども申しましたように、私の役目はクイズを正解させてあなたの疑いを晴らすことではなく、思いやりの気持ちを教えることですから」

「雨宮さんが『明光教』を退会するということを百パーセント証明できるならば、いいでしょう。まあ、無理だとは思いますが……」

「雨宮君を、須藤さんに預けます」

「え……」

明鏡の言葉に、須藤が絶句した。

須藤だけではない。

ゆりあ、西城、太田が驚いた表情で明鏡を振り返った。

雨宮だけは、動揺したふうもなく物静かに眼を閉じていた。

驚異の精神力──圧倒的な帰依心。

雨宮は切り捨てるのが惜しいほどの、優秀な信徒だった。

だが、そんな雨宮だからこそ、敵に引き渡しても裏切る心配はない。

裏切るどころか、自分に捨てられたとは一ミリも疑わずに内通者として尽くしてくれるだろう。

「明鏡先生……それ、本気で言ってますか？」

我に返った須藤が、驚愕と懐疑が入り混じった瞳で明鏡に訊ねた。

「もちろんです。明日の夕方までに支度をさせて、須藤さんの指定する場所へ向かわせます。尋問するなり警察に突き出すなり、ご自由にどうぞ。いいですね？」

明鏡は毅然《きぜん》とした態度で呆気《あっけ》に取られる須藤に言い残し、雨宮に顔を向けた。

雨宮が明鏡の瞳をみつめ、ゆっくりと頷《うなず》いた。

飼い犬が飼い主をみつめる一片の疑いもない信じ切った瞳――明鏡は、ゴッドスマイルを浮かべて大きく頷き返した。

半那の章　不動

「あの野郎、雨宮をカマキリジジイに預けるっつーのは本気かな？」

歌舞伎町の雑居ビル――「リベンジカンパニー」の応接室の長ソファに座ったカルロが、スマートフォンのディスプレイをみつめながら独り言のように言った。

「半分ブラジル君、その言いかたはやめてくださいっ。それに私は、まだ五十七歳です。ジジイと言われるような歳ではありません」

カルロの隣に座った四方木が、憮然《ぶぜん》とした表情で言った。

――雨宮君に、「明光教」を退会して貰おうと言ったのです。

「明光教」の本部ビルの二階フロアのトイレの個室――便座に座り会議室の様子が転送さ

れたスマートフォンを見ていた半那は、明鏡の言葉に思わず声を上げそうになった。

――雨宮君を、須藤さんに預けます。

驚きは、さらに続いた。

事もあろうに、明鏡は教団ナンバー2の雨宮を被害者の会の会長を演じる須藤に預けると言い出したのだ。

神の化身なら自分の好きな動物を当てられるだろうと執拗《しつよう》に迫る四方木の気を逸《そ》らすために、出任せを言ったと思っていた。

――夕方までに支度をさせて、須藤さんの指定する場所へ向かわせます。尋問するなり警察に突き出すなり、ご自由にどうぞ。いいですね。

ハッタリではなく、明鏡は本気だった。

「五十七歳なんて、ジジイだろうが!?」

「スマートフォンに盗み撮りした雨宮さんを見て勃起してる変態に、言われたくありませんね」

四方木が指摘した通り、カルロが手にするスマートフォンのディスプレイには会議室での雨宮が映っていた。

「誰が変態だ！　こんなかっこいい男を見て興奮するのは正常だろうが!?　明鏡の詐欺野郎に比べて、雨宮の男らしい潔《いさぎよ》さ……たまんねえよ！」

カルロが叫び、膨らむデニムの股間を擦った。

「私は、あの落ち着き払った雨宮さんを恐怖に怯《おび》えさせ、失禁させて命乞いさせたいですね。なんでもしますから許してください、ってね。そしたら、私は彼に命じます。全裸になってショッキングピンクのハイレグビキニを着て表参道のカフェでお茶をして、それからセーラー服姿で実家に帰れば許してやってもいいってね」

四方木が、牛乳瓶底の丸眼鏡の奥の目尻を下げ、頬肉をだらしなく弛緩《しかん》させた。

彼の股間も膨らんでいた。

「マジに、あんたら軽蔑するわ」

競うように勃起する二人の変態に、半那の隣に座る憂がゴキブリとムカデを見るような眼を向けていた。

「でも、社長、どうすんの？　雨宮を預かるの明日でしょ？　レイプは嘘だから警察に突き出せないし、被害者の会も嘘だからすぐにバレちゃうよ？」

憂が、半那に不安げな顔で訊ねた。

「ここに泊めればいいじゃねえか？　なんなら、逃げねえように俺が一緒に泊まってやってもいいぜ？」

カルロがニヤついた。

「半分ブラジル君、君は、雨宮さんを後ろから責めたいだけでしょう？」

四方木が、卑《いや》しく笑いながら言った。

「ああ、雨宮のケツの穴にぶち込みてえよ！　それが、悪いか!?」

カルロが開き直った。

「私は彼が寝ている隙におでこにおまんこマークのタトゥーを……」

「二人とも、いい加減にしなさい。憂が言ったように、事務所に呼んだらバレるでしょう？　私達が復讐代行屋だとわかったら、これまでの苦労が水泡と帰すのよ？」

「でも、どうするんだよ？　いまから、被害者の会を作るのか？」

カルロが、相変わらず股間を弄《いじ》りながら訊ねてきた。

「馬鹿ね。間に合うわけないいじゃない。とりあえず、神泉《しんせん》の部屋に連れて行ってちょうだい」

半那は、四方木に命じた。

「リベンジカンパニー」では、渋谷区神泉のワンルームマンションの三階の二号室と三号室、地下の三部屋を他人名義で借りていた。

ターゲットを嵌《は》めるために借りた部屋は三号室で、そのときのシナリオに沿ったシチュエーションの内装に模様替えしている。

立場ある官僚や大学教授にハニートラップを仕掛ける際は一人暮らしの女子の部屋に、ヤクザを演じているときには組事務所に。

「神泉の事務所で、雨宮の髪の毛を剃ってキティちゃんのタトゥーでも彫るんですか？」

四方木が、瞳を輝かせた。

「そんなわけないでしょ」

「じゃあ、ミッキー……」

「だから、そんなことしてなにになるのよ！　今回の任務は『明光教』を壊滅させ明鏡飛翔を破滅させることであって、雨宮を辱《はずかし》めるのが目的じゃないのよ!?　公私混同するのはやめてちょうだい！」

思わず、語気が強くなってしまった。

四方木が、驚いた表情になった。

彼の変態的言動は、いまに始まったことではない。

だが、今回の任務だけは……。

――それでこそ……あなた……は性欲の強い……交尾狂いの……雌《めす》ウサギです。羞恥心が崩壊する音が……聞こえます。自尊心が燃え尽きる音が……聞こえます。あなたは浄化され……珠玉《しゅぎょく》の魂を手に入れることが……できます。メシアも……お喜びになります。

——ああ～メシア～っ！　メシア……ああっーっ！　メシアぁー！　ああっ、いい……あん……もっと……もっとちょうだいぃ！

「神の郷」の中野支部長……黒木に、いわゆる駅弁スタイルで抱え上げられよがり狂う母の姿が脳裏にフラッシュバックした。

「すみませんでした……アンネちゃんの日に、イラつかせるようなことを言ってしまって」

神妙な顔で七三分けの頭を下げる四方木に浴びせようとした怒声を、半那は寸前のところで堪《こら》えた。

いまは、四方木を相手にしている暇はない。

「被害者の会の臨時事務所ということにすれば、デスク二、三脚とパソコンにソファがあれば済むでしょう。ソファとパソコンは、この前の任務のときに使ったのがあるわ。デスクや備品を揃えるだけだから。カルロは、ミーティングが終わり次第セッティングをしてちょうだい」

「社長は、どうする気なの？　明鏡は雨宮を切り捨てたんだからさ、人質にもならないんじゃないの？」

憂が率直に疑問をぶつけてきた。

「人質にする気なんてないわ」

「え!?」

憂が、驚きに眼を見開いた。

驚いたのは、四方木もカルロも同じだった。

「人質にする気ねえなら、なんで雨宮を預かるんだよ？」

カルロが訝《いぶか》しく思うのも尤《もっと》もだった。

「味方に引き入れるためよ」

半那は、涼しい顔で言った。

「味方!?　雨宮は、忠犬ハチ公みてえに明鏡に忠誠を尽くしてる男だぜ!?　裏切るわけねえだろ!?」

カルロが、呆れた表情で言った。

「知能とモラルが低くて理性も教養もない下品で下劣で野蛮で野卑な半分ブラジル君には軽蔑と嫌悪しかないですけど、今回ばかりは同じ意見です。雨宮は、明鏡に切り捨てられたのに顔色一つ変えないで従っていたでしょう？　彼が明鏡を見る眼は信頼とか忠誠とかを超越した、まさに神を見る眼差しですよ。そんな神の僕を味方に引き込むなんて、半分ブラジル君がショパンコンクールに出場するくらいに不可能なことですよ」

四方木が、華奢《きゃしゃ》でガリガリな肩を竦《すく》めた。

「こらっ、カマキリじじい！　馬鹿にするんじゃねえぞ！　ショパンなんちゃらに出場するのが不可能だって、どういうことだ!?」

カルロが気色ばみ、四方木に食ってかかった。

「怒るポイント、そこなんだ？」

憂が、呆れた口調で言った。

「私は、そうは思わないわ」

「え!?　どうしてですか!?」

半那の言葉に、四方木が素頓狂な声を上げた。

「神を裏切る愚かな生き物が人間じゃないの？」

相変わらずの涼しい顔で、半那は言った。

詭弁《きべん》でもハッタリでもなかった。

忠誠心の強い人間ほど……明鏡への帰依心《きえしん》が強いほどに、それが幻影だと気づいたときの反応が大きいものだ。

純粋が故に、周囲がなにを言おうと雨宮は明鏡を信じ続けている。

その純粋さは、己が騙されていると確信した瞬間に強烈な復讐心になる。

忠犬に喉笛《のどぶえ》を咬《か》み裂かれて地獄に堕ちるがいい。

あなたに最高に相応《ふさわ》しい死に様を用意してあげるわ。

半那は眼を閉じ、心で聞こえる冷え冷えとした声に耳を傾けた。

☆

神泉のマンション……「ハイグレード神泉」の三〇二号室。

半那、カルロ、憂は三〇三号室の部屋の様子を映し出すタブレットPCのディスプレイを食い入るようにみつめていた。

「雨宮ってさ、喋《しゃべ》れなかったっけ？」

半那の隣――クッションを抱きソファに座った憂が、呆れたように言った。

それも、無理はない。

「被害者の会」の臨時事務所と偽った部屋に到着してから一時間、雨宮は一言も発しなかった。

『雨宮さん、ここにくるまでに声帯除去手術でも受けたんですか？　思ったより簡素な事務所ですね、とか、私は無実だ、とか、こんなことをしても無意味ですよ、とか、天罰が下りますよ、とか、なんとか言ったらどうですか?』

「被害者の会」の会長を演じる四方木が、ねちねちと雨宮に語りかけた。

四方木は困惑しているというよりも、この状況を楽しんでいるようだった。

「それにしても、雨宮ってのは見れば見るほどにいい男だな」

デスクチェアに座りディスプレイを観ていたカルロが、うっとりした顔で言った。

「多分、筋肉質の小尻で、白くてプリッとしてんだろうな……あ〜、たまんねえ! 雨宮のケツにぶち込みてぇ!」

カルロが、膨らんだ股間を擦りながら狂おし気に叫んだ。

「マジありえないんだけど」

憂が、軽蔑の眼をカルロに向けて吐き捨てた。

「長期戦になりそうね。まあ、いいわ。時間はいくらでもあるから」

半那は、ディスプレイの中で黙秘を続ける雨宮に言った。

十七年、待ったのだ。

あと一、二ヶ月かかろうが、どうということはない。

『そうやってダンマリを決め込むのは、あのインチキ教祖のためですか?』

四方木が、挑発的に言った。

雨宮に口を開かせるために、挑発しているわけではない。

雨宮を軟禁する目的は洗脳を解くため……明鏡飛翔への幻想を打ち砕くためだった。

四方木の役目は、雨宮への表層意識への刷り込みだ。

洗脳とは潜在意識に刷り込まれた情報だ。

洗脳を解くには、潜在意識に刷り込まれた情報を書き換えなければならない。

だからといって、いきなり雨宮の潜在意識に訴えかけても無理だ。

「あのさ、表層意識を書き換えるとか言ってたけど、表層意識ってなに？」

憂が、思い出したように訊ねてきた。

「本来、自分がこうありたいって思っているのが表層意識。たとえば、野球選手になりたい、お金持ちになりたい、とかね。でも、人間の意識の占める割合で表層意識はほんの一パーセント程度で、残りの九十九パーセントは潜在意識が占めているの。潜在意識は、口には出さないけど、心の奥底で無意識に思っていることよ。表層意識で野球選手になりたい、お金持ちになりたいと思っていても、そんなの自分には無理だ、と潜在意識で思っていれば夢が実現することはないわ。多数決で言えば、一対九十九の戦いだから」

半那は、ソファで結跏趺坐《けっかふざ》を組み眼を閉じる雨宮をみつめながら言った。

「それと、雨宮の洗脳を解くこととどう関係あるの？」

憂が質問を重ねてきた。

「雨宮の表層意識では、明鏡飛翔は神で、明鏡飛翔の言葉は真理である、明鏡飛翔に生涯を捧げる、というふうに思っているわ」

「潜在意識では、まったく逆のことを考えているってこと?」

「ううん。潜在意識でも、明鏡は神の化身だということを洗脳によって信じ込まされている。でも、九十九パーセント全部じゃないわ。八十……いや、九十パーセントの潜在意識は洗脳されているでしょうね。でも、逆を言えば九パーセントはつけ入る余地があるっていうことよ。その九パーセントを九十九パーセントにしたときに洗脳は解けるわ」

「それなら、表層意識を書き換えないで潜在意識を書き換えればよくない?」

憂が、疑問符の浮かんだ顔を向けた。

「表層意識は、潜在意識の門番みたいなものなの。明鏡飛翔は唯一無二の神の化身、明鏡飛翔は世紀末の救世主っていうふうに繰り返し、外部からのネガティヴな情報をシャットアウトしてるのよ。潜在意識に入り込むには、まずは表層意識の頑丈《がんじょう》な門を破壊しなきゃならないわ」

「じゃあ、カマキリじじいは、門を破壊しようとしてるのか?」

カルロが、ディスプレイの中の四方木を指差した。

『雨宮さんが帰依している明鏡って男はね、女性信徒を食いまくっているんですよ。女優、グラビアアイドル、レースクイーン、女子大生……明鏡は、「シャーマンハウス」で好みの女が入信すると「明光教」の本部へ誘導し、自らがカウンセリングして「色欲解放の儀式」とか「五欲滅失の業」とか理由をつけて、最上階の「天上の間」に連れ込んで卑猥な行為に及んでいるのを知ってましたか？』

『くだらない』

雨宮が、眼を閉じたまま吐き捨てた。

『どうして、くだらないと言い切れるんですか？　雨宮さんも、明鏡が「天上の間」に女性信徒を連れ込んでいることはご存知でしょう？』

『ええ、知ってますよ。明鏡先生は、魂の解放や欲に囚《とら》われている子羊を救済するために「天上の間」でチャクラにエネルギーを注入したりマントラを唱えたりしておられるのです』

雨宮が、物静かな口調で言った。

『またまたまた〜。本当に、そんなことを信じているわけじゃないでしょう？　明鏡が注入しているのはエネルギーなんかじゃなくて精子で、明鏡が唱えているのはマントラなんかじゃなくて喘《あえ》ぎ声です』

四方木が、ニヤニヤしながら言った。

『私への侮辱は構いませんが、明鏡先生への冒瀆《ぼうとく》は許しません』

相変わらず、雨宮は眼を閉じたまま冷え冷えとした声で言った。

「雨宮って人、明鏡のことメチャメチャ信じてるじゃん？　洗脳するの、無理でしょ？」

憂が、ため息交じりに言った。

「明鏡にヤラれちゃってんのかな〜。あ〜俺も雨宮とヤリてぇー」

カルロが、もどかしげに叫んだ。

「私は、時間の無駄だと思うけどな。ねえ、社長さ、雨宮なんて追い出して別の方法考えたほうがいいって」

憂が半那に進言してきた。

「俺も、エンコーギャルの言うことに賛成だ」

すかさず、カルロが言った。

「ちょっと！　誰がエンコーギャルなのよ!?　おっさん好きのゲイ男が！」

気色《けしき》ばんだ憂が、カルロを睨《にら》みつけた。

「社長、もし、雨宮を洗脳することができても、『明光教』を潰せないって！　明鏡が捨てた奴を味方にしても、なんの役にも立たないだろう？　雨宮は俺が貰ってやるから、別の作戦を立てたほうがいいぜ」

カルロが、肩を竦《すく》めた。

「あんた、雨宮がほしいだけじゃん」

憂が、冷めた口調で吐き捨てた。

「そうかしら？　私は、そうは思わないわ。たしかに雨宮は明鏡に切り捨てられたかもしれないけれど、明鏡は彼の記憶までは抹消できないから」

「記憶を抹消……どういうことだよ？」

　カルロが、怪訝《けげん》な顔を向けてきた。

「雨宮は幹部信徒の中でも最古参で、明鏡の片腕だった男よ。教団がここまで大きくなる過程で、かなりの汚れ仕事を引き受けてきたはずよ。明鏡飛翔という男は、自分の手は汚さない典型だから。私の調べでは、敵対組織の拉致、誘拐、監禁、脅迫、銃火器購入……危険な仕事は雨宮が陣頭指揮を執《と》って信徒にやらせていたらしいわ」

　半那は、カルロと憂を交互に見ながら淡々と説明した。

「それって、犯罪じゃん？　雨宮って人、真面目そうだし、悪人には見えないけど」

　憂が言った。

「悪人じゃないわ。雨宮は真面目よ。真面目過ぎるくらいね。だからこそ、洗脳されやすいし、一度信じたら周囲の誰がなんと言おうと心がブレることはないの。たとえれば、雨宮はよく訓練されたシェパードみたいなものね」

「シェパードって、あの警察犬のシェパードのことか!?」

　カルロが素頓狂《すっとんきょう》な声で訊ねてきた。

「そうよ。あなたが言ったみたいに、シェパードは警察犬のイメージが強いけどギャングの手先になって殺人犬になっている個体も多いのよ。だからって、そのシェパードの脳に異常があるとかじゃないわ。問題は、飼い主がなにを教えるかが重要なの。子供の頃からくる日もくる日も犯人を襲う訓練を受けてきたシェパードと、敵対組織のギャングを襲う訓練を受けてきたシェパードに違いはないわ。警察犬も殺人犬も、ご主人様の指示に従い喜ばせようとしているだけよ。シェパードにとってご主人様は絶対で、連続強盗殺人鬼であっても嫌いになったり裏切ることはないの」

「なるほど！　ご主人様が明鏡で、殺人犬に育てられたシェパードが雨宮ってわけか！」

カルロが、拳を掌に叩きつけながら大声を張り上げた。

半那は頷《うなず》いた。

「雨宮の潜在意識には、敵対組織の人間を騙すことも、誘拐することも、暴行を加えることも、世の中をよくするためだと、人々を救済するためだと正しいことだと刷り込まれているのよ」

そう、母が夫と娘の声も聞こえなくなり、「神の郷」に走ったように……。

半那は、開きそうになった暗鬱《あんうつ》な記憶の扉を慌てて閉めた。

「でも、大人になったシェパードが新しい飼い主に飼われても、なかなか懐《なつ》かないのと同じじゃないの？」

憂の疑問は尤《もっと》もだった。

ただし、それは前の飼い主に嫌なイメージがなかった場合だ。

「虐待されていた犬っていうのは、その飼い主だけを信じられないんじゃなくて、人間全員を信じられなくなるの。動物保護の人達が虐待された犬を引き取ってやることは、人間は敵ではない。敵は虐待していた飼い主。私達はあなたの味方。この三つを根気よくアピールし続けるのよ。ご飯も与えられずに鞭《むち》で叩かれ続けてゴミ収集所に捨てられて、発見されたときは全身血塗れで、ミイラみたいに痩せこけていたラブラドールレトリーバーが、保護団体の人に引き取られ、愛情を注がれ続けて育てられた結果、一年後には別犬のようにふっくらとし人懐《ひとなつ》っこくなった。雨宮も、私達の手で生まれ変わらせればいいわ」

「だけどよ、雨宮は明鏡に虐待されていたわけじゃねえだろ？　それどころか、愛をたっぷり注いで貰ったと思って感謝してるじゃねえか？　明鏡以上に俺らに懐かせるなんて無理無理！」

カルロが、大きく両手を広げ首を横に振った。

「そうよ。感謝してるなんてもんじゃないわ。雨宮は明鏡のことを神の化身だと信じて疑わないのよ!?　犬みたいに懐かせるなんて不可能だって！　ほら、見てみなよ」

カルロに追随した憂が、タブレットPCのディスプレイを指差した。

『嘘じゃありませんよ、ほら。ここに書いてあるでしょう？』

ディスプレイの中では、四方木が雨宮に週刊誌を広げていた。

『読んであげますよ。カウンセリングにきた悩める女性を言葉巧みに誑《たぶら》かし、「明光教」

に入信させて性的虐待を加えるのが、教祖である明鏡飛翔の常套手段《じょうとう》だ。明鏡の毒牙にかかったレースクイーンの元信者は言う。明鏡は、私の身体に色情魔が巣くっていると言いました。私の前世はフランス革命時代に生まれたエリザベート・エルランジェという娼婦で、多くの男性に梅毒を感染させ死に至らしめたと言われました。エリザベートの犯した罪によるカルマで、今世での私は色情魔に取り憑かれているそうです。このままだと私は、家族や恋人、将来生まれる子供に至るまで不慮な事故や病気で次々と失うはめになると脅されました。家族や将来の子供を救いたいのなら、「色欲解放の儀式」を行い色情魔を滅失しなければならないと。だから、私は「啓示室」という部屋に連れて行かれ……』

『そのへんに、しませんか？』

それまで黙っていた雨宮が、落ち着いた口調で四方木を遮《さえぎ》った。

『神と崇《あが》めた教祖の正体が、前世のカルマだなんだと嘘を並べ立てて女を脅し、意のままに従うように精神的に追い詰め嬲《なぶ》り者にするような卑猥で破廉恥《はれんち》な詐欺師だと知ったら、明鏡飛翔への帰依心が揺るぎそうで怖いんですか？』

四方木が、指の隙間に付着した納豆のようにネチネチとした口調で雨宮を揺さぶった。

『まさか。そんな低俗な雑誌に書かれていることを私が信じるわけないでしょう。私はこの眼で、明鏡先生が迷える子羊を導く御姿や彷徨《さまよ》う魂を救う神通力を見てきました。たとえ、ローマ法王に同じことを言われても心は揺るぎません。須藤さん、あなたにご兄弟はいますか？』

『はい、妹が一人いますが。それがなにか？』

四方木が、訝《いぶか》しげな顔で訊ね返した。

『たとえば週刊誌やワイドショーで、妹さんがＣＩＡのスパイだと報じられていたら信用しますか？』

『ＣＩＡのスパイなんて、非現実的過ぎますよ』

雨宮の突飛な質問に、四方木が苦笑した。

『では、妹さんが実は日本人ではなくアフリカ人だと報じられたら？』

雨宮が、突飛な質問を続けた。

ふざけている様子はなく、雨宮の表情は至って真剣なものだった。

『そんなの、だれも相手にしませんよ』

四方木が、鷲鼻をヒクつかせて笑った。

『私も同じ気持ちです』

『え？』

『明鏡先生が女性信徒に如何《いかが》わしい行為をしているとかレイプしているとか、私にとってはあなたの妹さんがＣＩＡの工作員かアフリカ人だったと言われているのと同じくらいにありえないデマです。正直、滑稽《こっけい》過ぎて怒る気にもなれません』

雨宮の顔の神経は麻痺《まひ》しているのではないかと思うほどに、無表情だった。

「あの四方木さんが、絶句してるなんて珍しい」

憂が驚いた。

「ああ、たしかに、変態カマキリがすぐに言い返せねえなんて記憶にないな」

カルロも、信じられない光景を目の当たりにしているといった感じだった。

「やっぱり、雨宮を手懐けるなんて無理じゃない？」

憂が、諦《あきら》め口調で言った。

「虐待されている犬どころか、飼い主をキリストみてえに思っているような奴だぜ？　別の作戦にしたほうがいいって」

カルロが肩を竦めた。

「私は、そう思わないわね。虐待っていうのは、肉体的な暴力ばかりじゃないわ。心にたいしての暴力だって、立派な虐待よ」

「心にたいしての暴力？」

カルロが、鸚鵡返《おうむがえ》しに言った。

「神の化身だと信じていた明鏡が、女を食い物にする卑猥《ひわい》なスケベ男という証拠を目の当《ま》たりにしたらどうなると思う？　微塵の疑いもなく、全身全霊で身も心も捧げていた相手が女性信者の肉体を貪《むさぼ》り肉欲に溺れている姿を目の当たりにしたら？　尊敬が憎悪に変わるのに、時間はかからないと思うわ」

半那は言いながら、ディスプレイに映る雨宮のクールフェイスに視線を移した。

「そりゃそうだろうけど、そんな姿、雨宮に見せるわけねえだろ。そのくらいもわからねえのかよ？」

カルロが、呆れた口調で言った。

「一つだけ、あるわ」

半那は、雨宮の顔に穴が開くほどに凝視《ぎょうし》しつつ押し殺した声で断言した。

見てなさい。その冷静できれいな顔を、明鏡への憎悪に醜く歪《ゆが》ませてあげるから。

半那は心で誓った。

明鏡の章　耽溺《たんでき》

「オーマンメントロダーラッシャーチータガッターオームーマハーダガッダサガットサイ

ババビヴゥーティー」

一メートル五十センチの高さの特注ソファで結跏趺坐《けっかふざ》を組んだ明鏡は眼を閉じ、いつものようにマントラらしいでたらめの言葉を並べ立てた。

ゆりあ、西城、太田の幹部信徒が三人、固唾《かたず》を呑んで明鏡をみつめているだろうことは超能力がなくてもわかった。

明鏡は、心でため息を吐いた。

面倒だったが、仕方がない。

雨宮を追い出すように、須藤に預けた正当化をしないわけにはいかない。

雨宮は誰もが認める明鏡の片腕であり、人格者だ。

まさか、優秀過ぎる雨宮にいつか教祖の座を脅かされるのではないかと不安だから追い出した、などと口が裂けても言えない。

「コカビエルという悪魔がいる」

明鏡は眼を開け、物静かな口調で切り出した。

「もともとのコカビエルは、人間、平静、空を愛する高位の天使だった。ほかの天使に星に関するすべてを教える役割を担《にな》い、三十万を超す天使と霊魂を率《ひき》いていた。ところが、コカビエルは夫のいる人間の女性と姦淫《かんいん》の罪を犯した。神はコカビエルを赦し、救いの手を差し伸べた。しかし、コカビエルは人間の女性との姦淫を繰り返した。それでも神は、コカビエルを赦した。神は赦しであり、赦しは愛であり、愛は神である。ところが、コカビエルは神の愛に応えるどころか、新たな罪を重ねてしまった。人間の女性を独占したくなったコカビエルは、嫉妬《しっと》心に狂い人妻の夫を殺してしまった。今回ばかりは、神もコカビエルを赦してはおけなかった。神はコカビエルを天国から追放した。堕天使となったコカビエルは罪深い悪魔に変わってしまった」

明鏡は、三人の幹部信徒の顔を見渡した。

「私が雨宮を追放したのは、コカビエルに魂を売ってしまったからだ」

明鏡の言葉に、三人が絶句した。

「あの場では雨宮の立場を慮《おもんぱか》り口にしなかったが、彼は罪を犯していた」

「え……じゃあ、あの女子高生達が言っていることは本当だったんですか!?」

ゆりあが、恐る恐る訊ねた。

「残念ながら、そういうことになる」

「あの野郎っ、偉そうなことばかり言ってたくせに……」

単細胞の西城が、怒りに唇を震わせていた。

「雨宮さんにかぎってそんなこと……」

太田が、驚きに頬肉を震わせていた。

「こらっ、クソデブチビ！　メシアが嘘を吐いてるって言うのか！」

西城が、太田の胸倉を摑《つか》んだ。

「やめなさいよっ、メシアの前でなにをやってるの！　それに、太田さんは、こんな人でも一応、西城君の先輩なのよ？」

ゆりあが太田を指差しつつ、西城を窘《たしな》めた。

「こんな人でもって……」

太田が、複雑そうな顔で呟《つぶや》いた。

「太田が信じるのも無理はない。私とて、もし神の化身でなければ雨宮の正体を見抜けなかっただろう。ただ、みんなにわかって貰いたいのは、『明光教』に入信してから五年間の雨宮は立派な求道者だった。彼が悪魔の囁《ささや》きに耳を貸したのは、ここ一年の話だった。私は、みなにはそのことを告げず、なんとか雨宮を導き救おうとした。だが、既《すで》に雨宮はコカビエルと魂の取り引きを済ませてしまっていた」

明鏡は、悲痛な顔で言った。

「もう、雨宮さんを救うことは無理なんでしょうか？」

ゆりあもまた、悲痛な顔で訊《たず》ねてきた。

「メシアは全知全能の神の化身ですから、不可能はありませんよね？」

口を挟む太田に、明鏡は心で舌打ちをした。

わざとでないのはわかっているが、太田はつくづく空気の読めない男だ。

「おいっ、てめえ、いい加減に……」

「西城、やめなさい」

明鏡は、穏やかな口調で西城を制した。

「太田の言う通りだ。全知全能の神の化身の私にとって、不可能なことはない。コカビエルに魂を売った雨宮を救うこともできる。しかし、救うばかりが愛ではない。ここで雨宮を救っても、彼はまた同じ過《あやま》ちを犯してしまう。私が我が子達に自由意志を与えているのは、自らが気づかないかぎり内なる神性が成長しないからだよ。雨宮を私から遠ざけたのも、神の愛ゆえだ」

明鏡は、優しい眼差しでゆりあ、西城、太田を見渡し眼を閉じた。

三人の感涙に咽《むせ》ぶ啜《すす》り泣きに込み上げる笑いを、明鏡は懸命に堪《こら》えた。

☆

「小学校からの親友の一人が流産し、別の親友が乳癌《にゅうがん》になり、親戚が交通事故で亡くなったわけですね？」

特注ソファに結跏趺坐を組んだ明鏡は、眼を閉じたまま、あゆみの悲痛な告白を繰り返した。

「はい……やはり、私の前世のカルマが災いしているのでしょうか？」

薄目を開けた——化粧品のＣＭの女優並みに加工されたようなすべすべした白肌、不安げに潤む切れ長の二重瞼《ふたえまぶた》、Ｔシャツの胸もとを盛り上げる推定Ｅカップの美巨乳。

久しぶりに見るあゆみは、相変わらず圧倒的に美しく、セクシーだった。

固くなりそうな股間《こかん》——脳内に、近所のスーパーでパートをしている二段腹で顔が脂《あぶら》ぎった中年の醜女を故意に思い起こした。

予期せぬあゆみの訪問で、陰茎と陰嚢《いんのう》を包帯で巻く暇がなかった。

魅力的な女性信徒がいる空間に行くときは、アクシデントに備えて予防策を取っていた。

神の化身が女性に欲情する姿を見せるわけにはいかない。

——メシア、石原あゆみさんをお通ししてもよろしいでしょうか？

西城から彼女の名を聞いたときには、耳を疑った。

洗脳を始めたばかりだったので、彼女はまだ明鏡に心酔していない。

まさか、あゆみのほうからアポを取ってくるとは思わなかった。

——いまから深い瞑想《めいそう》に入るところだったんだが、彼女の用件はなにかな？

二つ返事で招き入れたいところを、明鏡はグッと堪《こら》えた。

――周囲で災いが頻発しているらしく、どうしていいのかわからずにメシアに相談にきたそうです。出直させたほうがよろしいでしょうか？

――救いを求める我が子を追い返すことなど、どうしてできようか？　通しなさい。

訪ねてきたのが一緒にいた川島という粘着質な中年男なら、理由をつけて追い返しただろう。

偶然にもあゆみの周囲に降り懸かった災難――神様からのプレゼントだ。

偶然にもあゆみの周囲に降り懸かった災難――「チャクラ貫通の儀式」に持ち込むチャンスだ。

「わかっていました。あなたの周囲に降り懸かった災難を」

明鏡は、込み上げる笑いを噛《か》み殺しゆっくりと眼を開けた。

あゆみにカルマ滅失の業をやったあと、雨宮の事件が起こったので、二度目を行えていなかった。

本当は、睡眠も取らせず食事も摂らせず連日ぶっ通しでマントラを唱えさせ、判断力を失った思考に「明鏡飛翔は神の化身」だと刷り込むはず……予定通りならいま頃、あゆみは明鏡に身も心も委《ゆだ》ねているはずだった。

一から洗脳をやり直さなければならないと思っていたところに、神風が吹いたのだ。

うまくゆけば、このままの流れであゆみを抱けるかもしれない。

弛緩《しかん》しそうになる頰肉——堪えた。

「あゆみさんの言う通りです。これら友人や親戚に降り懸かった災いのすべては、五万八千二百二十一人のユダヤ人を虐殺したナチスの党員、アルベルト・シュナイダーの妹であるあなたの前世、シャルロッテのカルマが引き起こしたのです」

明鏡の言葉に、あゆみがぽってりとした唇を半開きに絶句した。

あの唇で自分のペニスを……。

広がりかけた桃色妄想を、カマキリ顔の須藤が自慰している姿を想像することで搔《か》き消した。

「私は、どうすれば……」

あゆみの縋《すが》る瞳……黒真珠のような瞳を避けるように、明鏡は眼を閉じた。

このままみつめ合っていると、ふたたび明鏡の分身が反応しそうになるからだ。

「ミヒャエルエンデダンドリッヒグーテンフラハイリヒイヌマエルカントケンアイルハウナウキッシンジャーコンラートゼッドッケンベッケンルートヴィッヒゲルマンアデナウアギュンターヴァントマックスヴェーバ！」

明鏡は、「チャクラ貫通の儀式」に持ち込むべくドイツ語っぽく聞こえるめちゃくちゃな単語とドイツの政治家、指揮者、社会学者、児童文学作家、哲学者の名前を混ぜたでたらめマントラを唱えた。

五、四、三、二、一……なんの意味もない間を置き、明鏡はおもむろに眼を開けた。

「いま、川島さんの前世、アルベルト・シュナイダーと対話しました」

明鏡は、神妙な表情で切り出した。

「川島さんの前世と……ですか？」

あゆみが、不安げに訊ねてきた。

「そうです。あゆみさんの前世、シャルロッテのカルマが強まり災いを起こしたのは、川島さんの責任です」

明鏡は、カマキリ中年男を利用することに決めた。

彼とは、もう二度と会うことはない。

「川島さんの責任？」

あゆみが首を傾《かし》げた。

そんな姿も、むしゃぶりつきたくなるほどに魅力的だった。

一秒でも早くあゆみと……。

逸《はや》る気持ちを、明鏡は抑えた。

急がば回れ、というやつだ。

「はい。私はアルベルト・シュナイダーのカルマを滅失する業に入る前に、川島さんに命じました。最低三ヶ月は、セックス、自慰、飲酒、喫煙、肉食の一切を絶ってくださいと。ですが、川島さんはその日の夜に早速自慰行為に耽《ふけ》りました。しかも三回も。翌日からも一日も欠かさずに、日に三回ペースで自慰行為に耽り続けました」

明鏡は、笑いを堪《こら》えつつ言った。

日に三回の自慰……でたらめではなく、川島がカミングアウトした真実だ。

「そんな……」

あゆみの顔が蒼白《そうはく》になった。

「このままだと、あゆみさんの友人や親戚よりもさらに近しい人々……つまり、ご家族が災いに見舞われます」

明鏡の言葉に、あゆみが絶句した。

「ですが、ご家族を災いから救う方法が一つだけあります」

明鏡は、いよいよ核心に切り込んだ。

「なんですか!?　教えてください！」

あゆみが身を乗り出した。

弛《ゆる》んだ襟《えり》もとから覗《のぞ》くあゆみの豊満な胸の谷間に向きそうな視線を、明鏡は気息奄々《きそくえんえん》の理性で引き戻した。

　あと少し……あと少し我慢すればあゆみの美巨乳を眼の保養だけでなく手で揉《も》み、唇で吸うことができるのだ。

「だが、君には無理です」

「どうして、無理なんですか!?」

「強大になったシャルロッテのカルマを滅失するには、精神的、肉体的に負担のかかる儀式を行わなければならないからです。残念ですが、あなたが克服できるとは思えません」

　明鏡は、今度は引いた。

　釣り針があゆみの喉奥《のど》に深く引っかかるまで、焦《あせ》ってはならない。

「家族を守るためなら、どんなことだって我慢できますっ。だから、教えてください！」

　あゆみが、ソファから立ち上がり床に跪《ひざまず》いた。

　顔前で合掌し、明鏡を見上げた。

「本当に、どんなことでもできますか？」

　明鏡が訊ねると、あゆみが力強く頷《うなず》いた。

「あゆみさんのカルマを滅失するためには、チャクラ貫通の儀式を行わなければなりません」

「チャクラ貫通の……儀式ですか？」

今度は、明鏡が頷《うなず》いた。

「チャクラを換言すればエネルギー体です。車輪のように回転し光っている箇所がチャクラで、人間の身体には七ヶ所あります。健全なチャクラは適度な速度で時計回りに回転し光はきれいな円形で歪《ゆが》みがありません。機能していない不健全なチャクラは回転が遅すぎたり速すぎたり速度が不規則で、反時計回りになっていたり、止まっている状態になっています。生命チャクラの働きを強めて正常に回転させれば、カルマの影響を受けづらくなります。あゆみさんのチャクラは、悪い気に犯され残念ながら機能していない状態です。これを、ブロックと言います」

明鏡は、チャクラの働きについて説明しているインターネットのサイトで得た知識を尤《もっと》もらしく語った。

「ブロック……？」

あゆみが、怖々《こわごわ》と繰り返した。

「車輪の回転が完全に止まった状態をブロックと言います」

「止まると、どうなるんですか？」

「チャクラを言い換えれば生命エネルギーです。生命エネルギーが弱まれば、カルマの影響を受けやすくなります」

「もう、私のチャクラは動かないんですか？」

「大丈夫です。簡単ではありませんが、『チャクラ貫通の儀式』を行えばあゆみさんのチャクラは正常に機能し、シャルロッテのカルマをシャットアウトできます」

明鏡は、ゴッドスマイルを浮かべ頷いて見せた。

「なんでもやります！　私の家族を守ってください！」

「身も心も、神にすべてを捧《ささ》げることができますか？」

明鏡は、慈愛に満ちた瞳であゆみをみつめた。

あゆみが力強く顎《あご》を引いた。

「わかりました。あゆみさんのご家族にたいしての思いを信じましょう。早速、『チャクラ貫通の儀式』の説明に入ります。チャクラは、性器と肛門の中間にある第一チャクラ、背骨とへその下から仙骨に近い場所にある第二チャクラ、みぞおちにある第三チャクラ、胸の中央にある第四チャクラ、喉ぼとけの下にある第五チャクラ、眉間《みけん》の上にある第六チャクラ、頭頂部にある第七チャクラの七ヶ所にあります。第一チャクラがすべての大本であり、スイッチみたいな役割をしています。あゆみさんの場合、チャクラのブレーカーが落ちている状態なので、第一チャクラを刺激して灯《ひ》を点《つ》けなければなりません。具体的な方法としては、神である私のエネルギーを注入しあゆみさんのチャクラを活性化させます」

でたらめのオンパレード――セックスしたいだけの口実。

第一チャクラが閉じていると生命エネルギーが減退するのは事実だが、そんなことで活性化するわけがない。

「明鏡先生のエネルギーを注入して頂けるんですか!?」

あゆみの瞳が輝いた。

「ただし、エネルギーの放出口は人体で言えば生殖器の先端にあります。つまり、私の性器をあゆみさんの性器に挿入する……つまり、セックスをすることになりますが、それでも構いませんか?」

あゆみを一目見たときから何十回、いや、何百回も練習したセリフを平静を装いつつ言った。

内心、心臓が破裂してしまいそうなほど緊張していた。

洗脳度が進んでいればこれほど不安にはならないが、あゆみはまだ「カルマ滅失の業」を一日しか受けていない。

あゆみが、明鏡をまっすぐにみつめた。

「もし、抵抗があるのならば今日でなくても……」

「いますぐ、お願いします！　明鏡先生のエネルギーを注入してください！　私の家族を……災いから守ってください！」

明鏡を遮《さえぎ》ったあゆみが、悲痛な顔で訴えた。

二つの黒真珠が濡《ぬ》れていた。

明鏡は、心で歓喜の雄叫びを上げた。もちろん、顔には出さなかった。

「安心してください。唯一無二の神の化身である私に任せておけば、なにも心配はありません」

明鏡は下卑た笑いを、十八番《おはこ》のゴッドスマイルで塗り潰《つぶ》した。

半那の章　陥穽《かんせい》

――私は「天上の間」で大宇宙《マクロコスモス》と交信してくるから、しばらくここで待っていてください。もし、誰かがきても決してドアを開けてはなりません。ドアを開けた瞬間に、シャルロッテのカルマが外に出てご家族に災いをもたらす可能性があります。あゆみさんが「啓示室」にいるかぎり、ご家族は安全です。

明鏡が奇想天外なでたらめを残し奥の部屋……「天上の間」に消えてから、十分が経つ。

——あゆみさんの場合、チャクラのブレーカーが落ちている状態なので、第一チャクラを刺激して灯を点けなければなりません。具体的な方法としては、神である私のエネルギーを注入しあゆみさんのチャクラを活性化させます。

——明鏡先生のエネルギーを注入して頂けるんですか!?

——ただし、エネルギーの放出口は人体で言えば生殖器の先端にあります。つまり、私の性器をあゆみさんの性器に挿入する……つまり、セックスをすることになりますが、それでも構いませんか?

半那は、明鏡のでたらめを信じたふりをして受け入れた。

そう、半那は怨敵《おんてき》と寝ることを了承した。

もちろん、できることなら避けたかった。

明鏡とセックスするなど、冗談ではない。

だが、それ以上に、神郷宝仙の遺伝子を継ぐ者がのうのうと生き延びていることが許せなかった。

半那は、視線をトートバッグに移した。

一見、普通のデニム生地のトートバッグだが、側面に肉眼で識別できない程度の微かな穴が開いていた。

肉を切らせて骨を断つ——明鏡と「明光教」を葬るためなら、肉体などくれてやる。

——半那ちゃんよ、復讐《ふくしゅう》で一番大事なことってなんだかわかるか？　あ、これ、誕生日プレゼントだ。

半那の十六歳の誕生日。依頼客から差し入れて貰ったスポーツドリンクを差し出しながら鷹場が言った。

たとえ貰い物であっても、ゲップさえ出し惜しみするような鷹場がなにかをくれるなど奇跡といってもよかった。

——相手に死ぬのが天国と思える地獄を味わわせる、という強い執念です。

——その前に、ありがとうございますはどうした？　お？　人からプレゼントを貰ったら礼を言わなきゃだめじゃねえか？　あ？

鷹場が、どんよりと黄色く濁《にご》った眼で半那を見据えた。

——プレゼント、ありがとうございます。

——おお、感謝しろよ。質問の答えだが、一つだけ足りねえ。いいか？　地獄さえ天国と思える苦痛を与える、強い執念だ。

鷹場の教えを思い出しながら、半那はトートバッグから正面……高さ四メートルの明鏡の金箔《きんぱく》の彫像に視線を移した。

ついに、ここまできた。

ようやく、神の化身の化けの皮を剝《は》がすときが……。

「天上の間」のドアが開いた。

「大宇宙《マクロコスモス》との交信が終わりました。さあ、始めましょう」

シルクの紫の作務衣《さむえ》姿の明鏡が、「天上の間」へと半那を促した。

☆

「天上の間」に足を踏み入れると、金色の幕に囲まれた十五畳ほどの空間が現れた。

空間の中央には、幕と同じ金のシーツが敷かれたキングサイズのベッドが置かれていた。

半那は、トートバッグをさりげなくベッドから二メートルほど離れた床に置いた。

この位置なら、すべてをおさめることができる。

「服を脱いで、ベッドに横たわってください。恥ずかしがることはありません。神の化身に卑猥《ひわい》な欲はないのですから」

ベッド脇に立った明鏡が言いながら、掛布団を捲《めく》った。

神の化身が聞いて呆《あき》れる。

いま頃明鏡の下着は、カウパー液に濡れそぼっていることだろう。

「はい……」

半那は恥じらいながら、Tシャツとデニムのショートパンツを脱いで下着姿になった。

「『チャクラ貫通の儀式』は、生まれたままの姿でやります。下着も外してください」

「すみませんけど、後ろを向いて貰ってもいいですか？」

半那は、はにかんで見せた。

「その必要はありませんよ。さっきも言いましたが、神の化身に五欲はありません。私の瞳には、あゆみさんの裸体は生まれたての赤子の裸体にしか見えませんから」

明鏡が、半那をみつめながら頷いた。

慈愛に満ちた瞳のつもりだろうが、半那には欲望に充血した飢えた男の眼にしか見えなかった。

「わかりました……」

半那は、ブラジャーとパンティを脱ぐと右腕で乳房を、左手で股間を隠した。

「さあ、寝てください」

明鏡に促されるまま、半那はベッドに横たわった。

明鏡がリモコンを手にすると室内が薄暗くなった。

暗所にも対応できる機種なので、心配はなかった。

「腕をどけて、リラックスしてください」

明鏡が言いながら、ベッドに滑り込んできた。

半那が腕をどけると、明鏡が息を呑んだ。

当然だ。

自分のプロポーションは、そこらのグラビアアイドルよりも扇情的でそこらのモデルよりも美しい。

胸もEカップあるが、ウエストは五十八センチだ。

胸だけでなく、腹にも脂肪のついている巨乳デブとはわけが違う。

「第一チャクラの開きをよくするために、胸を触ったり舐《な》めたりしますが構いませんか？」

平静を装い訊ねる明鏡に、半那は頷いた。

明鏡の両手が、半那の乳房を包み込み円を描くように揉みしだき始めた。

半那は顔を背《そむ》け、唇を噛んで見せた。

どんな表情と仕草が男をそそらせるか、半那は熟知していた。

このプロポーションの女性にこの表情をやられて、欲情しない男性はない。

それを証明するように、明鏡の鼻息は荒くなり股間が膨らんでいた。

「う〜ん……これは、いけませんね。乳房に、シャルロッテのカルマの影響が出ています。乳首から、カルマを吸い出します」

でたらめを並べ立てると、明鏡が右の乳首を口に含んだ。

明鏡は乳輪を舌先でなぞり、乳首を吸引し、左の乳房を揉むことを同時進行した。

女を食い物にしているだけあり、愛撫《あいぶ》のテクニックはなかなかのものだった。

半那はトートバッグを意識して、唇から派手な喘《あえ》ぎ声を漏らした。

大袈裟《おおげさ》に身体をくねらせることも忘れなかった。

右、左、右、左……左右の乳首にむしゃぶりつく明鏡が入るアングルを意識して、半那は上体を逸《そ》らした。

「かなりカルマを吸い出せましたが、乳首からでは限界があります。今度は、第一チャクラから直接吸い出します」

ふたたびのでたらめ——明鏡が半那の両足を抱え上げ、陰部に唇を押しつけてきた。

明鏡はクリトリスを吸い、舌で肉襞《にくひだ》を掻《か》きわけた。

少しも感じなかったが、半那はなまめかしくよがって見せた。

明鏡の愛撫が下手なわけではない。

たとえＡＶ男優のテクニックを以てしても、それは同じだ。

半那は、ノーマルなセックスではなにも感じない肉体になっていた。虐《しいた》げられた人間が苦痛に顔を歪《ゆが》め、命乞いし、絶望に打ちひしがれる様を眼にしなければ半那の股間は濡れなかった。

——ああ～メシアァ～っ！　メシアぁ～っ！　メシア……あぁっ……あぁぁーっ！　メシアぁー！

鼓膜に蘇《よみがえ》る母……綾の喘ぎ声が、「神の郷」中野支部長のペニスをしゃぶる音が、男性信徒の上で腰をグラインドする姿が、半那を現実世界から眼を逸らさせた。

——あ～あ～あ～、死んじまったのか。せっかく、仇を取ってやったのによ。

記憶のスクリーンに再生される、両手を広げて首を横に振る鷹場——極めつけは、自らの腹を出刃包丁で裂き、床に内臓を撒《ま》き散らし事切れていた父、光一の姿だった。

あの瞬間、半那はアブノーマルの世界の住人になってしまった。

「天上の間」に響き渡る明鏡が陰部を舐める音が、半那の悪夢の扉を閉めた。

「いまから、私のエネルギーをあゆみさんの第一チャクラに注入します」

明鏡が、作務衣のズボンとブリーフを脱ぎながら言った。

平静を装っているが、頬は上気し、ペニスは血管が浮き立ち反りかえっていた。

「これは、人間の男性のように興奮しているわけではありません。シャルロッテのカルマは強力で、大量のエネルギーが必要となるのです」

半那の視線に気づいた明鏡が、己の欲望を正当化した。

「本当に、明鏡先生とセックスをすれば私の家族は救われますか？」

半那はトートバッグを意識して、セックスという単語を口にした。

「もちろんです。注入された全知全能の私のエネルギーが、第一チャクラを機能させます」

「エネルギーというのは、精子のことですか？」

半那は、質問を続けた。

情報が多いほど、半那にとっては切り札の威力が増す。

「安心してください。人間で言えばそうですが、私の場合は気なので妊娠することはありませんから。さあ、力を抜いて……」

明鏡が穏やかに微笑みながら、半那の太腿《ふともも》の合間に腰を埋めた。

明鏡が半那に入ってきたが、快感も恥辱も感じなかった。

単なる肉体の接触……半那にとってセックスとは、有利に事を運ぶためのツールでしかなかった。

明鏡が半那に覆《おお》い被《かぶ》さり、ゆっくりと腰を振り始めた。

「ハラマンダーマラケッシュモルトアンピリダルブマータゲッターベラドンメリカリマッターホルンスプラッチガシューナ……」

明鏡が、腰を動かしながらでたらめなマントラを唱え始めた。

「チャクラ貫通の儀式」をやっているふうにみせる目的が半分、早漏防止の目的が半分、といったところだろう。

明鏡が滑稽《こっけい》であればあるほど、半那には有利になる。

半那は、人差し指を嚙み艶《なまめ》かしい声で喘いで見せた。

「あっあっあっ……明鏡先生……感じます……ああっ……ダメです……凄《すご》い……こんなの初めて……」

誘い水——半那は、男の心理を逆手に取った。

「ハマラサントラメサラサントラ……え？　初めて……と言いましたか？」

予想通り、マントラを中断し明鏡が誘いに乗った。

「はい……こんなに……感じたの……初めて……で……す……」

故意に、生々しい言葉を口にした——儀式ではなくセックスだという印象を強くした。

「そ……そうです……か……チャクラが……んむぉ……開いてる……むはぁ……証拠……

うぅぉあ……です……」

半那と違い、明鏡は本気の喘ぎ交じりで言った。

頬も耳も紅潮し、小鼻は広がり、眼は潤み……明鏡の顔に神の化身の面影はなく、快楽の海に溺《おぼ》れたただの男だ。

やはり、明鏡は早漏だ。

もう、十分に材料は揃った。

いい思いをさせるのも、ここまでだ。

半那は、内転筋と肛門に力を入れた――ヴァギナでペニスを締めつけた。

「ちょ……ちょっ、ちょっと……あっ……うむふぁ……ああー！」

秒殺――情けない声を上げながら果てた明鏡が、半那の上で背中を波打たせた。

いま、ナイフがあれば簡単に殺せる。

万が一、ナイフがあっても半那はそうしないことをわかっていた。

天国から地獄――これから明鏡は、刺殺されるのがメルヘンのような悪夢を体験することになる。

半那は明鏡の背中を抱き締め、肩越しにサディスティックな笑みを浮かべた。

明鏡の章　決壊

明鏡は、金のシーツが敷かれたキングサイズのベッドで充実感に抱かれ仰向《あおむ》けになっていた。

つい数分前まで、あゆみを抱いていたなど信じられなかった。

いまだに、明鏡のペニスは屹立《きつりつ》していた。

欲望の残滓《ざんし》を放出したにもかかわらず、硬度を保っていた。

この手に残っていた。

あゆみの、豊満で柔らかな乳房の感触が……。

この唇に残っていた。

あゆみの、薄桃色した硬く突起した乳首の感触が……。

このペニスに残っていた。

あゆみの、温かな肉襞の感触が……。

予想通り、最上級の女だった。

いや、あゆみは想像以上の女だった。

十万円のコース料理を堪能《たんのう》した気分だった。

Ｅカップの乳房、括《くび》れたウエスト、キュッと上がった桃尻、きめ細やかで吸いつくような白肌……あゆみの裸体は、ＣＧ加工されたモデルのようだった。

そんな極上の女を、自分は……。

「うおっしゃー！」

明鏡は叫びながらベッドから跳ね起きると、拳を頭上に突き上げた。

これから、何回も、いや、何十回もあゆみを抱けるなどまさに天国だ。

明鏡は金幕を引いた――二十畳ほどのスクエアな空間が広がった。

百インチのフルハイビジョンの特大液晶テレビ、クロムハーツのソファセット、壁際に埋め込まれたワインセラー、フランク・ミュラーやパテックフィリップがおさめられたショーケース……ホスト上がりの成金みたいな「天啓室」を、あゆみに見せるわけにはいかなかった。

明鏡は眼をつけた女性信者とセックスをするときは、いつも「啓示室」を金幕で遮《さえぎ》り「天上の間」を即席で作っていた。

「天上の間」……ようするに、ヤリ部屋だった。

明鏡はワインクーラーからロマネ・コンティのボトルを抜き、ソファに座った。

一本二百万円のワインを開けるに、相応《ふさわ》しい特別な日だった。

コルクを抜いた瞬間に、芳醇《ほうじゅん》な香りが鼻孔を満たした。

ワイングラスに注がれたルビー色の液体に空気が混じり、香りに豊かさが増した。

明鏡は、ワイングラスを傾けた。

口内に広がる上品なテイストを堪能しようとしていた明鏡の脳裏に、不意に、カマキリ中年男が浮かんだ。

カマキリ中年男は、川島という名だったはずだ。


――カルマが増大しないのは納得しましたけれど、どうして私が後なんでしょう？　医師も、大きな腫瘍《しゅよう》の患者と小さな腫瘍の患者がいたら前者の手術を先にやりますよね？　それなのに、私を後回しにするのはなぜですか？　神様も、若くて美しい女性と話しているほうが不細工な中年男を相手にするより愉《たの》しいからですか？


すっかり、忘れていた。

あゆみのカルマを滅失したあとに、川島のカルマを滅失する約束だったことを。

苦手なタイプだった。

ねちねちと執拗《しつよう》に嫌味と皮肉を織り交ぜ挑発してくる川島のカマキリ顔を思い出すだけ

で……。

明鏡は、思考を止めた。

川島と、初めて会ったような気がしなかった。

以前に、どこかで会ったことがあるのか？

いや、それであれば、川島があゆみとともに「明光教」を訪れたときに思い出すはずだ。

あのカマキリ顔は、一度見たら忘れない。

ならば、どうして会ったような気がするのだろうか？

ガラステーブルの上で、スマートフォンが震えた。

明鏡はワイングラスを片手に、ソファから立ち上がった。

ディスプレイに表示されたゆりあの名前に、明鏡はため息を吐いた。

もしかして、あゆみに「チャクラ貫通の儀式」を行ったことを気づかれたのか？

ゆりあには、女特有の勘の鋭いところがあった。

居留守を使おうか迷ったが、ここにこられたら面倒だ。

いまは、あゆみとのセックスの余韻《よいん》に浸《ひた》るのを誰にも邪魔されたくなかった。

「私だ。どうした？」

明鏡は、仕方なしに電話に出た。

『メシア、川島さんって覚えてますか？』

川島の名を口にしたゆりあに、心拍が跳ね上がった。

心を見透かされているようだった。

「ああ、もちろんだ。石原あゆみが初めて『明光教』を訪れたときに、一緒にいた男性だ」

『川島さんがいるんです』

「どこに？　もちろん私にはわかっているが、あなたがた人間と同じ目線で会話をしているんだよ」

慌てて、明鏡は取り繕《つくろ》った。

神の化身を演じるのを、ときどきやめたくなる。

『被害者の会です』

「被害者の会？」

『はい。神泉にある事務所です。雨宮さんが気になって、諜報《ちょうほう》部に会長の須藤のあとを尾《つ》けさせていたんです。そしたら、事務所の入っている雑居ビルから川島さんが出てきたんです』

「そのビルに、たまたま別の用事があったんじゃないのかな？」

明鏡は、動揺が声に出ないように気をつけた。

『いいえ。被害者の女子高生と一緒に出てきましたから、被害者の会に用事があったか関係者だと思います』

「被害者の女子高生と川島さんが一緒に出てきただと!?」

危うく、ワイングラスを落としそうになった。

明鏡の語気は強くなり、スマートフォンを握り締める手に力が入った。

「こんなふうに、驚いた君の姿が眼に浮かぶ。私には、最初からわかっていたよ」

慌《あわ》てて明鏡は、神の化身に戻った。

『どうして川島さんが被害者の女子高生と一緒に出てきたんでしょうか？』

「答えてあげたいところだが、考えるという行為をやめてしまうと魂の成長を妨《さまた》げてしまう。君の考えを、言ってみなさい」

わかるわけがなかった。

なにがいったい、どうなってしまっているのか？

あのカマキリ中年男と被害者の女子高生がなぜ？

カマキリ中年男は、女子高生の親？　親戚？

いや、それはありえない。

だったら、どういう関係だ？

『川島さんと女子高生が、家族や親戚関係とは思えません。私の予想では、被害者の会になんらかの形で関係しているのではないかと……』

「どうして、川島さんが被害者の会と関係しているんだ!?」

明鏡は無意識に、送話口に怒声を浴びせた。

スマートフォン越しに、ゆりあが息を呑む気配が伝わってきた。

「と、人間なら不思議に思うはずの声を代弁した」

明鏡は、感情的になってしまった自分をごまかすように取り繕った。

『あくまでも私の推測なのですが、川島さんは「明光教」に恨みがあるんじゃないでしょうか？』

「ほう……続けなさい」

スマートフォンを握る掌が冷や汗で濡れ、心臓が胸壁を乱打した。

『友人や知人がウチの信徒、もしくは信徒だったことがあり逆恨《さかうら》みをしているとか……あ、すみません、また、余計なことを言って……』

「謝る必要はない。続けなさい」

明鏡は、ゆりあを促した。

家族や友人を奪われ、「明光教」を目の敵《かたき》にしている者は無数にいる。

なんらかの理由で川島が「明光教」を逆恨みしていても、不思議ではない。

問題なのは、あゆみとの関係だ。

『石原さんに事情を訊《き》いてみようと思うのですが、いいですか？　彼女、川島さんと最初にカウンセリングにきましたよね？』

やはり、ゆりあもそこに眼をつけた。

「いや、それはいい。そうだった場合、川島さんに情報が漏れる恐れがある。とりあえず、監視を続けなさい。ただし、私が指示するまで川島さんにも石原さんにも接触してはならない」

まったくの嘘《うそ》ではない。

だが、それ以上に、ゆりあに追及されたあゆみが今日のことを話してしまうのが怖かった。

まずは、明鏡が直接あゆみに川島のことを訊いてからだ。

『わかりました。須藤は尾行しますか？』

「須藤？」

『はい。被害者の会会長の須藤です』

――いま、このメモに私の好きな動物の名前を書きました。当てて貰ってもいいですか？　明鏡先生は神の化身だから、簡単なことですよね？　それとも、これも私の魂の成長の妨げになりますか？

ニットキャップに眼鏡をかけたカマキリ顔の須藤の……。

思考を止めた。

記憶の中の須藤のニットキャップを脱がし、眼鏡を外した。

川島……。

喉元まで込み上げた声を、寸前のところで飲み下した。

まさか、そんなことが……。

粟立《あわだ》つ脳みそ――氷結する血液。

明鏡は、ふらふらと歩きソファに腰を戻した。

だとすれば、あゆみはいったい……。

『メシア？　どうなされました？』

心配そうなゆりあの声で、明鏡は我に戻った。

「須藤さんを尾行する必要はない。いまは、川島さんと女子高生の行動に注意を払いなさい」

明鏡は電話を切ると、ソファに背を預けた。

須藤は存在しない人物だから、尾行しても意味がない。

明鏡は、すぐに西城の電話番号をタップした。

☆

「失礼します！」

西城が、緊張した面持ちで「啓示室」へと入ってきた。

「座りなさい」

明鏡は眼を閉じたまま、自身が結跏趺坐《けっかふざ》を組む特注ソファの正面のソファを促した。

「失礼します！」

薄目を開けた。

西城が、アポロのような屈強な身体をソファに沈めた。

「君も知っての通り、雨宮は『明光教』の実質的ナンバー2だった」

明鏡は眼を開けると、いきなり切り出した。

「雨宮がいなくなったいま、ナンバー2の座をいつまでも空席にしておくわけにはいかない。彼の跡を継ぐのは、君しかいないと思っている」

「メシア……ありがとうございます！」

感極まった表情で、西城が頭を下げた。

「ただし、その前に君にやって貰いたいことがある」

「なんでしょう？」

「被害者の会会長の須藤と石原あゆみの関係を暴いて貰いたい」

「石原あゆみですか⁉」

西城が素頓狂《すっとんきょう》な声を上げた。

「どうした?」

明鏡はすかさず訊ねた。

あれだけの美女だ。

西城が心を奪われていたとしても不思議ではない。

だが、それだけではないような気がした。

とてつもなく、嫌な予感がした。

「あ……いえ……」

西城の瞳が泳いだ。

間違いない。西城はなにかを知っている。

「隠し事をすれば、無間《むけん》地獄に堕ちることは知っているね?」

明鏡は、強い口調にならないように気をつけた。

「はい! もちろんです……」

「では、いまから私の質問に隠し事なく正直に答えなさい。私は全知全能の神である。君が嘘を吐いた瞬間に察してしまう。無間地獄に堕ちたくはないだろう?」

西城が、何度も大きく頷いた。

「須藤と石原あゆみについて、君が知っていることを答えなさい」

明鏡は問い詰めたい気持ちを堪え、穏やかに促した。

「須藤のことは知らないのですが……」

西城が言い淀《よど》んだ。

「石原あゆみのことは知っているんだろう？　もちろん私にはわかっているが、君の口から答えて貰いたいのだよ」

明鏡は、優しく導いた。

「石原あゆみが、『カルマ滅失の業』の際にメシアから引き継いだ雨宮さんに、『私が過去世で犯したカルマを滅失するための儀式』だと言われ、服を脱がされ、胸を揉まれたり性器に指を入れられたりしたそうです」

なっ！

明鏡は、心で声を上げた。

いま、西城が口にしたのはさっき自分があゆみに言った言葉と行為そのままだ。

まさか、雨宮が自分と同じことをあゆみにしていたというのか？

明鏡の五臓六腑に火がついた。

「石原さんは、こう続けました。私達はメシアの子供。雨宮は、五欲滅失を唱えながらその裏で、メシアの子供を情欲の対象にしたたと。雨宮さんのやったことは冒瀆《ぼうとく》以外のなにものでもなく、絶対に許せないと……」

まるで、自分が責められているような錯覚に襲われた。

だが、雨宮は本当にそんなことをやったのか？

「石原さんは、私に言いました。『明光教』の合宿に参加した知人の女性が雨宮さんにレイプされたと……しかも十七歳だと……。その女性が、須藤とともに乗り込んできた女子高生なんです」

なっ！

ふたたび、心で声を上げた。

驚きが顔に出ないように、懸命にポーカーフェイスを装った。

すべてをお見通しの神の化身が、驚くわけにはいかない。

それにしても、あゆみが雨宮に性的虐待を受けたというのも驚きだが、別の被害者を神輿《みこし》に担《かつ》ぎ記者達とともに「明光教」に乗り込ませたとは……想像以上だった。

果たして、本当なのか？

そこまで画策できる川島とあゆみなら、雨宮のレイプ話自体がでっち上げの可能性があった。

レイプ話がでたらめなら、目的は一体なんだ？

雨宮に恨みがあるのか？

だとすれば、「明光教」を追放された時点で彼らの目的は達成されたことになる。

解《げ》せないのは、あゆみが「チャクラ貫通の儀式」をなぜ受けたのかということだ。

あゆみの目的が雨宮を貶《おとし》めるために「明光教」に潜伏したのであれば、洗脳などされていないはず……疑問が解けた。

洗脳が進んでいないうちにあっさり肉体を委ねたあゆみに、うまく行きすぎだと感じた。

欲望に負けて疑問を打ち消したが、冷静に考えれば不自然だ。

計画なのか？

だが、雨宮が追放されたあとに……目的を達成したあとにそこまでする意味はない。

もし、目的を達成していなかったとすれば……。

もし、雨宮が目的でなかったとすれば……。

鼓動が早鐘を打ち始めた——とてつもない胸騒ぎがした。

「被害者の会がマスコミを引き連れ乗り込んでくることを、石原さんから聞かされていたのか？」

「……はい」

強張った顔で頷《うなず》く西城が、明鏡の胸騒ぎに拍車をかけた。

「君は石原さんからその話をどこで聞いたんだ？　そもそも、彼女はどうして君にそんな話をしたんだ？」

「そ、それはその……」

言い淀《よど》む西城に、明鏡の不安は爆発しそうになった。

「もちろん、私は真実を知っている。君の魂の成長のために、君自身の口から真実を語ってほしい。もし君が嘘を吐いたなら、その瞬間に神の子供ではなくなる」

「駅前の『シークレット』というバーで、酒と煙草をやっているのを石原さんに見られたんです！　被害者の会が翌朝の八時頃に乗り込むから、雨宮さんを糾弾してほしいと……私の仇を討ってほしいと……。そんなようなことを言っていました」

「喫煙と飲酒を私に暴露されることを恐れて、協力したということだね？」

明鏡が促すと、蒼白な顔で西城が頷いた。

「馬鹿者！」

明鏡は怒声を張り上げた。

弾《はじ》かれたようにソファから立ち上がった西城が、土下座した。

「暴露されずとも、私は全知全能の神の化身だからすべてを見通しているというのを信じていないのか？」

「す、すみません！　もちろん信じていますが……怖くなってしまったんです……本当に、申し訳ありませんでした！」

大きな身体を縮こまらせ、西城が額《ひたい》を床に擦りつけた。

「修行も帰依心《きえしん》も足りないということだ。雨宮の後釜として、君をナンバー2にしようとしたのに残念だよ。しかし、一度だけ、君にチャンスを与える。警備部を総動員して、川島と石原あゆみを連れてきなさい」

「もしかして、『贖罪室《しょくざいしつ》』に連れて行くんですか!?」

顔を上げた西城の瞳が爛々《らんらん》と輝いた。

「二人には、『昇華の業』が必要だ」

明鏡は、穏やかな口調で言った。

「昇華の業」……未熟な魂が高みのステージに行けるように「愛の戒め」を与えて神の世界に戻す。

それは建前で、邪魔者や裏切り者に警備部の屈強な信徒達がリンチを与えて消すことだ。

人気タレントの中谷ゆまを連れ戻そうと乗り込んできた「レジェンドプロ」社長の沢木を嬲《なぶ》り殺したように……。

「諜報部と連携して、石原あゆみと川島について徹底的に調べなさい。私にはわかっているが、これも君達の修行の一環だ。西城君。神への帰依心を示しなさい」

「わかりました！　任せてください！」

西城が、岩のような拳で分厚い胸板を叩いた。

明鏡は、警備部と諜報部の精鋭を総動員するつもりだった。

「明光教」を崩壊させようとする者は、何人《なんぴと》たりとも許せはしない。

あゆみの肉体は何百回でも味わいたいが、仕方がない。

この明鏡飛翔を地獄に落とそうとした者は、沢木のように消すだけだ。

半那の章　挑発

「あんなに頑固な人間、初めてですよ」

「ハイグレード神泉」の三〇二号室——タブレットPCのディスプレイを、四方木が渋面《じゅうめん》でみつめた。

ディスプレイの中——被害者の会の支部を装った三〇三号室のソファでは、雨宮が彫像のように微動だにせずに結跏趺坐《けっかふざ》を組んでいた。

「二日間、なにも食べてないなんてありえなくない？」

憂が、呆れた表情で言った。

持参しているペットボトルの水を何口か飲んだだけで、差し入れた鮭弁当や出前のカツ丼にはまったく口をつけなかった。

交替で監視しているが、睡眠も取っていなかった。

「おっさんもたいしたことねえな？　変態のくせに唯一の取柄のねちねち口撃も通用しねえんじゃ、生きてる価値がねえだろ？」

カルロが、馬鹿にしたように四方木に言った。

「モニター見て勃起してるだけの、半分ブラジル君に言われたくないですね」

「うるせえよ。てめえなんか、破れたコンドームみてえに使い道がないゴミだよ、ゴミ！」

カルロが四方木を指差し、大笑いした。

「私に絡《から》んでないで、君は雨宮さんのこと思い出してオナニーでもしてればどうですか？」

四方木も負けじと、挑発的な言葉を返し嘲笑《ちょうしょう》した。

「なんだと!?　くそカマキリ……」

「あ、ごめんなさい。低能な君と言葉遊びしてる場合じゃないんです。社長。雨宮さんは優しくしても増長するだけです。いまから、拷問しましょう！」

カルロを侮辱しながら遮《さえぎ》った四方木が、瞳を輝かせて半那に進言してきた。

「拷問なんかしても、意味がないわ」

にべもなく、半那は言った。

「ただ痛めつける拷問じゃありません。いいですか？　雨宮さんは品がよくて、プライドが高くて、冷静です。官僚のエリートに多いタイプですが、こういう輩《やから》は検察でプライドをズタズタにされたらあっさりと心が折れるものなんです。だから、奴のプライドを引き裂く拷問をすればいいんです。たとえば、巣鴨《すがも》の五十歳のみるきーちゃんという百キロオーバーのデリヘル嬢がいるんですが、彼女のフェラテクは神がかっていて五分以上耐えた男性はいないそうです。あるAV男優が、『絶対に射精しない男vs.絶対に射精させる女』という企画でみるきーちゃんと対戦したんですが秒殺でした」

「キモっ。なに観てるの？」

憂が嫌悪の縦皺《たてじわ》を眉間《みけん》に刻んだ。

「男優はなんと、あの射精を自由自在にコントロールできるAV界のミスターパーフェクトのチョコバナナ三田村ですよ！」

四方木が、興奮気味に叫んだ。

「知らねえよ、そんな奴」

カルロが吐き捨てた。

「え？　え？　えーっ!?　君は、チョコバナナ三田村を知らないんですか!?　彼を知らないというのは、野球選手でイチローをサッカー選手でカズを騎手で武豊を知らないのと柔道選手の山下……」

「うるせえんだよっ、くそ変態カマキリじじいが！」

カルロが四方木を怒声で遮った。

「芸術のわからない、ムカデ並みに下等な君に話した私が馬鹿でした。社長、五十のデブババアにフェラされて一瞬でイッてしまった雨宮さんの恥辱は計り知れないですよ！　やりましょうよ！」

「ざっけんじゃねえ！　そんなくだらねえことで、雨宮の心が折れるわけねえだろうが！　社長、俺に任せろよっ。俺が野郎のアナルにちんぽぶち込んでガンガン腰振ってよ、雨宮がイキそうになるたびに抜くんだよ。寸止めってやつだ。野郎、随喜《ずいき》の涙流しながら頼んでくるぜ。お願いだから、イカしてくれってな」

カルロが立ち上がり腰を振りながら、オルガスムスに達しそうなアメリカのポルノ男優のような恍惚《こうこつ》の表情で言った。

「相変わらず、君のアイディアは品がないですね。社長。半分ブラジル君の意見は公私混同しているだけなので、私の……」

「あなたも同じじゃない。二人とも却下よ」

「えーっ！」

カルロと四方木が、デュエットするように不満の声を上げた。

「雨宮を味方に引き入れる切り札は、既《すで》に手に入れているから」

「切り札って、なんですか!?」

「なんだよ!?　切り札って!?」

四方木とカルロが、ほとんど同時に身を乗り出した。

「それは観てからのお楽しみよ」

半那は、意味深に笑った。

「そういえば、社長、今日、『明光教』に行ってましたよね？　明鏡に会ってきたんですか？」

「もちろん」

半那は、ふたたび意味深に微笑んだ。

「明鏡に会って、なにしてきたの？」

憂が怪訝《けげん》そうな顔で訊ねた。

「唯一無二の神の化身の正体が、欲に塗《まみ》れた卑猥な男だと暴いてきたわ」

半那は、冷え冷えとした声で言うと口角を吊り上げた。

「おいおい、社長さんよ、それってもしかして……？」

カルロが言いながら、拳を握り締め人差し指と中指の間から親指を出して見せた。

「社長、明鏡にクンニされたりフェラしたり指マンされたり手コキしたり……」

「雨宮陥落《かんらく》の作戦会議に入るわよ」

半那は四方木の変態的な妄想を遮り、ノートパソコンを開いた。

「まずは、私が手にした明鏡の致命的なカードを見せてあげるわ」

半那は、意味深な笑みを浮かべＤＶＤの再生キーをタップした。

待ってなさい。飼い犬に喉笛を咬《か》ませて殺してあげるから。

半那は、心で明鏡に宣言した。

☆

三〇三号室――半那達四人が室内に入っても、雨宮は微動だにせずにソファで結跏趺坐を組み眼を閉じていた。

まるで、一時停止されたＤＶＤを観ているようだった。

「食事がお口に合わないのなら、別のを用意しましょうか？　ステーキとかお寿司とか？　それとも、『明光教』は肉や生物《なまもの》を禁じているのかしら？」

からかうように言いながら、半那は明鏡の正面のソファに座った。

「いいえ、肉も生物も禁じられていませんよ」

眼を閉じたまま、雨宮が言った。

「じゃあ、どうして水しか飲まないの？　二日間なにも食べてないんだから、お腹が減ったでしょう？　痩《や》せ我慢は、身体によくないわよ」

「なにか勘違いしているようですが、ここで出されるものは水であっても口にしません。

私が飲んでいる水は、明鏡先生がマントラを唱えて清めた神水ですから」

相変わらず、雨宮は眼を閉じたままだった。

「もしかして神水って、明鏡が女性に吹かせた潮じゃないんですか?」

半那の隣に座った四方木が、下卑た笑いを浮かべた。

雨宮が、おもむろに眼を開け半那を見据えた。

「こんなことしても無駄です。私の明鏡先生への帰依心が、揺らぐことはありません。それより、いまからでも遅くありません。『明光教』に入信して、罪を悔い改めてください。私は、別にあなた方のことを恨んだりしていません。神は赦しであり、赦しは愛であり、愛は神である。これが、明鏡先生の教えですから」

雨宮が、半那をみつめて頷《うなず》いた。

「じゃあ、俺があんたのアナルを犯しても許してくれんのか?」

カルロが雨宮の前に屈《かが》み、顔を覗《のぞ》き込んだ。

「君も、一緒に入信してください。あなた方の悪魔に浸食された魂を明鏡先生が救ってくださいます」

「あなた方の悪魔に浸食された魂を明鏡先生が救ってくださいます」

四方木が、馬鹿にしたように雨宮の物まねをした。

「自分の片腕を見捨てた人が、どうやって赤の他人の私達を救うのよ?」

半那は、薄笑いを浮かべつつ雨宮を見据えた。

「ですから、そういう挑発行為は無駄なのでやめてください。誰からなにを言われても、私は明鏡先生に見捨てられてはいません。これは、私の魂の成長のために与えられた修行です」

「じゃあ、あなたに一つ質問するけど、明鏡が修行の一環として私とセックスしても彼への帰依心は揺るがない自信があるかしら？」

半那は核心に切り込んだ。

雨宮の洗脳度は深い。

半那の手にあるカードが弱ければ、いくら時間をかけても洗脳は解けない。

逆を言えば、カードが強ければ雨宮を明鏡から引き離すのに時間はかからないということだ。

いま手にあるカードが明鏡の虚像を打ち壊せるかどうか、すぐに試す必要があった。

カードが雨宮の心のドアをこじ開けることができないとわかれば、別のカードを手に入れなければならない。

この質問にたいする答えで、カードが通用するかどうかの判断がつく。

「また、無意味な質問ですね」

雨宮が、冷ややかに笑った。

「無意味でもいいから答えて」

「無理ですね。その質問は、宇宙人が攻撃してきたらどうしますか？　という類《たぐい》と同じです」

「つまり、百パーセントありえない質問ということかしら？」

「言うまでもありません」

半那は、心でほくそ笑んだ。

第一関門突破だ。

雨宮には、明鏡が女性と性交渉を持っている姿などまったく想像がつかないようだ。

半那にとっては、いい流れだった。

「どうして百パーセントないと言い切れるの？」

「明鏡先生の名誉のために、仕方ないので一度だけしか言いません。明鏡先生は人智を超えた神の化身です。明鏡先生は睡眠を取らず、食事を摂らず、排泄《はいせつ》をしません。もう、おわかりでしょう？　神の化身に快楽を貪《むさぼ》る性欲など必要ないのです」

半那は、雨宮の顔をマジマジとみつめた。

冗談を言っているのではないかと思ったが、雨宮の顔は至って真剣そのものだった。

尤《もっと》も、明鏡を神の化身と信じた時点で雨宮はもはや奴隷なのだ。

「雨宮さん……それ……本気で信じてるんですか？　明鏡が、ご飯も食べずに寝ずにトイレにも行かずにセックスもしないって……？」

四方木が、唇を押さえて頰を膨らませ笑いを我慢していたが、堪《たま》らず噴き出した。

「マジに……おい、あんた……顔はいいのに……幻滅させねえでくれよ……」

カルロも身体をくの字に折り曲げ、痙攣《けいれん》するように大笑いしていた。

「あなた達のような邪悪なる魂の持ち主には、明鏡先生の崇高さはわからないでしょうね。でも、ご安心ください。『明光教』に入信して三ヶ月もすれば、悪に汚染された魂も……君は……」

雨宮が言葉を切り、半那の顔をしげしげとみつめた。

「ようやく気づいた？　神の化身に仕えている割には、記憶力が乏《とぼ》しいのね」

半那は、皮肉っぽく笑った。

雨宮は「明光教」で半那をちらりとしか見ておらず、しかもすっぴんだったのでメイクを決めた目の前の女性が同一人物だとすぐに気づかなくても仕方がなかった。

「たしか、ウチに新しく入信した石原さん……ですよね？　どうして、あなたが被害者の会にいるんですか？」

雨宮が、怪訝《けげん》そうに訊ねてきた。

「私には、ある目的があって『明光教』に潜入したの」

「ある目的？　どういうことでしょう？」

雨宮の表情が険しくなった。

「私は、明鏡の被害者なの」

――明鏡とセックスした!? それ、マジか!?

――つまり社長は、明鏡とのおまんこを隠し撮りしたっていうことですか!?

――キモ! そこまでして復讐したいの!?

雨宮の洗脳を解くための切り札として、明鏡とのセックスを盗撮したと告げたときの三人の反応が脳裏に蘇った。

――別に、粘膜の摩擦だけだし、どうということはないわ。

本音だった。

「明光教」を崩壊させるためなら、肉体を差し出すくらい痛くも痒《かゆ》くもない。

「あなたが、明鏡先生の被害者? どういった被害を受けたというんですか?」

「『チャクラ貫通の業』をすると言って、明鏡は私を抱いたのよ」

半那は、瞳に憎悪の色を宿して言った。

明鏡を憎んではいるが、瞳に浮かべた憎悪はシナリオのためだ。

「なにを言うかと思えば……馬鹿馬鹿しいですね」

雨宮が、呆れた顔で受け流した。

「嘘じゃないわっ。明鏡は、私の前世のカルマが災いしてるといって、肉体を貪《むさぼ》ったのよ！」

半那は、語気を荒らげてみせた。

「いい加減にしないと、怒りますよ？　私のことは侮辱しても構いませんが、明鏡先生への冒瀆《ぼうとく》は見過ごすことはできません」

雨宮が、怒りを押し殺した声で言った。

「冒瀆じゃないわ。信じないなら、証拠を見せてあげようか？」

半那は、用意してきたタブレットPCをテーブルに置き雨宮のほうに押した。

「証拠？」

雨宮が訝《いぶか》しげに言いながら、視線をタブレットPCに移した。

『こうやって……全身の神経を刺激することで……チャクラの車輪の回転を……よく……するんです……』

ディスプレイに映し出されるキングサイズのベッド――全裸で仰向けになる女性に覆い被さる紫のシルクの作務衣姿の明鏡。

『ああ……なんか……下のほうがジンジンして変な感じです……』

ディスプレイの中の半那は、全身を上気させ下半身をくねらせた。

『チャクラ……の車輪が……動き出した……証《あかし》です……』

明鏡が喘《あえ》ぐように言い、半那の左右の乳房を揉みしだきながら乳首を交互に吸った。

「これは……」

ディスプレイを凝視していた雨宮が絶句し、もともと色白の顔が蒼白になっていた。

驚愕《きょうがく》しているのは、雨宮ばかりではない。

カルロも憂も、衝撃的な映像に眼を見開いていた。

四方木だけは、ニヤニヤと頬肉を弛緩《しかん》させ目尻を下げていた。

『ほら……こんなに悪いカルマ汁が溢《あふ》れて……きています……ほら！　ほら！　ほらぁ！』

明鏡は右の人差し指と中指を半那の秘部に挿入し、激しく前後させた。

ディスプレイ越しに淫靡《いんび》な愛液の音が聞こえると、雨宮の眉間の縦皺がさらに深く刻まれた。

半那は身体を弓なりにし、甘くせつない声を漏らした。

『なんか……変な感……じです……私……怖いです』

『怖く……ありません……。我慢してください……の汁は……カルマの血液のようなものだと思って……ください……チャクラが動き出し……カルマが弱まっているのです……さあ……そろそろ神の剣で……悪しきシャルロッテのカルマに止《とど》めを刺します。その前に、神の剣を口で清めてくださ……い』

明鏡はベッドの上に仁王立ちになり、作務衣のパンツを足首まで下ろした。

「雨宮さん。カルマが生き物みたいに血を流すなんて勉強になりました。さすがは、唯一無二の神の化身ですねぇ〜」

四方木は、完全に明鏡を馬鹿にしていた。

だが、ディスプレイの中で繰り広げられている出来事に頭の整理がつかないのだろう、雨宮は四方木に反論する余裕さえないようだった。

二十五センチに勃起したペニスを、明鏡は半那の顔前に突き出した。

「神様の剣っていうのは、立派なもんですねぇ〜」

ふたたび、四方木が茶化すように皮肉を言った。

『口で清める……どうすればいいんですか？』

『人間界では、フェラチオと呼ばれています。経験くらい、ありますよね？』

『あ……はい……』

『同じようにやればよいのです。そもそもフェラチオというのは、神の剣を女神の聖なる舌で清めるための儀式でした。それを我が子達……あなたがた人間が、快楽を高めるための前戯としたのです。なので、これは崇高なる行為なので恥ずかしがることはありません』

明鏡が、促すように腰を前に突き出した。

「神の剣を女神の聖なる舌で清めるための儀式だぁ？　こいつ、馬鹿じゃねーの!?」

カルロが毒づき、ディスプレイを指差し爆笑した。

半那が明鏡のペニスをくわえると、雨宮が顔を逸らした。

「ちゃんと見て！　あなたが神と崇めている人の姿を！　それとも、明鏡が若い女の肉体を貪る、ただの色ボケしたおっさんだと認めるのが怖くて正視できないわけ？」

半那が挑発的に言うと、雨宮がディスプレイに視線を戻した。

『さあ……うんむふぁ……そろそろ、私が……君の閉塞《へいそく》した第一チャクラを……あふぅん……解放させましょう……』

喘ぎ交じりに、明鏡が言った。

恍惚《こうこつ》に歪んだ顔、膨らんだ小鼻、虚《うつ》ろで焦点の合っていない瞳……明鏡のオルガスムスに耐える表情は、およそ神の化身とは遠く懸け離れていた。

さっきから無言で半那と明鏡のセックス動画を観ている雨宮がどう思っているのかはわからないが、動揺しているのは確実だ。

『やっぱり……なんか……違う気が……します』

　このときの半那のセリフは、明鏡が性欲に溺れているただの男ということを際立たせるための誘導だった。

『いまさら、なにを言ってるんです！　あゆみさんのチャクラを貫通しなければ、このま、シャルロッテのカルマを滅失できませんよ！』

　明鏡が、語気を強めて半那を諭《さと》そうとした。

『わかっています……でも、心の準備を……』

『私が、人間のように性欲であゆみさんとこういうことをしていると思いますか!?　私は唯一無二の神の化身として、シャルロッテのカルマを滅失しようとしているだけです！ここまで言っても、私を信じることができないんですか!?』

　ムキになり半那を説き伏せようと必死な明鏡は、どこから見ても神の化身には見えなかった。

「ただやりたいだけじゃん」

　憂が呆れたように吐き捨てた。

『いいですね!?　いいですね!?　私を信じて……神の剣を挿入しますよ……うふぁ……』

　言い終わらないうちに半那の秘部にペニスを挿入した明鏡が、眼を閉じ気色の悪い声を漏らした。

『アマラサントラメサラサントラアーガンダヴィーダブッタフルハラゲラリッチミノラン

ソープゴッサムチェリードールベンガルパラパラリッチモンドナムサンテッドヤーブロー!』

わけのわからないでたらめのマントラを唱えながら、明鏡が半那の上で腰を振った。

「ねえねえ雨宮さん、神の化身っていうのは女の人とおまんこしながらマントラを唱えるものなんですか?」

馬鹿にしたような四方木の問いかけを、雨宮は無視した……無視するしかないのだろう。

「ねえねえ雨宮さん、神の化身さんはなんて言ってるんですか?」

ふたたび、小馬鹿にしたように四方木が訊ねた。

雨宮が答えることはなく、ディスプレイを凝視し続けていた。

「あ〜気持ちいい〜たまんねえ〜ちんぽとろけそう〜神の化身でよかった〜女性信者を食い放題ぃ〜……とか、言ってるんですかね?」

執拗《しつよう》に、四方木が雨宮に絡《から》んだ。

『うふむぁ……エ……エネルギー……を……ち……注入……し……ますよ……いきますよ……』

明鏡の声がうわずり、腰の動きが激しくなった。

『イクっ……ああ……イクっ、イクっ……イクーっ!』

明鏡が顔を紅潮させ、天を仰ぎ絶叫した。

ほどなくして半那の上から下りた明鏡は、仰向けになり荒い呼吸をついていた。

「どこが神だよ？　普通に腰を振ってイッてんじゃん」

カルロが、嘲《あざけ》りつつ言った。

『私のカルマは……消えたんでしょうか？』

シーツで胸もとを隠した半那が、不安げに訊ねた。

『カルマが大き過ぎて、かなり小さくなりましたが……完全に消滅はしていま……せん』

胸板を上下させつつ、明鏡が喘ぎ交じりに言った。

『えっ……』

『心配は……いりませんよ……。腫瘍の放射線治療と同じで、二回、三回と回数を重ねながら小さくしてゆくんです……』

『また、セックスをするということですか？』

『セックスではなく……これは「チャクラ貫通の儀式」です……』

半那は、動画の停止キーをタップした。

「ご感想は？」

青くなったディスプレイをみつめたままの雨宮に訊ねた。

「別にありません」

「私の肉体を貪っている明鏡を見ても、なにも思わないの？」

「あなたに言う必要はありません」

雨宮が、にべもなく言った。

「またまたぁ～、強がっちゃってぇ～。本当は、神の化身なんて嘘じゃん！　ただの色欲男じゃん！　って、思ってるんでしょう？」

四方木が、眼を三日月形にして茶化した。

「狙いはなんですか？　どうして、こんな動画を私に観せるんですか？」

四方木を無視して、雨宮が半那に訊ねてきた。

「言ったでしょう？　明鏡の被害者だって」

「だから、なにがしたいわけですか？」

雨宮が、怪訝な顔で質問を重ねた。

「明鏡の化けの皮を剝《は》がすのが目的よ」

駆け引き抜きに、半那は正面から踏み込んだ。

鉄の帰依心を持つ雨宮に、小手先のまやかしは通用しない。

「明鏡先生の一番弟子の私にたいして、よくもそういうことが言えたものですね？」

「その一番弟子は、師匠が私とセックスしている姿を見てどう思ったのか聞かせてほしいわ」

半那は、雨宮を見据えた。

雨宮の瞳からは、いかなる動揺も窺《うかが》えなかった。

さすがは実質的なナンバー2だけあり、肚《はら》が据わっていた。

「そんな下品な会話をあなたとする気はありません」

「そんな下品な行為を、あなたが神の化身と仰《あお》ぐ人がしたのよ？」

半那は、皮肉交じりに切り返した。

「それは、あなたの考えです。私は、そうは思いません」

雨宮が、眉ひとつ動かさずに言った。

本音か虚勢かの判断はつかなかった。

一つだけわかっているのは、すぐに半那に心を開くことはないということだ。

「おいおい、雨宮さんよ、いま、神の化身とやらがセックスするためにでたらめを並べていたのを見たじゃねえか!?　どっからどう見ても、ただのエロおやじだろうが！」

カルロが、嘲るように吐き捨てた。

「イクっ……ああ……イクっ、イクっ……イクーっ！」

四方木が、身悶《みもだ》えつつ動画の中の明鏡が絶頂に達する真似をした。

「明鏡先生の件は別にしても、私を騙《だま》したあなた方を信用できるわけがないでしょう。一人にして貰えませんか？　逃げようなどとは思わないので、ご心配は無用です」

「その件に関しては、素直に謝るわ。あなたを騙し、恥をかかせて申し訳なかったわ」

半那は立ち上がり、雨宮の足もとに土下座した。

「おいっ、なにやってんだよ！　こんな奴に土下座することねえよ！」

「そうよ！　悪いのは明鏡じゃん！」

カルロと憂が、矢継ぎ早に半那に言った。

四方木も、驚きの顔を半那に向けていた。

無理もない。

打ち合わせ段階では、雨宮に謝罪するというシナリオはなかったのだから。

だが、半那の頭の中では作戦の一つに入っていた。

カルロや四方木がどれだけ屈辱的な拷問をしても、雨宮は屈するようなタマではない。

明鏡を裏切るくらいなら、喜んで死を選ぶはずだ。

雨宮に明鏡を裏切らせたいのなら、神というのが虚像だと信じさせなければならない
——半那が信頼に足る存在だと、雨宮の心に植えつけなければならない。

「あなた達も、謝りなさい！　雨宮さんを犯罪者に仕立て上げたのは事実なんだから！」

半那は一喝した。

言われなくても、一番、屈辱なのは半那自身だった。

怨敵の片腕の足もとに跪《ひざまず》くなど、死に値するほどの苦痛だった。

だが、それを凌駕《りょうが》するほどに「明光教」を潰したかった。

雨宮は、明鏡を葬ってから処理すればいいだけの話だ。

「おいっ、マジに言ってんのか!?　誰がこんな奴に……」

「謝らなければ、もう二度と、私の前に顔を見せないでちょうだい」

半那の言葉に、カルロが絶句した。

不法滞在のカルロがありつける職場はない。

その点、「リベンジカンパニー」はカルロを受け入れるだけではなく、月に二百万以上の報酬を渡している。

それは、四方木にしても同じだ。

彼らみたいな変質者が働ける場所など皆無に等しい。

かといって、ヤクザ社会で生きていけるようなタイプでもない。

カルロや四方木にとって「リベンジカンパニー」は、天職であり天国なのだ。

半那に逆らい追放されること即《すなわ》ち、彼らの行き先は地獄しかない。

「さあ、どうするの？」

半那は、カルロを促した。

「謝りゃいいんだろ？　謝れば!?」

不貞腐《ふてくさ》れた顔で立ち上がったカルロが、渋々と跪いた。

「あなたも」

半那が視線を移すと、憂もぶつぶつと文句を言いながらもカルロに倣《なら》った。

「私は、嫌ですよ！」

空気の流れを察した四方木が、金切り声で拒否してきた。

「あ、そう。私の指示に従えないなら、どうなるかわかってるわよね？」

半那は、恫喝《どうかつ》の響きを帯びた口調で言った。

「まさか、私のことも半分ブラジル君のように出て行けとか言うつもりじゃ……」

「言うわよ」

四方木を遮り、半那は言った。

「そ、そんな……心外ですっ！　有能で有益な私と、無能で無益な半分ブラジル君を一緒にするなんて！」

四方木が、カルロを指差し震える声で抗議した。

五十過ぎの中年男が涙目で訴える姿は、滑稽を通り越し不気味だった。

「人の身体にちんぽやまんこのタトゥー彫るしか能がねえお前に、無能とか言われたくねえよ！」

「二人とも、やめなさいっ！　明鏡の悪事を暴くための突破口作りとはいえ、なにも悪いことをしていない雨宮さんに少女淫行の濡れ衣を着せたのは事実でしょう！　さあ、指示に従うか出て行くか、どちらか選びなさい！」

半那の一喝に、四方木が恨みがましい眼を向けつつカルロと憂に並び跪いた。

「さっきから黙っていたら、なにをやってるんですか？　そんなことをされても、私があなたがたと手を組むわけはありませんし、ましてや、明鏡先生を裏切るなど天地が引っ繰り返ってもありえません」

雨宮が、きっぱりと言った。

明鏡への揺るぎない帰依心と受け取れる反面、自らに言い聞かせている可能性もあった。

半那は、雨宮は不安に襲われていると睨《にら》んでいた。

どれだけ崇拝していても……いや、崇拝していたからこそ、明鏡のセックス動画を目《ま》の当たりにした雨宮のショックは測り知れない。

「別に、あなたに媚《こ》びようとしているわけじゃないし、そんなことで騙せるとも思ってないわ。謝るのは、目的のためなら手段を選ばない卑劣な手段を取った自分達を反省するためよ。その上で、あなたに真実を知って貰う努力をするわ」

ソファで結跏趺坐を組む雨宮を見上げ、半那は殊勝な顔で言った。

込み上げる笑い――嚙み殺した。

目的を果たすためなら人を欺き、利用し、犠牲にするのはあたりまえだ。

明鏡を破滅させるのに仲間の命を差し出さなければならないなら、半那は迷わずそうするだろう。

「謝りたいのなら、勝手にしてください。ただし、私はなにも変わりません」

「卑怯《ひきょう》な真似をして、本当にごめんなさい」

半那は、床に額《ひたい》を押しつけた。

性感染症にかからせる、麻酔で眠らせペニスを切断しヴァギナを作る整形手術を受けさせる、発情した雄のシェパードに肛門を貫かせる……半那は、用済みとなった雨宮の料理法を考えることで屈辱に耐えた。

カルロ、憂、四方木も床に額を押しつけていた。

「わかりました。もういいですから、とりあえず座ってください」

「許してくれるの？」

「私への行いは行いとして、あなた方が明鏡先生の子供であることに変わりはありません。即ち、私の兄弟ということにもなります。兄弟が過《あやま》ちを認め赦しを乞うているのだから、受け入れた上で同じ過ちを繰り返させないよう導くのが、明鏡先生の一番弟子としての私の務めだと思います」

雨宮が、慈愛に満ちた眼で半那をみつめた。

反吐《へど》の出るような瞳を、指で抉《えぐ》り取ってやりたかった。

「これだけは教えて」

「なんでしょう？」

「『チャクラ貫通の儀式』は、セックスしなければならないの？　あなたが言うように明鏡飛翔が唯一無二の至高神なら、嫌がる私にそういうことをするかしら？」

半那の問いかけに、雨宮が眼を閉じた。

十秒、二十秒……沈黙は続いた。

三十秒、四十秒……沈黙は続いた。

「おいっ、黙ってないで……」

半那は、カルロの唇に人差し指を立てた。

「私の知るかぎり、『チャクラ貫通の儀式』に性的な行為は必要ありません。ただし、私如きの知識の範囲の話です。あゆみさんの前世のカルマの力が強大で、私の知らない儀式を行ったんだと思います」

雨宮が、淡々とした口調で言った。

自らに言い聞かせているのか、心からそう思っているのかの判断はつかなかった。

「雨宮さん、動画を観たでしょう？　あのときの明鏡飛翔の顔つきや声のうわずりを聞いたら、あれが儀式なのか性的行為なのかわかるはずよ。あなたは、信じたくないだけ。私は、復讐したいだけじゃなくて、あなたのことも救いたいのよ」

心にもない言葉――浮いた歯が、上顎《うわあご》を突き破ってしまいそうだった。

「私を救うですって？　その必要はありません。私は、明鏡先生のおかげで満たされて……」

『うふむぁ……エ……エネルギー……を……ち……注入……し……ますよ……いきますよ……。イクっ……ああ……イクっ、イクっ……イクーっ！』

半那は雨宮の言葉を遮《さえぎ》るように、タブレットPCの再生キーをタップした。

雨宮は平静を装っていたが、微かに顔が強張ったのを半那は見逃さなかった。

「あなたみたいな謹厳実直の人が、こんなことを私にしている人に満たされているの？」

半那は、雨宮の顔色を窺《うかが》いつつ言った。

雨宮は表情こそ変わらなかったが、白い肌はほんのりと朱が差した。

「神様っていうのは、どんな理由があっても人を傷つけてはならないいんじゃないのかしら？」

「明鏡先生はあゆみさんの災いの根源となっている前世のカルマを滅失するために……」

「たとえそうであっても、私が望んでいないのにセックスを強要することが神の道かしら!?」

明鏡を擁護しようとする雨宮を遮り、半那は悲痛な顔で訴えた。

「私には、婚約者がいるの。結婚するまでは純潔でいようと、最後の一線は超えていなかったのよっ。それなのに……」

半那は、唇を噛み肩を震わせた。

四方木とカルロが、必死に笑いを噛み殺していた。

無理もない。

半那の言っていることは、ライオンが肉を食べたことがないと言っているようなものだ。

「それならどうして……」

言いかけて、雨宮は言葉の続きを呑み込んだ。

半那は、心でほくそ笑んだ。

この質問が頭に浮かんだというのが、雨宮が「チャクラ貫通の儀式」でカルマ滅失のためにセックスするということに疑問を感じているという証《あかし》だった。

「どうして拒絶しなかったのかって、言いたいの!?　できるものなら、私だってそうしたかったわよ!?　だけど、わたしだって最初は明鏡のことを信じていたし、尊敬していたのよ!?　だから……嫌だと言えなかったし、そういうことを求められたときにショックだった……」

半那は言葉を詰まらせ、嗚咽《おえつ》を漏らして見せた。

雨宮が、半那を見据えた。

さっきまでの無感情な瞳ではなかった。

かといって、同情しているわけでもない。

困惑している、という感じだった。

相変わらず、四方木とカルロは必死に笑いを噛み殺している。

「そもそも、あなた方の関係はなんですか？　被害者の会というのは嘘ですよね？」

唐突に、雨宮が訊ねてきた。

歩み寄ったとまでは言わないが、半那達に興味を持ったのは事実だ。

「そう。便利屋よ」

「便利屋？」

雨宮が、不思議そうな顔で繰り返した。

「知ってるわよね？　花見の席を取ったり、犬の散歩をしたり、庭の雑草むしりをしたり……人が嫌がったり面倒なことを代行する仕事よ」

「話がよくわからない……」

インターホンが、雨宮の言葉を遮った。

「見てきて」

半那は、四方木に命じた。

「えーっ。半分ブラジル君かエンコー女子高生に……」

「いいから、見てきてちょうだい！」

半那が強い口調で言うと、四方木が不満げな顔で腰を上げた。

「はい、どちらさん？」

壁に備えつけのインターホンのスピーカーに、四方木が声を送り込んだ。

半那は、四方木の様子を窺った。

「書留郵便ですか？」

四方木が、怪訝そうな声で訊ねていた。

三〇二号と三〇三号は住んでいないので、郵便や宅配便が間違い以外でくることはない。

「あなたに協力してもいいです」

唐突に、雨宮が言った。

予想外の言葉に、半那、カルロ、憂の視線が雨宮に集まった。

こんなに早く、雨宮が歩み寄るとは思わなかった。

「それは嬉《うれ》しいけど、どうして急に？」

「あの動画が、私の気持ちを動かしました」

雨宮が、無表情に言った。

「私達がやろうとしているのは、明鏡を潰すことよ？　それをわかって、協力すると言ってるの？」

半那は、雨宮の瞳を見据えた。

雨宮はあっさりと頷いた。

「よっしゃ！　よく決断した！」

カルロが大声を張り上げた。

なにかが引っかかった。

「協力してくれるのは嬉しいけど、明鏡飛翔はあなたにとって唯一無二の神の化身……」

半那の脳内に、サイレンが鳴った——弾かれたように振り返った。

四方木の姿がなかった。

玄関のほうから、解錠する金属音が聞こえてきた。

「だめよっ」

半那が叫ぶのと同時に、激しい衝撃音がした。

「どうしてここが……」

「おらっ、女はどこだ!?」

野太い怒声と複数の足音が雪崩《なだ》れ込んできた。

すぐに、西城の声だとわかった。

反射的に半那は立ち上がり、中ドアを閉めて施錠した。

非常事態に備えて、中ドアにもカギを取りつけていたのだ。

「騙したわね!?」

半那はバルコニーに向かいながら雨宮に言った。

カルロと憂も続いた。

「騙したのは、あなた達が先でしょう?」ソファに結跏趺坐を組んだまま、雨宮が涼しい顔で言った。

「てめえっ……」

「放っておきなさいっ。逃げるのが先よ!」

雨宮に摑《つか》みかかろうとするカルロに、半那は命じた。

バルコニーに出れば、三〇二号室に移動できるように改造していた。

中ドアを打ち破られるのに、五分もかからないだろう。

「社長っ、開けてください! 社長!」

ドア越しに聞こえる四方木の悲痛な声——もちろん、無視した。

「仲間を見捨てるんですか?」

雨宮が、蔑《さげす》んだように言った。

『開けろっ、おら! 俺を騙しやがって! うらっ! 開けんか!』

ドアを乱打しながら、西城が怒鳴り散らした。

雨宮がソファから立ち上がり、中ドアのカギに手をかけた。

「いま……」

『女と雨宮を絶対に逃すな!』

西城の声に、雨宮の手の動きが止まった。

「だから言ったでしょう？　明鏡はあなたを切り捨てたって。一緒にくるなら、ついてきて。嫌ならそこで西城達に捕まればいいわ」

半那は冷たく言い残し、バルコニーに飛び出した。

無表情に、雨宮が半那のあとに続いた。

☆

「社長さんよ、どこに行きゃいいんだ!?」

エルグランドのステアリングを握ったカルロが、ルームミラー越しに後部座席の半那を見た。

半那の隣では、シートで結跏趺坐を組んだ雨宮が眼を閉じていた。

西城が率いる警備部に襲撃された半那達は、三〇三号室からバルコニーを伝い隣室に避難した。

三〇二号室のドアスコープで誰もいないのを確認してから外に飛び出し、マンションの裏口に非常用に備えて駐車しているエルグランドに乗り込み脱出に成功した。

車に乗ってから十五分あまり、雨宮は眼を閉じ黙ったままだった。

崇拝していた明鏡の放った同志から襲撃され、動揺していないはずがない。

精神を静め、必死に平常心を保とうとしているのだろう。

半那達についてきてともに車に乗っている行為が、彼の心境になんらかの変化が生じた証拠だ。

嬉しい誤算だった。

明鏡のセックス動画でかなり動揺した雨宮だったが、それだけでは自分達と行動をともにはしなかったはずだ。

あと一週間は逆洗脳の必要があったところを、西城達の襲撃がその手間を省いてくれた。

「歌舞伎町に行ってちょうだい」

「え!?　まさか、事務所に行くのか!?　奴らに正体バレてるから、そりゃヤバいって！」

カルロの、ルームミラーの中の眼が大きく見開かれた。

「そうよ！　別の場所にしたほうがいいって」

助手席の憂も、カルロに同調した。

「早とちりしないで。誰が『リベンジカンパニー』に行くって言った？　歌舞伎町の別の事務所よ」

「別の事務所!?　なんだそりゃ？　なんの事務所だよ!?」

カルロが素頓狂《すっとんきょう》な声で訊ねた。

「行けばわかるわ。とにかく、歌舞伎町に向かって。それにしても、明鏡っていうのはひどい男ね。人生のすべてを捧げたあなたを、配下に襲撃させるなんて」

半那はカルロに命じると、雨宮の横顔に語りかけた。

雨宮の表情は変わらないが、胸の中は台風に直撃された海のように荒れ狂っているに違いない。

「私の帰依心が本物かどうか、試されているんでしょう。魂のステージが上がる前には必ず、大きな試練が訪れるとメシアはおっしゃいました」

車に乗ってから初めて、雨宮が口を開いた。

「へぇ、弟子の魂をレベルアップさせるのに、あなたより野蛮で下等なヤクザみたいな男達に襲撃させるのが、神の化身のやりかたなの？　もっとほかに、いくらでも方法があるんじゃないかしら？」

半那は、頭ごなしに決めつけることは避けた。

雨宮の心のドアのカギを、頑《かたく》なに締められないように気をつけた。

「それは、私達人間レベルでの考えです。メシアが西城君達に私を襲撃させたのは、深遠なお考えがあるはずです」

雨宮は、眼を閉じたまま抑揚《よくよう》のない口調で言った。

「とにかく、明鏡はカルマを滅失させるといって私の肉体を嬲《なぶ》り者にし、西城達に命じてあなたを襲撃したという事実は変わらないわ。いつまでそうやって、真実から眼を逸らしているつもり？」

半那は、正面から雨宮に訴えた。

「私は、真実を直視していますよ。明鏡先生は私達の魂を……」

「私とセックスしていたことも、魂のステップアップだって言うの!?」

半那は、涙声で雨宮を遮った。

雨宮が眼を開け、半那を見据えた。

無機質な瞳の奥で、微《かす》かになにかが揺らめいたような気がした。

あと一息で、雨宮は陥落する。

止めの一撃の手は、既に打ってあった。

半那は、脳内でシナリオを読み返した。

「そろそろ歌舞伎町だけど、どこに行きゃいいんだ？」

カルロの声で、半那は脳内のシナリオを閉じ道順の指示を出した。

☆

「廃墟《はいきょ》みたいだな」

大久保病院近くの雑居ビルのエントランスに足を踏み入れたカルロが、顔を顰《しか》めた。

「ほんと、幽霊屋敷みたい。なんか、臭いし……」

憂も、鼻を摘まみつつ言った。

雨宮だけは、表情一つ変えずに半那に続いた。

旧式のポストに突っ込まれたゴミ、足もとに散乱するデリヘルのチラシ、そこここに引っ繰り返るゴキブリの死骸《しがい》……宝ビルは、築半世紀以上経っていそうな老朽化したビルだった。

「エレベータもねえのかよ!?」

階段を使う半那に、カルロが驚きの声を上げた。

「こんなとこに、誰の事務所があるの？」

憂が、不快感を隠そうともせずに訊ねてきた。

半那は二人の問いかけを無視して、二階の四号室のドアの前で足を止めた。

「『鷹場英一記念館』……なんだこりゃ？」

カルロが、ドアに貼られたプレイトを見て怪訝な表情になった。

「鷹場って人、伝説の復讐代行屋で社長の師匠だったんでしょう？」

憂が訊ねてきた。

「そうよ。ここは私の古くからの知り合いで、鷹場先生の熱烈なファンだった人が趣味でやってるの」

「そいつ、信用できるのか？」

　カルロが、疑わしそうに言った。

「ええ。それに、今日一日使わせてほしいとしか言ってないから大丈夫よ。私以外、誰がいるかも言ってないしね」

　半那は言いながら、シリンダーにキーを差し込んだ。

　ドアを開けた途端、噎《む》せ返るような生臭い空気が鼻孔に流入した。

「クサっ！」

「なによこれ……」

　カルロが鼻を摘まみ、憂が掌《てのひら》で口を覆った。

　雨宮は、嗅覚《きゅうかく》が麻痺《まひ》したかのように表情を変えなかった。

　半那は、先頭で室内に足を踏み入れ電気のスイッチを入れた。

　老朽化したビルの外観や生臭い空気の印象とは違い、十坪ほどの縦長な空間は整理整頓が行き届いていた。

「おいっ、こっちにきてみろっ。なんか、いろいろ変な物が並んでるぞ！」

　壁際に沿って設置された凹型のガラスの陳列ケースを覗《のぞ》き込んでいたカルロが、憂を手招きした。

「なにこれ……鷹場英一が自慰行為のおかずにした姉、鷹場澪《みお》の証明写真、鷹場英一が姉をおかずに自慰した際の射精を拭《ぬぐ》ったティッシュペーパー、鷹場英一が節約のために拾い集めた煙草の吸い差しのストック五十本セット、鷹場英一が節約のために公衆トイレのゴミ箱から拾い集めた五センチ前後紙が残ったトイレットペーパーの芯五十本セット、鷹場英一が小学生の頃から書き溜めた『屈辱ノート』……満員電車で足を踏んだ人間リスト、満員電車で鞄の角を脇腹に突き刺してきた人間リスト、転んだときに笑った人間リスト、満員のエレベータに駆け込んできたデブ男&デブ女リスト、『スターバックス』でパソコンのキーをカチャカチャ打ち続ける客リスト……。鷹場って人、信じらんない……あんたや四方木のおっさん以上にド変態じゃん」

憂が、呆れたように言った。

「おいおい、カマキリじじいを変態扱いするのはわかるけどよ、俺は中年男が好きなだけだから一緒にすんな！」

カルロが憂に抗議した。

「まあ、それにしても、こんなもん記念館に飾るほどのもんじゃねえような気がするがな……つつうか普通なら、展示するどころか隠すようなもんだろう？　社長もよ、こんな変態を師匠として崇《あが》めるなんてどうかしてるぜ」

「あんた達には、鷹場先生の偉大さがわからないのよ。四方木さんやあんたは変態の極みでも、鷹場先生の変態ぶりは芸術の域を超えてもはや神の域に達してるわ」

半那は、カルロと憂に諭し聞かせた。

「馬鹿馬鹿しい。こんな倒錯者が神の域に達してるわけがないでしょう」

　フロアの隅《すみ》で事の様子を見守っていた雨宮が、蔑《さげす》みの視線を半那に向けた。

「その馬鹿馬鹿しい倒錯者を生み出したのも、あなた達の論理で言えば明鏡じゃないのかしら？」

「君とメシアについて論争するつもりはありません」

「だったらなぜ、私達についてきたの？　あのまま、残っていればよかったでしょう？」

「私の使命は、あなた達を明鏡先生のもとへ連れて行き、魂を救済することです。私だけ戻ることを、明鏡先生は望んでいません」

　雨宮が、物静かな口調で言った。

　頑《かたく》ななのか？　鉄の精神力なのか？　あるいは真実を受け入れたくないのか？

「本当に、そうかしら？　私とあなたをさらいにきたようにしか見えなかったけど？」

　半那は、皮肉っぽい口調で言った。

「もう、不毛な会話はしたくありません。私と一緒に、明鏡先生のもとへ行きましょう」

「ライオンの檻《おり》に入るような自殺行為はごめんだわ。それより、もう一度、明鏡の放った刺客に襲撃されたらどうする？」

　半那は、地雷を埋めた。

「ありえません。あれは、私が使命を放り出して彼らと一緒に明鏡先生のもとに戻るかどうかを試されただけです。私は使命を捨てなかったことを証明しました。明鏡先生は、私があなた方を連れてくると信じてくれています。だから、襲撃などする必要がありません」

「わかったわ。そこまでの自信があるなら、賭《か》けをしましょう」

埋めた地雷——半那は、タイマーを作動させた。

「なんの賭けでしょうか？」

「これから三日間のうちに私達が襲撃されなかったら、あなたの言うとおり一緒に明鏡のところに行くわ。でも、襲撃されたら、ネットテレビに出演して証言して貰うわ」

「なにを証言するんですか？」

「セックス動画を流しながら、明鏡飛翔は神の化身なんかではなく、女性信徒を洗脳し肉体を貪《むさほ》る性犯罪者だと暴露するの。それから、これまでに魂の救済と偽って殺人教唆《きょうさ》をしたこともね」

「なにを言い出すかと思えば、馬鹿馬鹿しくて話になりません」

雨宮が、呆れたように首を横に振った。

「もしかして、自信がないのかしら？」

半那は、薄笑いを浮かべつつ言った。

「どういう意味です？」

「明鏡を信じているとかなんとか言ってるけど、本当は不安なんでしょう？　また、明鏡の放った刺客に襲われるんじゃないかってね」

挑発的な口調で言うと、半那は口角を吊り上げた。

「何度も言わせないでください。私は、これまでの人生で一秒たりとも明鏡先生を疑ったことはありません。さっきも言った通り、一度目の襲撃は明鏡先生が私の帰依心を試すための試練です。なので、二度目はありません」

雨宮が、余裕綽々《よゆうしゃくしゃく》の表情で言い切った。

「だったら、どんなに馬鹿馬鹿しい賭けでも受けることができるわよね？」

半那は、挑発を続けた。

「社長、もういいよ。やめよう。こいつは、口先ばかりで明鏡のことなんてちっとも信用してねえんだよ」

以心伝心——カルロが半那の意図を察した。

「そうよ。信じてるなら、私達についてこないで残ったはずよ。また襲われるんじゃないかってビクビクしてるから、賭けなんて受けるわけないじゃん」

憂がカルロに続いて、雨宮のプライドを刺激した。

雨宮にとってなにより許し難《がた》いのは、明鏡にたいしての帰依心を疑われることだ。

「困った人達ですね。そこまで言うのなら、賭けを受けましょう。その代わり、三日間、何事もなかったら私と一緒に明鏡先生のもとに行くという約束は守ってくださいよ」

雨宮が、強い光の宿る瞳で半那を見据えた。

「それは、私のセリフよ」

一パーセントの勝ち目もない賭け――半那はふたたび口角を吊り上げた。

明鏡の章　焦燥《しょうそう》

「本当に、申し訳ありません！」

啓示室に、西城の野太い声が響き渡った。

足もとに跪《ひざまず》く大きな背中を、特注ソファで結跏趺坐《けっかふざ》を組んだ明鏡は苦々しい顔で見下ろした。

「今日で三日目だぞ？　半那と雨宮の行方は、まだわからないのか？」

「歌舞伎町の『リベンジカンパニー』は蛻《もぬけ》の殻《から》で、ほかの階のテナントや不動産会社にいろいろ訊いて回ったんですが、本名さえ知ってる奴がいなくて……あいつら、誰も戸籍なんか持ってない幽霊みたいな存在です」

　西城が、力なく肩を落とした。

「そもそも、復讐代行屋を生業《なりわい》としているような人間が戸籍で辿《たど》れる足跡を残すわけないだろう。『リベンジカンパニー』に依頼した者やターゲットにされた者を追うなりして糸口を見つけなさい。早く連れ戻さなければ、雨宮の魂は半那という悪魔の申し子に乗っ取られてしまう。もちろん、全知全能の私には二人の居場所はわかっているが、君の魂の成長のために敢えて教えることはしない」

「ありがとうございます！　こんな俺のためにそこまで考えてくださって……」

　西城が感涙に咽《むせ》ぶ顔を上げた。

　彼の単細胞さには、何回も、いや、何十回も助けられている。

「あの……いいでしょうか？」

　土下座する西城の背後のソファにゆりあと並んで座る太田が、遠慮がちに手を上げた。

　とてつもなく、嫌な予感がした。

「いまじゃないとだめかな？」

「はい……全知全能のメシアなら、僕の質問がいまじゃないとだめなのはおわかりだと思います」

　やはり、太田は最悪の天然男だ。

　悪意がないのはわかっているが、空気の読めない男なので信徒の前で言われたくないことを平気で口にするのが困りものだ。

「もちろん、わかっているとも。だが、その君の質問よりも大事な話を先にしなければならないのだよ」

「メシアが僕達の魂の成長を考えてくださるのはわかるんですが、いまは雨宮さんの魂を救出することが最優先だと思いますっ。お願いしますっ。今回だけは、特別に雨宮さんの居場所を教えてください！」

太田が、下膨《しもぶく》れの頬を震わせつつ訴えた。

予感が的中した。

このチビデブハゲの三重苦男は、明鏡が言われて一番困ることを懇願《こんがん》してきた。

太田には何度も殺意が湧いたが、いまほど殺したいと思ったことはない。

「馬鹿野郎が！」

西城が振り返り、太田に怒声を浴びせた。

よく言った！――明鏡は、心で手を叩いた。

「やめなさい。太田も、悪気があって言ったわけではない。雨宮のことを慮《おもんぱか》ってのことなのだよ」

明鏡は、心にもない言葉を口にした。

「そうよ、西城君。今回ばかりは、私も太田さんの意見に賛成だわ。あなたの魂の成長も大事だけど、雨宮さんの魂が悪魔の手に渡らないことのほうがもっと大事よ。メシア。私からもお願いしますっ。今回だけは雨宮さんの居場所を教えてください！」

突然、ゆりあが明鏡の足もとに跪《ひざまず》いた。

厄介なことになってしまった。

すべて、太田のせいだ……太田が余計なことを言わなければ……。

しかも、自分から言い出したくせに一人だけ土下座していないのも腹立たしい男だ。

「シューマンバッハパガニーニストラヴィンスキーラフマニノフドヴォルザークガーシュウイングリークワーグナー……」

明鏡は、歴史上の音楽家の名前を適当に連ねたマントラを口にした。

時間稼ぎ——思考をフル回転させ、窮地を切り抜ける言い訳を模索した。

一歩間違えれば、いままで築き上げた虚城が一瞬で崩壊してしまう。


メシア……どうか……どうか、この凡人にお力をお貸しください！


明鏡は、神郷に祈った——正真正銘の神の力に助けを求めた。

「私は残念でならない」

明鏡は沈んだ声で切り出し、眼を開けた。

西城とゆりあが、不安げな顔で明鏡を見上げた。

明鏡は、無言で二人を見据えた。

切り出したものの、まだなにも思いつかなかった。

「私の身近にいる子供達が、親の背中を見てくれてなかったとはな……」

時間稼ぎの時間が続いた。

「メシア……」

「メシア……」

西城とゆりあが同じ言葉を呟《つぶや》き、みるみる血の気を失った。

「私がなぜ失望しているかを考えなさい。君達に宿題だ」

あたかも深い意味があるような言い回し――なんの意味もなかった。

数日間、ベストなでたらめを考える時間がほしかっただけだ。

「す、すみません……」

「申し訳ありません……」

戦力外通告された野球選手のように、二人がうなだれた。

重苦しい空気に、振動音が鳴り響いた。

「い、いま切りますから……」

「出なさい」

慌ててスマートフォンを取り出した西城にも、明鏡は命じた。

明鏡自身、この重苦しい空気から逃れたかっただけだ。

「じゃあ、失礼します！　もしもし、いま、取り込み中だから……あ？　お前、誰だ!?」

電話に出た西城の顔色が変わった。

「……て、てめえっ、あゆみ……いや、半那か!?　てめえっ、どこにいる!?　こらっ、ぶち殺すぞ！　おら！」

明鏡は弾《はじ》かれたように、西城を見た。

跪いていたゆりあは立ち上がり、太田はあんぐりと口を開けていた。

「雨宮を売るから取り引きしろだぁ!?　てめえっ、ふざけたこと言ってるんじゃ……」

半那がなぜ、電話をかけてくるのか？

全知全能の神の化身が訊くわけにはいかない。

明鏡はジェスチャーで西城に、話を聞くように促した。

「どうやってそれを証明するんだ!?　てめえの言ってることが本当だって証拠が、どこにあるんだよ！　あ？　住所!?　ちょっと待て。おい、チビデブ！　メモを取れや！」

西城が横柄に命じると、太田が不満げな顔でメモ用紙とボールペンを手にした。

「新宿歌舞伎町……」

西城が、住所を読み上げた。

歌舞伎町は、『リベンジカンパニー』ではないのか？

胸に芽生えた疑問——当然、これも口にすることはできない。

「この事務所はなんだよ!? 『鷹場英一記念館』だと!? そりゃ本当か!? じゃあ、この携帯番号にかけ直すから、ちょっと待ってろや！」

西城が電話を切った。

コールバックして半那に電話が繋《つな》がるかどうか、単細胞な割にはよく気づいたものだ。

「電話は半那からで、いま、歌舞伎町の雑居ビルの一室にいるそうですっ。なんでも、半那と雨宮がいるのは、『鷹場英一記念館』って事務所らしいですっ。雨宮を売るから、自分は見逃してくれと言ってますっ」

西城が、興奮気味に電話の内容を報告した。

「罠《わな》じゃないの？」

ゆりあが、懐疑の表情で言った。

明鏡も、それを疑った。

だが、乗り込むのは西城を筆頭にした警備部の屈強な猛者《もさ》二十数人だ。

罠であっても、返り討ちにする戦闘能力がある。

「そんなことにビビってたら、せっかくのチャンスを逃してしまいますよ！」

西城が、ゆりあに食ってかかった。

「だって、どうしてあの女狐《めぎつね》がわざわざ情報を売るのよ⁉」

明鏡も、それを疑った。

だが、このまま黙って見ているわけにはいかない。

半那がなにを企んでいようとも……。


――仲間にも教えていない社長の隠れ家は、歌舞伎町一番街の宝ビルの三階の一号室です。

不意に、捕らえた四方木の声が蘇った。


「だから、逃げ切れねえと思って降伏してきたんじゃないですか？」

西城が吐き捨てた。

「あんた、そんなこと鵜呑《うの》みにしてるんじゃ……」

「西城。『鷹場英一記念館』の入っているのは、なんというビルの何号室だ？」

明鏡は、ゆりあに割り込み訊ねた。

「宝ビルの二階の四号室と言ってました！」

やはり、宝ビルだった。

だが、四方木は半那の隠れ家は三階の一号室と言っていた。

四方木の勘違いか、それとも……。

明鏡は、漆黒《しっこく》の脳細胞をフル回転させた。

西城に敢えて教えた部屋は囮《おとり》で、自分は三階の一号室に避難する。

目的――二階の四号室に乗り込んだ西城達を一網打尽にするつもりか？

いや、西城率いる警備部の屈強さと数を知っている半那が、リスクを冒してまで武力で太刀打ちするとは思えない。

だとすれば、いったい、なんのために……！

雨宮……雨宮に西城達の襲撃する姿を見せることで、明鏡飛翔への帰依心を粉砕しようと目論《もくろ》んでいるに違いない。

雨宮の洗脳が解けたら、すべてをぶちまけられてしまう。

ならば、襲撃を中止するか？

答えはノーだ。

いずれにしても、このままだと雨宮が自分の正体に気づくときが訪れる。

それに、半那の手には明鏡飛翔の息の根を止めることのできるセックス動画があるに違いない。でなければ、あの女が私の儀式を受ける理由がないのだ。

これ以上、時間をかけるわけにはいかない。

敢えて誘いに乗った振りをして、隠れ家で高みの見物を決め込む半那を捕らえ雨宮もろとも抹殺するのが最善策だ。

「西城、二階の四号室には谷を筆頭に十人の警備部を引き連れ乗り込ませろ」

「えっ、私は行かないんですか!?」

任務から外されたと思ったのだろう、西城が蒼褪《あおざ》めた。

「お前には、私と別の場所に行って貰う」

「メシアとですか!?」

「そうだ。つまり、二手に分かれるということだ」

「とんでもないことです！　メシアを危険な場所に……」

「大地を割る大地震も、天を引き裂く稲妻も、森林を揺らす台風も、一切の天災を操る全知全能の神である私に、なにが危険だというのだ？」

できるなら、行きたくはなかった。

だが、西城や信徒だけを行かせて、捕らえられた半那が助かりたい一心で彼らにセックス動画を観せたらたまったものではない。

気は進まないが自ら乗り込み、あの忌まわしい爆弾《動画》を回収するしかない。

「さあ、早く谷に命じて行かせなさい」

「はいっ、わかりました！」

西城が立ち上がると、啓示室を飛び出した。

「メシアっ、これは罠かもしれません！」

ゆりあが、血相を変えて訴えた。

「あ、あの……メシアが行かせたということは、罠ではないということじゃないのかな？」

遠慮がちに、太田が言った。

「あ！　そうでした！　すみませんっ。私としたことが……。出過ぎた真似をしてしまい、申し訳ありませんでした」

「罠でないとは言ってない」

平伏しようとしたゆりあが、怪訝な顔で明鏡を見上げた。

罠だった場合の保険をかけておく必要があった。

「では、どうして警備部を行かせたんでしょう？」

「忘れたのか？　私はあなた方に自由意志を与えた。だからこそあなた方は、様々な経験ができ、喜び、怒り、哀しみ、愉しみ、魂が成長するのだ。もちろん、私はこれが罠であるか否かを知っている。母親は、幼子が歩き始めたときに止めたりはしないだろう？　たとえ転んでも、我が子のために手を貸さず見守るのが親の愛というものだ」

得意の正当化——でたらめがオリンピックの種目になれば、メダルを取る自信があった。

「修行不足の私を、お許しください！」

ゆりあが、床に額を押しつけた。

「謝ることはない。顔を上げなさい」

明鏡に促され、ゆりあが顔を上げた。

「過《あやま》ちを繰り返すのも、魂の成長に必要なことなのだから」

明鏡が微笑むと、ゆりあの頬に一筋の涙が伝った。


待ってろ……女狐《めぎつね》。この明鏡飛翔に弓を引いたことを後悔させてやる。

明鏡の脳内では、懺悔《ざんげ》室で全裸にされ凌辱《りょうじょく》された後に拷問死した半那の姿が鮮明に浮かんだ。

半那の章　放棄《ほうき》

「この事務所はなんだよ!?　『鷹場英一記念館』だと!?　そりゃ本当か!?　じゃあ、この携帯番号にかけ直すから、ちょっと待ってろや!」

西城が怒鳴り、一方的に電話を切った。

非常階段で電話をかけていた半那はすぐに、「鷹場英一記念館」に戻った。

「どこに行ってたんだよ？　てめえ一人で逃げたかと思っちまったよ」

三人掛けソファでボディビル雑誌を見て股間を勃起させていたカルロが、半那に視線を移した。

離れた端では、憂が退屈そうにスマートフォンのゲームをしていた。

雨宮は、静止画像のように床で結跏趺坐《けっかふざ》を組んでいた。

「みんな、ついてきて」

半那はカルロの質問に答えず、三人に命じた。

「どこに？」

憂が、訝《いぶか》しげな顔を向けた。

「いいから、早く」

半那が急《せ》かすと、カルロと憂が面倒臭そうに腰を上げた。

「ほらっ、お前もだよっ。さっさと立てや！」

カルロが、我関せずといったふうに結跏趺坐を組む雨宮を怒鳴りつけた。

涼しい顔で立ち上がる雨宮を横目に、半那は事務所の外に出た。

「一日も経っていないのに、もう賭けを放棄するんですか？」

カルロと憂に続いて出てきた雨宮が、無表情に言った。

「逆よ」

言いながら、半那は階段に向かった。

「おいおい、どこに行くんだよ？」

カルロの声など聞こえないとでもいうように、半那は無言で階段を上がると三階の一号室のドアを開けた。

黴《かび》臭い臭《にお》いが鼻腔に忍び込んできた。

二階の「鷹場英一記念館」より一回り小さなスクエアな空間には、壁際に沿って長ソファが、テーブルには五十インチのモニターが設置されていた。

「なにここ!?」

憂が、室内を見渡しつつ頓狂《とんきょう》な声を上げた。

「社長さんよ、この部屋はなんだよ？」

二人が驚くのも無理はない。

トラップ部屋の「鷹場英一記念館」と監視部屋の三階の一号室の存在は、四方木にしか教えていなかった。

「質問はあと。とりあえずこっちにきて」

半那はソファの中央に座り、モニターのスイッチを入れた。

「あれ!?　ここ、さっきまでいたとこじゃん！」

憂がモニターを指差し叫んだ。

「おおっ、マジだ！」

半那の隣に座ったカルロが大声を張り上げた。

「あなたも、ここに座って」

半那は、立ち尽くす雨宮にソファを促した。

「いったい、これは、なんのまねですか？」

ソファの端に結跏趺坐を組んだ雨宮が抑揚《よくよう》のない口調で訊ねた。

「私はあなたと違って明鏡を信じてないから、襲われるのはごめんだわ」

「また、明鏡先生が刺客を送り込むと思ってこんな手の込んだことをしているんですか？　どうやらあなたは、隠し撮りが趣味のようですね」

雨宮が皮肉っぽく言った。

「これから三日間、この部屋に缶詰めになって『鷹場英一記念館』を監視するわよ」

「えーっ、三日間も！」

「そんなの、ありえないんだけど！」

カルロと憂が、揃って不満を口にした。

「安心して。料理がしたいなら冷蔵庫に食材があるし、面倒なら冷凍食品やカップ麵もたっぷり買い置きしてあるから」

半那が言うと、カルロが舌を鳴らし憂が肩を竦《すく》めた。

「四方木さん、どうなっちゃったのかな？」

思い出したように、憂が言った。

「明鏡が、あのゴリラみてえな奴に命じてぶっ殺されてるんじゃねえの？」

カルロが、興味なさそうに言った。

「あなた達のお仲間でしょう？　なんだか、他人事《ひとごと》ですね」

雨宮が、非難の色が宿る瞳でカルロと憂を見た。

「あ？　あんなの、仲間じゃねえよ。あんただって、他人のじいさんが餅《もち》を喉《のど》に詰まらせたニュース聞いても、なんとも思わないだろうが？」

カルロが吐き捨てた。

彼らは一般社会で通用しない倒錯者の集まりであり、自分の居場所さえあれば人のことなどどうだっていいのだ。

自らが生き延びるためなら最愛の人間をも犠牲にする――溝鼠《どぶねずみ》と忌み嫌われた鷹場英一から半那が受け継いだＤＮＡが彼らにも浸透しているのだ。

「やはり、あなた方には魂の救済が必要ですね。ご心配には及びません。四方木さんという方は、魂を昇華するために『愛の戒め』を受けるだけですから」

雨宮が、諭《さと》すように言った。

「おじさんってさ、心の底から明鏡って詐欺師を信じてるんだね。いま頃、四方木さんはリンチされて殺されてると思うよ」

世間話のように四方木の死を語る憂を見て、雨宮が小さく首を横に振った。

半那は、視線をモニターに戻した。

あと一、二時間もすれば、西城達が乗り込んでくるだろう。

だが、半那が仕掛けた地雷は彼らではない。

そしてその地雷は、仲間も無傷ではいられない威力だ。

半那は、カルロと憂を横目で見た。

トカゲの尻尾——半那にとっての彼らは、それ以上でも以下でもなかった。

☆

一時間が過ぎた。

室内には、カルロがカップ麺を啜《すす》る下品な音が響き渡っていた。

憂はレンジで温めたピザを食べていた。

雨宮は、明鏡によって浄化されたという「神水」と巾着《きんちゃく》に入れた大豆のようなものをときおり口に入れるだけで、監禁してからの数日間、食事らしい食事をしていなかった。

「意地を張らないで、お前も食えよ。そんな水と豆じゃ、ちんぽも勃たなくなるぞ」

カルロが、新しいカップ麺を雨宮に差し出した。

「そんな毒、あなたも食べないほうがいいですよ。この水にもこの大豆にも、明鏡先生のエネルギーが注入されていますから。逆に、差し上げますよ」

雨宮が、ペットボトルの水をカルロに差し出した。

「いらねえよっ、そんなもん！　どうせ、明鏡の精子でも入ってんだろうが」

卑しい顔で吐き捨てるカルロを、冷めた眼で見る雨宮。

「ちょっと彼に話があるから、あなた達、ちょっとの間、モニターを頼むわね」

半那は、カルロと憂に声をかけた。

「なんだよ？　ここで話せばいいじゃねえか!?」

「そうよ。私達には聞かせられない話？」

カルロと憂が、揃って訝しげな顔を向けた。

「雨宮さんにとっては、聞かれたくない話かもしれないから」

「私は別に、聞かれて困ることなんてありませんよ」

すかさず、雨宮が言った。

「ほら、こいつもこう言ってるじゃねえか？　もしかして、連れ出して俺に内緒でおまんこでもする気か？」

カルロが、本気とも冗談ともつかぬ口調で言った。

「あんたとは違うわ。とにかく、頼んだわよ。悪いけど、ちょっとつき合って」

半那はカルロに言うと、雨宮を促した。

「私に話とは、なんですか？」

ドアに向かう半那に続きながら、雨宮が訊ねてきた。

「とりあえず、ついてきて。あなたに、サプライズプレゼントをしてあげるから」

半那は振り返り意味深に言うと、ドアを出た。

☆

雑居ビルを裏口から出た半那は、路肩に停車されていたあずき色の軽自動車に乗った。

「へっへっへ。どうも。俺はよ、『鷹場英一記念館』館長の三輪《みわ》って言う者だぜ」

ドライバーズシートから振り返った、オールバックに丸いサングラスをかけた男が鷹場を真似た口調で自己紹介した。

見た目は尖《とが》っているが、三輪は四十を超えた中年男だ。

「守銭奴だった鷹場先生が愛した、燃費が最高の軽自動車で迎えにきたぜ」

雨宮は、冷めた眼を三輪に向けていた。

「無駄口はいいから、早く車を出してちょうだい」

半那が命じると、三輪が舌を鳴らしアクセルを踏んだ。

三輪は反抗しているのではなく、鷹場らしい言動をするのが趣味なだけだ。

一言で三輪を表せば、学歴もない金もない、鷹場オタクのおっさんだ。

学歴がないのは同じだが、出すのはゲップもおならも嫌だった守銭奴の鷹場は唸《うな》るほど金を貯め込んでいた。

だが、三輪には鷹場になかった手に職がある。

明鏡との最終章に半那が、「リベンジカンパニー」の四方木でもカルロでも憂でもなく外様《とざま》の三輪を選んだのは彼の一芸が理由だった。

軽自動車が歌舞伎町を出たあたりで、半那は座席に置いていた二台のタブレットＰＣを立ち上げた。

「あまり、ビルから離れないほうがいいわよ」

「言われなくてもよ、わかってるぜ」

相変わらず鷹場の口真似をしつつ、三輪が軽自動車を区役所通りの入り口でスローダウンさせた。

『社長と雨宮、どこに行ったと思う？』

『私に訊いてもわからないよ。でも、気になるね』

一台のタブレットＰＣには、さっきまでいた三階の一号室のソファで会話するカルロと憂が映っていた。

もう一台のタブレットPCには、無人の「鷹場英一記念館」が映っていた。

「いったい、なんのつもりですか？　仲間のことも盗撮するんですか？」

雨宮が、呆れ果てた顔で訊ねた。

「いまから、面白いものを見せてあげるから」

半那は口角を吊り上げた。

『社長は、マジに雨宮とヤッちまうのかな？　いま頃、裏筋を舐《な》めてるかもよ』

カルロが、下卑た顔で言った。

『ちょっと、そういうのやめてくれる？　一応、女子高生なんだからさ』

憂がカルロを睨《にら》みつけた。

「まさか、これが私へのサプライズじゃないで……」

スピーカーから聞こえる衝撃音に、雨宮の言葉が途切れた。

みなの視線が、モニターに集まった。

モニターの中──「鷹場英一記念館」に複数の白い作務衣姿の男が雪崩《なだ》れ込んできた。

一人だけ緑の作務衣を纏《まと》った先頭の巨漢坊主は、西城ではなかった。

西城がいないということは、半那の読み通り四方木が口を割った証《あかし》だ。

『女も雨宮もいねえぞ！　まだ遠くには行ってないはずだっ。いいか！　二人を必ず捕まえて、贖罪室に連れて行け！』

巨漢坊主が、十人を超える白作務衣に怒鳴り声で命じた。

「贖罪室……」

「鷹場英一記念館」を映すディスプレイを凝視《ぎょうし》していた雨宮の顔が険しくなった。

「だから、言ったでしょう？　明鏡は、また刺客を送り込んでくるって」

半那は、雨宮の様子を窺《うかが》いつつ言った。

血相を変えて「鷹場英一記念館」を飛び出してゆく信徒達を、雨宮は強張った表情でみつめていた。

五秒、十秒……雨宮は無言でディスプレイを凝視していた。

「明鏡は、あんたの帰依心を試したんじゃなく、私とともに消すのが目的なのよ」

十秒、二十秒……雨宮は、無人の室内を映し出すディスプレイを凝視し続けていた。

「賭けに負けたんだから、約束は守ってくれるわよね？」

「どうして、仲間を残して私だけここに連れてきたんですか？」

雨宮が沈黙を破り、隣のタブレットＰＣ……三階の一号室が映し出されたディスプレイに視線を移した。

「あの部屋のことを、明鏡に捕まった四方木さんは知ってるのよ。拷問に耐え切れず、彼が口を割る可能性は十分に考えられるわ」

「なぜ、襲われるかもしれない部屋に彼らを残してきたんですか？」

雨宮が、半那に顔を向けた。

「私は明鏡を倒すためにあんたを必要としているけど、彼らは違うわ。お金に眼が眩《くら》んで、明鏡に寝返って私とあんたを売る可能性があるからよ」

真実と嘘のハーフアンドハーフ——カルロや憂が裏切る可能性を危惧《きぐ》してというのは本当だが、裏切らなくても切り捨てるつもりだった。

半那には、長年の夢があった。

明鏡を闇に葬れば「リベンジカンパニー」を潰し、鷹場英一が経営していた伝説の復讐代行屋……「幸福企画」を新体制で復活させるつもりだった。

「なぜ、仇であるはずの私を憎まないんですか？」

雨宮の瞳には、懐疑の色が宿っていた。

「私の仇はあんたじゃなくて、『神の郷』の遺志を受け継ぐ明鏡飛翔よ。それに、インチキ教祖に洗脳されて人生を壊されたという点では、あんたもウチの親と同じ被害者だから」

「明鏡先生は、インチキ教祖……」

「約束したでしょう!? 賭けに負けたら、ネットテレビで明鏡の虚像を暴くって。明鏡を信じたい気持ちはわかるけど、セックス動画に二度の襲撃……あんただって、本当はわかっているはずよ。明鏡飛翔が、神なんかじゃないってね」

もう、雨宮は反論も否定もせず、ゆっくりと眼を閉じた。

雨宮の胸の中で、明鏡の虚像が崩壊する音が聞こえてくるようだった。

明鏡の章　制圧

路上で嘔吐《おうと》するサラリーマン、家出してきた金髪少女に声をかけるホスト風の男、喚《わめ》きながら歩くホームレス……十数年ぶりにきた歌舞伎町は、相変わらず醜い光景が広がっていた。

歌舞伎町一番街の路肩に停めたヴェルファイアの後部座席――スモークフィルム越しに明鏡は、対面の「宝ビル」のエントランスに駆け込む谷を筆頭とした警備部の信徒の背中を見送った。

明鏡の乗るヴェルファイアの後ろにつけた三台のアルファードにも、二十人の警備部の信徒が待機していた。

「メシア。後ろの奴らは、乗り込ませないんですか？　もし、半那達の助っ人がいたら厄介です。なんせ、女だてらに復讐代行屋なんて裏稼業を仕切ってるわけですから、ヤクザがついてる可能性もあります」

ドライバーズシートに座った西城が、遠慮がちに進言した。

明鏡も、最初は危惧した。

悪名高き鷹場英一の弟子ともなれば、アンダーグラウンドの住人とも繋《つな》がっていても不思議ではない。

だが、途中から考えが変わった。

もし、半那がそのつもりなら、被害者の会など手の込んだ芝居を打たなくても、ヤクザに乗り込ませて自分をさらえばいい話だ。

それをしなかったのは、脅しで終わらせるつもりがないからだ。

あの女狐は、自分の命を奪う気なのだ。

鼓動が高鳴り、陰嚢が縮み上がった。

いったい、なぜ？　自分が、彼女になにをした？　肉体を投げ出してでも明鏡飛翔を破滅させようとする動機は？

妹、姉、友人……過去に、半那の大切な人間を嬲《なぶ》り者にしたのだろうか？

準信徒、信徒……これまでに手をつけた女の数が多過ぎて絞り切れなかった。

しかし、その程度のことで命を狙うのは大袈裟過ぎる。

もっと深い怨恨《えんこん》……思考を止めた。

考えても無意味だ。

半那が自分にとって有害だとわかっただけで十分だ。

明鏡飛翔を目の敵にする理由がなんであろうと、諸悪の根源を絶ってしまえば問題は解決する。

質《たち》の悪い悪性腫瘍も、完璧《かんぺき》に摘出すれば無力な肉塊に過ぎない。

「安心しなさい。悪魔の申し子がヤクザを使うことはない。それどころか、谷達が乗り込んだ『鷹場英一記念館』は無人だ」

明鏡は、落ち着いた口調で言った。

「え!?　無人!?」

西城が、驚きの表情で振り返った。

「女悪魔と雨宮は、別の部屋に隠れている」

「別の部屋って……罠だったんですか!?」

明鏡は、ゆっくりと頷いた。

「私には、最初からすべてわかっていた。女悪魔は、君達が襲撃する様を監視カメラで捉《とら》え、別の部屋で雨宮に見せるつもりだったのだ」

「そんなことして、なんの意味があるんです!?」

「神はあなたを見捨て、天界から追放した。もう、神に仕《つか》える必要はない……というふうに思わせるためだ」

「な、なんて野郎だ！」

西城が背凭《せもた》れを殴りつけ、歯ぎしりした。

「心配はいらない。すべて、お見通しだと言っただろう？　女悪魔と雨宮が潜んでいる場所はわかっている。だから、君達にはここで待機を命じたのだ」

「どこですか!?　教えてくださいっ！　ぶちのめして引き摺《ず》り出しますから！」

「私が案内しよう」

「えっ……だめですよ！　メシアに、そんなことはさせられません！　私が、命に代えてでも使命を果たしますから！」

「ありがとう」

明鏡は、西城の頭に手を置いた。

「メシア……私なんかにお礼なんか言わないでください！」

西城が、涙目で言った。

「いままでは、我が子の魂の成長のためにあなた方の自由意志に任せていた。しかし、今回は相手が邪悪過ぎてあなた方の手には負えない。雨宮の魂を悪魔から救うためにも、神である私が降臨することを決めたのだよ」

明鏡は慈愛に満ちた瞳で西城をみつめ、頷《うなず》いてみせた。

「メシアぁ……メシアぁ……」

感極まった西城が、涙と鼻水で顔をグシャグシャにした。

「ところで、配下はスタンガンを携行しているのかな？」

「はい！　ほかに、特殊警棒も持たせてます！」

「本当はあなた方に武器など持たせたくはないが、女悪魔を懲《こ》らしめるために私が数百分の一でも神通力を出してしまえば、あなた方や雨宮の身まで危険になってしまう。だから、少々手荒い方法ではあるが、結果的に武器を携行しているほうが被害は最小限に食い止められるのだよ」

尤《もっと》もらしいでたらめ——丸腰で乗り込むなど、怖くてできなかった。

「任せてください！　メシアの手は煩《わずら》わせませんから！」

西城が、分厚い胸板を拳で叩いた。

「まもなく、谷達が出てくるはずだ。そうしたら、雨宮の魂を救出に行くからスタンバイしなさい」

「わかりました！」

明鏡は、西城が、スマートフォンで背後のアルファードに待機する警備部の班長に連絡を入れるのを泰然自若とした顔で見守った——本当は、心臓が口から飛び出しそうなほどに暴れ回っていた。

無事に半那と雨宮を捕らえることができたなら、一年間、女を抱けなくても構いません。

どうか……どうか、私に力をお貸しください。

明鏡は眼を閉じ、神郷宝仙《メシア》に祈りを捧げた。

半那の章　乾坤《けんこん》

「美人社長さんよ、三階にはいつ乗り込んでくるんだ？　せっかくの俺の芸術を、披露できねえなんてことにゃならねえだろうな？」

ドライバーズシートから振り返った三輪が、相変わらずの鷹場のまねをした口調で訊ねてきた。

「私の読みが正しければ、あと五分以内に現れるわ」

半那は、三階の一号室を映すディスプレイを観ながら言った。

『社長の言った通りだよ！　マジに奴ら、乗り込んできたな』

ディスプレイの中でディスプレイを覗き込むカルロが、驚きの声を上げた。

『社長って、明鏡より霊感あるんじゃない？　っていうか、社長、どこに行ったのかな？』

憂が立ち上がり、周囲に首を巡らせた。

「なあ、そろそろ、ハーフ男と女子高生を部屋から出したほうがいいんじゃねえのか？」

三輪が、心配そうな顔を半那に向けた。

「だめよ。近くを明鏡と西城が見張っていると思うから」

「えっ……じゃあ、おめえ……まさか……」

驚愕《きょうがく》するときまで、三輪は鷹場の物まねをしていた。

「え？　いま頃気づいた？」

半那は、涼しげな顔で言った。

「西城君はまだしも、明鏡先生がこのビルにくるわけないでしょう？」

雨宮が、三階の一号室で落ち着きなく動き回るカルロと憂を凝視しつつ言った。

「まだ、先生なんて呼んでるわけ？　明鏡は、必ずくるわ。配下だけを行かせて、私がセックス動画を見せたら大変なことになるから、嫌でも足を運ぶしかないのよ。私とあんたを殺して、セックス動画を回収する。そうすれば、枕を高くして眠れるってわけ」

受け入れられないとでもいうように、雨宮は小さく首を横に振っていた。

だが、最初の頃のように正面から否定することがなくなっただけでもかなりの進歩だ。

「おめえは、ひでえ女だ。鷹場先生が愛した姉ちゃんの鷹場澪もかなりの悪女だったらしいが、おめえはそれ以上じゃねえのか？」

三輪が、侮蔑《ぶべつ》の眼差しを半那に向けた。

「あんたには、たっぷりと謝礼を払ってるでしょう？　それに、澪さん以上だなんて、光栄なことだわ」

本音だった。

半那にとって鷹場英一がキリストなら、澪は聖母マリアだ。

「おめえの本音を知っていたら依頼を引き受けは……」

『誰だっ、お前ら！』

三輪の声を、ディスプレイの中のカルロの怒声が遮った。

『おらっ、半那と雨宮を出せや！』

黄色の作務衣姿の西城を先頭に、二十人前後の白の作務衣を着たガタイのいい男達が警棒やスタンガンを手に室内に乗り込んだ。

「西城君……」

雨宮が、干乾《ひから》びた声で呟いた。

『勝手に入ってくるんじゃ……』

『半那と雨宮を出せって言ってんだろうが！』

迎え撃とうとしたカルロの横っ面《つら》を、西城が警棒で殴りつけた。

『あんたらっ、こ、こんなことして……社長が知ったら、ただじゃ済まないわよ！』

憂が、震え声で啖呵《たんか》を切った。

「その社長に見捨てられてるとも知らねえで、憐《あわ》れなもんだぜ」

三輪が、同情の眼で憂を見た。

『ガキは引っ込んでろ！　おらっ、半那と雨宮の居場所を吐けや！』

憂を平手で張り飛ばした西城が、倒れたカルロを五人の男達と競うように蹴《け》りつけた。

『やめなさい！』

男の声に、西城達の動きがピタリと止まった。

『お嬢さん。彼らも本当はこんなことはしたくないんだよ。悪いことは言わない。半那さんと雨宮君の居場所を教えてくれれば、危害は加えないから』

光沢を放つ紫の作務衣を纏《まと》った男……明鏡が、穏やかな顔で憂に歩み寄った。

「メシア……」

雨宮が絶句した。

半那は、ＰＣ専用のクリップマイクを装着した。

「主役のご登場ね」

半那の呼びかけに、ディスプレイの中の明鏡がきょろきょろと首を巡らせた。

「あれ？　神の化身なのに、動揺してるなんておかしいわね。全知全能なら、これもお見通しじゃないの？」

人を食ったように言う半那に、明鏡の首の動きが激しくなった。

「あんたを崇拝してる雨宮君も隣で観ているんだから、もっと神らしくしたほうがいいんじゃないかしら？」

『半那君ですね？　君は、私になにか恨みがあるんですか？』

必死に平常心を装っているが、明鏡が狼狽《ろうばい》しているのは明らかだった。

「あんた、神の化身でしょ？　私が、なぜあんたを葬りたいのかわかるでしょ？」

半那は、おちょくるように言った。

『残念ながら、君と言葉遊びしている暇はない……』

「私とセックスする時間はあっても？」

半那は嘲《あざけ》るように笑った。

『君のような邪悪な存在から我が子を守るのが私の……』

「でたらめな能書きはいいから、私があんたになんの恨みを持ってるか当ててみてよ」

半那は、挑発を続けた。

『さあ、こんなやり取りをするくらいなら、いまから会いましょう。そしたら、君の疑問にすべてお答えしますよ』

「その必要はないわ。あんたみたいな小物に興味ないから。ただ、『神の郷』の残党を根絶やしにしたいだけ」

十七年待ったその瞬間が近づくほどに、冷静になる自分がいた。

もっと激情に苛《さいな》まれ常軌を逸すると思っていたが、不思議なほどに落ち着いていた。

あんたが私を捨ててまで選んだ「神の郷」は、もうすぐ消滅するわ。

私を置き去りにあんたを追って死んだあいつと一緒に、自分を呪《のろ》いなさい。

なんて、愚かな親だったんだと……。

そう、本当はわかっていた。

半那が復讐したかったのは神郷宝仙でも明鏡飛翔でもなく、両親だったということを
……。

『半那さん、聞こえてますか？　お互いに誤解が解けるよう、顔を合わせて話し合いましょう』

明鏡が、穏やかな声音で語りかけてきた。

「はい。これ」

半那は明鏡を無視して、雨宮にリモコンを差し出した。

「なんですか？」

雨宮が、怪訝な顔で訊ねてきた。

「約束通りネットの生放送で明鏡の正体を暴露するか、リモコンのスイッチを押すか……あんたに選択権をあげる」

半那は、雨宮に二者択一を迫った。

「このスイッチは、なんですか？」

「ボーン！　と爆発するわ……って、冗談よ。睡眠ガスが噴き出すスイッチよ。彼は、化学兵器の専門知識が豊富なのよ」

半那は、微笑んだ。

「眠らせて、どうするんですか？」

リモコンを受け取りながら、雨宮が質問を重ねた。

「警察に突き出すに決まってるじゃない。あんな悪党は、牢獄で生涯を終えるのがお似合いよ」

半那の言葉に、雨宮が思案の表情になった。

わかっていた。

彼が葛藤《かっとう》しているのは、かつて神と崇拝した恩師を警察に突き出す罪悪感などではない。

雨宮は、気づいているはずだ。

自分が、なにを迫られているかを。

わかっていた。

雨宮は、気づかないふりをしてスイッチを押すだろうことを。

「このスイッチを押したら、ネットテレビでの発言はなしですよ」

「もちろん」

半那は、形のいい唇に弧《こ》を描いた。

「仕方がないですね。メシア……」

雨宮が言葉を切り、ディスプレイの明鏡を複雑な表情でみつめた。

瞳には、薄っすらと涙が浮かんでいた。

「許してください……」

震える声――震える指先が、スイッチに触れた。

「とは言いません。裏切ったのは、あなただから」

雨宮の人差し指が、ゆっくりと沈んだ。

スピーカーを軋《きし》ませる爆音、緋色《ひいろ》に染まるディスプレイ……監視カメラの映像が途絶えた。

悲痛な表情で眼を閉じる雨宮と対照的に、半那の口角は吊り上がった。

「悪魔め……」

三輪が吐き捨て、アクセルを踏んだ。

唯一無二の忠犬に咬《か》まれた気分はどう？

移り行く車窓の景色を眺めつつ、半那は心で明鏡に語りかけた。

エピローグ

「まずは友達から……そう言われたので、僕はゆきりんに紳士的に接し献身的に尽くしてきたんだ。それなのに……それなのに、ゆきりんは別の男性と結婚してしまった」

歌舞伎町の「幸福企画」の応接室——依頼人の岡田が、唇を噛んでうなだれた。

落ち武者のような頭頂だけが薄くなったロングヘア、下膨れのひょうたん顔、ノックアウトされたボクサーさながらに腫《は》れ上がった一重瞼、薄く垂れ下がった公家眉《くげまゆ》、歯槽膿漏《しそうのうろう》で痩せ細った歯、毛穴が開いた鷲鼻《わしばな》、貧弱な胸板とぽっこりと突き出た下腹を包むアニメヒロインのプリントされたTシャツ……岡田の容姿を見ているだけで、ゆきりんなる女性の言葉が端《はな》から逃げ口上だったということが予想できた。

へたに断って逆上されたら怖いと判断したのだろう。

ゆきりん……中橋ゆきの懸念は当たった。

逆怨《さかうら》みした岡田は、復讐代行屋のドアをノックした。

「ゆきさんは、誰と結婚したの？」

半那は、ため息を呑み込み訊ねた。

三年前……「リベンジカンパニー」の頃は、岡田のような倒錯した依頼は断っていた。

話の内容から、恨まれても仕方のない人間だけをターゲットにした。

「幸福企画」になってからは、被害妄想としか思えない依頼であっても受けることにした。

方針を変えたのは、本当の意味で鷹場英一の後継者となるためだった。

金のためなら悪の肩を持ち、恩人を裏切り、生き延びるためなら他人がどれだけ犠牲になっても構わない……半那は、「溝鼠」の遺志を継ぐと心に誓った。

「いま流行《はや》りの、IT系の社長ですよ。青年実業家っていうんですか？　結局ゆきりんも、そこらの女優や女子アナと変わらない軽薄な女だったということですよ。でも、女優や女子アナは僕を騙《だま》していないから見逃してあげますけど、ゆきりんは違う！　ゆきりんは、まずはお友達から始めましょうと欺《あざむ》き、掌《てのひら》を返したように僕を切り捨てた！　ゆきりんに、女にとって一番苦痛で屈辱の最上級の天罰を与えてください！　お願いします！」

岡田が、落ち武者ヘアを振り乱し、テーブルに両手と額《ひたい》をついた。

「岡田さんの依頼内容はわかったわ。まずは、ターゲットに関しての調査に三日ほど時間を貰うから。復讐法や謝礼の金額についての打ち合わせは、それからよ」

「ありがとうございます！　本当に、ありがとうございます！」

半那が言うと、岡田が涙と鼻水で顔をグシャグシャにして礼の言葉を繰り返した。

「早速、中橋さんの調査を行ってくれる？」

応接室の片隅に設置されたデスク——半那は、岡田の依頼内容をパソコンに入力していた雨宮に命じた。

「了解です。最初に、銀座の職場に裏取りに行ってきます。岡田さんも、一緒に行きましょう」

雨宮がパソコンから抜いたUSBカードをスマートフォンに差し込み終えると、半那に頭を下げ岡田を促し応接室を出た。

——約束通りネットの生放送で明鏡の正体を暴露するか、リモコンのスイッチを押すか……あんたに選択権をあげる。

——このスイッチは、なんですか？

――ボーン！　と爆発するわ……って、冗談よ。睡眠ガスが噴き出すスイッチよ。彼は、化学兵器の専門知識が豊富なのよ。

――眠らせて、どうするんですか？

――警察に突き出すに決まってるじゃない。あんな悪党は、牢獄で生涯を終えるのがお似合いよ。

三年前……三輪の作った遠隔装置のプラスチック爆弾のリモコンを受け取った雨宮が、半那の言葉を信じてスイッチを押したかどうかは、本人が語らないので謎のままだ。

だが、その後、半那の片腕として「幸福企画」を手伝っている行動が彼の答えとも言えた。

「鷹場英一記念館」も爆破した三階の一号室も三輪の名義だった。

その三輪は半那からの報酬の三千万円を元手に別の戸籍で海を渡った。

新興宗教団体「明光教」の教祖と警備部の信徒二十人余りが命を落とした歌舞伎町「宝ビル爆破事件」は、事件直後こそ連日ワイドショーやスポーツ新聞を騒がせたが、一ヶ月が過ぎたあたりから次第に鎮静化してゆき、半年が経った頃には犯人が捕まっていないことさえ知らない者がほとんどだった。

教祖と幹部信徒二人が一度にいなくなった「明光教」は、残された女性幹部と無能な幹部ではまとめきれず、内紛を繰り返し事件から三ヶ月で崩壊分裂した。

実質、神郷宝仙の遺伝子は明鏡飛翔の命とともに潰《つい》えたと言ってもよかった。

感慨に浸《ひた》っている暇はなかった。

いまは、天涯孤独になった自分を拾い、育ててくれた鷹場英一の遺志を全《まっと》うすることで精一杯だった。

内線のコール音が、半那の記憶の扉を閉めた。

「なに？」

半那は、ハンズフリーにして問いかけた。

『社長、受付に新規のお客様がいらっしゃっているのですが、アポイントを取っていないそうなので、出直して頂きますか？』

スピーカーから、秘書の須田茜の声が流れてきた。

「次の予約まで三十分くらいなら空いてるから、通していいわよ」

時は金なり――一秒に一円でも多く稼ぐというのも、鷹場の理念だった。

半那が許可してほどなくすると、ノックの音がした。

「入って」

「失礼します。新規の依頼人の秋山さんです」

ドアが開き、須田茜がキャップを目深《まぶか》に被《かぶ》りサングラスをかけた男性を促し入ってきた。

黒のスタジアムジャンパーにダメージデニムといったカジュアルな服装だった。

もしかしたら、芸能人かもしれなかった。

ライバル関係にあるタレントを貶《おとし》める類《たぐい》の依頼は、珍しくなかった。

過去には、来クールの連ドラで主役の女優の顔に傷をつけてほしいというものもあった。

「とりあえず、座って」

半那は、正面の長ソファに秋山を促した。

「早速だけど、時間がないから要点だけ先に訊くわね。依頼を受けられると判断したら、また、明日にでもゆっくり時間を取るから」

半那が言うと、秋山が頷《うなず》いた。

「じゃあ、まずは、ターゲットにしたい人の名前、年齢、職業、そして、あなたとの関係性と依頼理由を教えて」

雨宮がいないので、半那は自らタブレットPCに記入の用意をして秋山の口が開くのを待った。

ターゲットの情報と依頼内容を訊いて、問題なさそうだったら依頼人の個人情報を訊く流れだった。

「ターゲットは、半那。復讐代行屋『幸福企画』代表。上司」

「えっ……」

弾かれたように半那は、タブレットPCのディスプレイから秋山に視線を移した。

正面――右手で拳銃を構えた秋山が、左手でゆっくりとキャップとサングラスを取った。

「雨宮……なんの悪ふざけ？　真正拳銃とモデルガンの見分けくらいつくわ。あんたらしくないこんなジョーク、笑えないから」

半那は、冷え冷えとした声で吐き捨てた。

「この状況で本物の拳銃じゃないと見抜くなんて、さすがは社長、肚《はら》が据わってますね」

雨宮が、無表情に言った。

「でも、これ、モデルガンじゃなくて鉄製の水鉄砲なんです」

「そんなの、どっちでも同じよ」

「それが、同じじゃないんですよね」

雨宮が、空いている手をジャンパーのポケットに入れると茶褐色の小瓶を取り出し宙に掲げた。

ラベル――濃硫酸の文字に、半那の視線が凍《い》てついた。

「三年間、全幅の信頼を置かれるまで、この機を辛抱強く待ちました。鷹場英一の遺志を社長から引き継いだ私に復讐される。これ以上ない、シチュエーションでしょう？」

雨宮の口角が吊り上がり、引き金にかかった人差し指がくの字に曲がった。

この作品は2019年6月徳間書店より刊行されました。
なお、本作品はフィクションであり実在の個人・団体などとは一切関係がありません。

徳間文庫

カリスマvs.溝鼠《どぶねずみ》

悪の頂上対決

2021年2月15日 初刷

著者 新《しん》堂《どう》冬《ふゆ》樹《き》
発行者 小宮英行
発行所 株式会社徳間書店
東京都品川区上大崎三―一―一
目黒セントラルスクエア 〒141―8202
電話 編集〇三(五四〇三)四三四九
販売〇四九(二九三)五五二一
振替 〇〇一四〇―〇―四四三九二
印刷
製本 大日本印刷株式会社

ISBN978-4-19-894628-9 (乱丁、落丁本はお取りかえいたします)

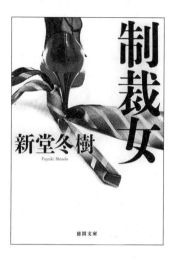